AF216172

Der Krieger und die schöne Rebellin

Moira MacArran

Bibliografische Information der deutschen Nationalbibliothek

Die Deutsche Nationalbibliothek verzeichnet diese Publikation

in der deutschen Nationalbibliografie, detaillierte bibliografische

Daten sind im Internet über http://dnb.dnb.de abrufbar.

© 2019 Moira MacArran

Herstellung und Verlag
BoD - Books on Demand, Norderstedt

ISBN: 9783749480418

Rossalyn saß in der Sonne und beobachtete ihren Sohn dabei, wie er mit einem kleinen Holzschwert und einem dazu passenden Schild mit einem Gefolgsmann ihres Bruders kämpfte. Er versuchte, gefährlich und grimmig auszusehen und die Ernsthaftigkeit, mit der er diesem scheinbar übermächtigen Gegner gegenüber trat, zauberte ein Lächeln auf Rossalyns Lippen.

„Genug jetzt, Liebling!", rief sie ihrem Sohn zu, der allerdings ganz und gar nicht ans Aufhören dachte und seinen Gegner mit weiteren Hieben traktierte. Der bärtige Mann zwinkerte ihr zu, dann ließ er sich von dem kleinen Holzschwert ihn in die Seite treffen und sackte mit einem theatralischen Augenaufschlag auf den Rasen.

„Gewonnen, gewonnen!", schrie Aidan und wirbelte zu seiner Mutter herum, die auf die beiden Kämpfer zutrat.

„Wenn ich erst mal so groß wie Angus bin, passe *ich* auf dich auf, Ma! Dann brauchst du den...", er zeigte mit seinem Schwert auf den Mann, der immer noch stöhnend auf dem Boden lag, „... nicht mehr!"

„Pass auf, was du sagst, du kleiner Wicht!" Angus hatte sich mit einer geschmeidigen Bewegung erhoben. Er packte Aidan und hob ihn auf seine Schultern.

„Ich hoffe doch, dass das nicht so schnell passieren

wird, Lady Rossalyn." Er hatte leise und nur zu ihr gesprochen, und Rossalyn sah ihn dankbar an.

„Ich weiß Eure Treue zu schätzen, Angus, und ich..." Weiter kam sie nicht, denn ihre Mutter stürzte aufgeregt auf sie zu.

„Rossalyn, wir müssen weg. Dein Bruder hat einen Boten geschickt. Malcolm hat herausgefunden, wo wir sind!" Atemlos hielt sie vor ihrer Tochter an und warf einen missbilligenden Blick auf Angus und das Kind.

„Bring das Kind ins Haus und sorge dafür, dass Moira seine Sachen packt. Gleich morgen bei Sonnenaufgang brecht ihr auf!" Sie nickte Angus huldvoll zu und winkte ihn mit der Hand fort, ohne ihn weiter zu beachten. Dann wandte sie sich an ihre Tochter.

„Ich schätze deinen Umgang gar nicht, Rossalyn. Den ganzen Tag bist du mit diesem grobschlächtigen Angus und dem Kind zusammen. Das schickt sich nicht! Du hast königliches Blut in den Adern, das solltest du nicht vergessen!" Sie musterte ihre Tochter mit strengem Blick. „Und dann das Kind! Ich weiß nicht, wieso du ihn nicht schon längst weggegeben... also... irgendwo hin zur Ausbildung gegeben hast!"

Obwohl Rossalyn die Ablehnung ihrer Mutter gegenüber ihrem Enkel nicht zum ersten Mal spürte, erboste es sie doch jedes Mal von neuem, wenn ihre Mutter so über Aidan sprach.

„Falls du es vergessen haben solltest: Aidan ist erst vier

Jahre alt! Ich kenne deine Einstellung zu deinem Enkel...", sie betonte das Wort absichtlich, „... und ich weiß auch, dass es dir lieber gewesen wäre, wenn er nicht geboren worden wäre, aber es war meine Entscheidung und ich habe keinen einzigen Tag bereut, den er auf dieser Erde ist! Akzeptiere das endlich! Aidan kann nichts dafür, dass..." Wie immer beendete ihre Mutter, Lady Coemgain, das Gespräch mit einer eindeutigen Geste ihrer rechten Hand.

„Schon gut, Rossalyn, es war und ist deine Entscheidung, wenn ich sie auch nicht nachvollziehen kann. Ich denke nur, dass es vielleicht besser wäre, wenn du ihn hier ließest..."

„Auf gar keinen Fall, Mutter! Wo ich hingehe, da geht auch Aidan hin. Es wäre viel zu gefährlich, ihn hier zu lassen! Und das ist auch in deinem und Maels' Interesse, denn wenn Malcolm ihn in die Hände bekäme, dann...", Rossalyn blickte ihrer Mutter fest in die Augen, „... meine Loyalität gilt in erster Linie meinem Sohn, Mutter. Nicht dir, meinem Bruder oder dem Königreich!" Damit drehte sie sich um und ließ ihre Mutter einfach stehen. Sie war es so leid, ständig auf der Flucht zu sein! Es hatte eine Zeit gegeben, da hatte auch sie sich gegen den König gestellt, der ihren Vater ermordet und sich selbst auf Schottlands Thron gesetzt hatte. Eine Zeit der Entbehrungen, in der sie mit ihrem Bruder Maelsnectan und seinen Gefolgsleuten in den Wäldern und Höhlen dieses kargen Landes gehaust und sich nichts sehnlicher gewünscht hatte, als ihrem Bruder zu seinem Geburtsrecht zu verhelfen und ihn auf den schottischen Thron zu setzen. Ihr Vater Lulach hatte im August des Jahres 1057 die Königswürde verliehen bekommen und war auf dem Moot Hill in Scone gekrönt worden, allerdings waren sie und ihr Bruder damals erst ein und zwei Jahre alt gewesen, so dass sie das nur aus Erzählungen wusste. Auch dass er nur sieben Monate König war, bevor man ihn auf Malcolms Geheiß in einen Hinterhalt in der Nähe von Aberdeenshire gelockt und ermordet hatte, hatte man ihr erzählt. Grausam getötet, wie sein Stiefvater Macbeth und sein leiblicher Vater, Gille Coemgain, Graf von Moray, der zusammen mit fünfzig seiner getreuen Anhänger in seiner eigenen seiner Burg verbrannt worden war, ebenfalls auf Malcolms Befehl hin. Ermordet, wie auch ihr eigener Ehemann am Tag der Hochzeit, so dass sie keine Gelegenheit gehabt hatte, ihn richtig kennenzulernen. Mael hatte ihn aus der Schar seiner Männer für sie ausgesucht und Rossalyn hatte sich, siebzehn Jahre alt und bereit, alles für ihren Bruder zu tun, bereitwillig in diese Ehe gefügt. Dann aber waren sie während der Hochzeitsfeierlichkeiten von Malcolms Männern aufgespürt und überfallen worden. Adair, ihr Gemahl, war grausam hingerichtet worden und sie würde nie sein schmerzverzerrtes Gesicht vergessen oder den Anblick des Blutes, das ihr Hochzeitskleid getränkt hatte, als Adair in ihren Armen starb...

Und auch nicht, was dann geschehen war...

So viel Blut, so viele Tote, unzählige Männer und Frauen, die im Streit um einen Thron, an dem das Blut von all diesen Menschen klebte, ihr Leben verloren hatten.

Nun war Malcolm III schon seit zwanzig Jahren König dieses Landes, aber weil auch er immer noch fürchtete, eines Tages von seinen Gegnern umgebracht zu werden, wollte er sie und ihren Bruder in seine Gewalt bringen. Um die letzten Vertreter des Hauses MacAlpin, dem sie und Mael entstammten, unschädlich zu machen. Als Nachfahren von Kenneth I, dem König der Pikten, der mit seiner Herrschaft im Jahre 843 das Reich Alba begründete, waren sie in Malcolms Augen immer noch eine Gefahr für seine Herrschaft. Zumal sie Unterstützung aus dem Hause Moray erhielten, den getreuen Gefolgsleuten von Macbeth, dem machthungrigen Stiefvater ihres Vaters. All diese Menschen hatten in ihrem Vater Lulach den rechtmäßigen König gesehen und hatten diesen Anspruch nun auf seinen Sohn übertragen.

Rossalyn selbst hatte seit der Geburt von Aidan eine andere Sicht auf die Dinge. Ihr war ein Leben anvertraut worden, so klein und hilflos, so unbedingt auf sie und ihre Fürsorge angewiesen, dass sie sich immer öfter gefragt hatte, ob die Opfer, die ihr Bruder und auch ihre Mutter für dessen Machtanspruch bereit waren zu erbringen, all diese Entbehrungen wert waren. Malcolm saß seit dem Tod Lulachs nun schon so lange fest auf dem Thron und außer Mael und den Morays waren alle zufrieden damit. Malcolm hatte sich dem englischen König William sechs Jahre zuvor unterworfen und seitdem herrschte, bis auf einige wenige Scharmützel im Süden, Ruhe im Land. Rossalyn seufzte bei diesen Überlegungen, die doch zu nichts führten, denn sowohl ihr Bruder als auch seine Männer würden den Kampf um den Thron bis zum bitteren Ende ausfechten, und da sie als seine Schwester und Prinzessin von Moray ebenfalls einen, wenn auch nur äußerst entfernten, Anspruch auf die Regentschaft in Schottland geltend machen könnte, war auch sie in ständiger Gefahr. Und mit ihr auch Aidan. Als Rossalyn die kleine Kammer betrat, die Aidan und sie auf der Burg ihres Onkels bewohnten, hockte der Junge vor einer hölzernen Truhe und stopfte gerade zwei Holzpferdchen und die kunstvoll geschnitzte Königsfigur eines Schachspiels in seinen kleinen Beutel. Die hatte er von seinem Onkel Mael bekommen, sozusagen als stetige Erinnerung, um was es bei dem großen Spiel des Lebens im Wesentlichen ging. Aidan liebte die Figur, wenn er auch noch nicht die symbolische Bedeutung erkannte, die ihr innewohnte. Als er seine Mutter sah, sprang er auf und baute sich vor ihr auf. Die kleinen Hände empört in die Seiten gestemmt, fragte er: „Warum müssen wir schon wieder gehen, Ma? Ich will nicht schon wieder weg. Broc will mir noch die Hündchen zeigen." Broc war der Jagdaufseher ihres Onkels und seine Hündin hatte gerade einen Wurf kleiner Fellbündel zur Welt gebracht.

Rossalyn kniete sich vor ihn hin und ein Blick in seine braunen Augen ließ sie den Schmerz und die Traurigkeit erkennen, die ihren Sohn mit jedem neuen Abschied ein wenig mehr erwachsen werden ließen. Aidan war mit seinen fast fünf Jahren viel erwachsener, als ein Kind in seinem Alter hätte sein sollen. Es war dieser Abschiedsschmerz, diese Heimatlosigkeit, die Rossalyn am meisten an ihrer Situation hasste. Sie wünschte sich nichts sehnlicher, als irgendwo mit Aidan ein sicheres und dauerhaftes Heim zu haben. Aber ob bei ihren Verwandten in Moray oder irgendwo anders in Schottland: Sie konnten immer nur so lange bleiben, bis ihr Aufenthaltsort bekannt und eine rasche Flucht nötig geworden war.

„Ich weiß, *mo ghraìdh bheag*, ich möchte auch nicht schon wieder fort. Aber ich verspreche dir, wir nehmen Angus mit und du darfst mit auf seinem Pferd reiten." Rossalyn strich Aidan liebevoll eine widerspenstige dunkle Locke aus dem Gesicht. Diese kastanienroten Locken hat er von mir, dachte sie, und eine Welle der Zärtlichkeit durchflutete sie. Allerdings hatte er die gleiche Augenfarbe wie seinen Vater, dem er auch sonst auf eine geradezu unheimliche Art ähnelte, was sie manchmal ängstigte. Aidans Augen waren braun, während ihre ein tiefes Blau aufwiesen.

Unwillig wischte er ihre Hand fort.

„Du sollst nicht immer kleiner Liebling zu mir sagen! Ich bin nicht mehr klein! Ich bin...", er hielt fünf Finger seiner Hand in die Höhe, "... fast so alt. Und wenn die Männer kommen und uns wehtun wollen, dann werde ich uns beschützen!" Er stampfte mit dem Fuß auf und seine braunen Augen blitzten vor Tatendrang.

„Aye, das wirst du, aber bis es soweit ist, machen wir mit Angus einen kleinen Ausflug, und du wirst genau das tun, was er oder ich dir sagen, hast du verstanden, *mo gh...*, mein Großer?!"

Aidan zog die Unterlippe zwischen die Zähne und schien zu überlegen.

„Kommt sie auch mit?" Mit dem untrüglichen Gespür eines Kindes hatte Aidan schon sehr früh erfasst, dass seine Großmutter ihn ablehnte und das hatte sich auf ihn übertragen.

„Nay, ich denke nicht. Sie wird... woanders hingehen." Rossalyn wusste, dass ihre Mutter nur daran interessiert war, ihre eigene Haut und die ihres Sohnes zu retten.

Rossalyn selbst war für beide immer nur Mittel zum Zweck gewesen, das war ihr im Laufe der vergangenen Jahre deutlich geworden. Lady Coemgains Sorge um Rossalyn bestand lediglich darin, dass sie fürchtete, ihre Tochter würde im Falle ihrer Ergreifung den Aufenthaltsort Maels verraten, nur um ihre Haut und die ihres Kindes zu retten. Und da lag sie, das musste Rossalyn zugeben, gar nicht mal so falsch. Sie würde alles tun, um Aidan zu beschützen.

„Ich denke, deine Großmutter wird zu deinem Onkel gehen. Und wir...", sie ballte die Hände zu Fäusten, denn wieder einmal wurde sie zum Spielball in den Händen ihres Bruders, der bestimmte, wohin sie sich wenden und wie lange sie dort bleiben würde, „ ... werden irgendwo hin gehen, wo es genauso schön ist wie hier." Diese vage Angabe war alles, was sie Aidan sagen konnte, wusste sie doch selber noch nicht, was Mael in der Nachricht bestimmt hatte, von der ihre Mutter geredet hatte. Irgendwohin, wo sie wieder nur so lange bleiben würden, bis sie weiterziehen mussten. Sie wollte das alles nicht mehr, aber wegen Aidan musste sie es auf sich nehmen. Einer der Vorfahren Malcolms, Malcolm II, hatte den Beinamen 'der Zerstörer' gehabt. Man sagte sich, er habe sich diesen Namen verdient, weil er gnadenlos gegen alle Mitglieder des Hauses MacAlpin gewütet hatte, in der Absicht, dieses Geschlecht auszurotten. Zwar kannte

Rossalyn seinen Nachfahren Malcolm III nicht persönlich, und sie konnte nicht mit Bestimmtheit sagen, was er tun würde, wenn sie oder Aidan ihm in die Hände fielen, aber sie wollte das Risiko, das herauszufinden, lieber nicht eingehen. Also musste sie schweren Herzens ihre Sachen packen. Wieder einmal.

Colin O'Shannaig reichte seinem Gegner die Hand und zog ihn auf die Beine.

„Wenn du nicht besser auf meine Schwerthand achtest, ist deine hübsche kleine Frau bald Witwe!"

„Das hättest du wohl gerne, du hinterlistiger Drecksack! Du hast mir ein Bein gestellt!" Colins Gegenüber wischte sich den Staub von der Hose und funkelte seinen Lehrmeister wütend an. Der klopfte ihm beruhigend auf die Schulter.

„Du musst lernen, auf alles zu achten, Brian. Und wenn ich sage alles, dann meine ich auch alles. Das Schwert deines Gegners ist zwar die Waffe, die du fürchten musst, aber am Ende zählt nur das Überleben. Und in einem Kampf sind dazu alle Mittel recht. Auch die

14

nicht ganz so ritterlichen, mein Freund."

„O'Shannaig!" Colin drehte sich um und sah am Rande des Übungsplatzes seinen Freund und Waffengefährten Ferghus wild gestikulieren. Sie beide standen im Dienste des schottischen Königs Malcolm III und ihre Freundschaft währte fast schon so lange, wie die Regentschaft des Mannes, dem sie bedingungslose Treue geschworen hatten. Männern wie ihnen, ohne Aussicht auf eigenes Land oder einen Titel, blieb im Leben keine große Wahl, sich ihren Lebensunterhalt zu verdienen. Und so war es eine glückliche Fügung gewesen, dass beide fast gleichzeitig in den Dienst des Mannes treten konnten, der nun schon fast zwanzig Jahre König der Schotten war. Den Frieden mit den Grafen von Orkney im Norden hatte er sich durch eine Heirat mit dessen Tochter Ingeborg gesichert und nun hatte er, da Ingeborg verstorben war und den Weg für eine weitere politisch motivierte Ehe ermöglicht hatte, eine englische Prinzessin, Margareta, geheiratet. Das Land hätte also in einigem Frieden mit den Nachbarn gedeihen können, wenn Malcolm nicht immer wieder versucht hätte, den von den Engländern okkupierten Teil der Grafschaft Northumbria im Süden des Landes zu erobern. Dazu brauchte er eine Armee und genau aus diesem Grund hatte er Colin und Ferghus vor etwa fünfzehn Jahren in seine Dienste aufgenommen. Damals waren sie vierzehn und fünfzehn gewesen, junge Männer, noch ohne Kampferfahrung und Ausbildung, aber voller Träume und Hoffnungen für ihre Zukunft. Und so hatten sie Jahre später Seite an Seite in Northumbria gegen die Engländer gekämpft, hatten sich durch Mut und Unerschrockenheit das Wohlwollen des Königs verdient, freilich ohne den entscheidenden Durchbruch bei der Eroberung dieses Landstriches zu erzielen.

Colin nickte Brian noch einmal zu und ging dann zu Ferghus.

„Was gibt es denn so Dringendes, dass du mich bei meiner Arbeit störst?" Ferghus reichte ihm einen Eimer mit frischem Wasser und ein sauberes Leinentuch.

„Hier, zu mehr reicht die Zeit nicht. Wasch dir den gröbsten Dreck ab, der König will dich sprechen."

Colin nahm das Tuch und begann, sich notdürftig abzureiben. „Was will Malcolm denn von uns?"

„Von mir nichts, denke ich. Er hat ausdrücklich nur dich zu sich bestellt."

Colin streifte sich seine Tunika über und zog den Gürtel um die Taille. Dann reichte er Ferghus sein Schwert.

„Pass gut auf *Fragarach* auf!"

„Pah, *Fragarach*! Du solltest besser nicht so laut den Namen deines Schwertes erwähnen, Colin. Besser noch, du solltest ihm gar nicht erst einen Namen geben! Schon gar keinen so... martialisch Keltischen! Die neue Königin schätzt die keltische Kultur gar nicht. Wenn es

16

nach ihr geht, sind wir bald alle nicht nur Katholiken, sondern auch bessere Engländer als ihre Landsleute!" Er spuckt auf den Boden und Colin wusste, dass Ferghus mit dieser ablehnenden Haltung gegenüber den reformerischen Ideen der Königin nicht alleine war. Margareta versuchte, Schottland Stück für Stück die Identität zu rauben und den englischen Lebensstil einzuführen. Sie hatte bereits begonnen, katholische Klöster zu gründen und ihre drei Söhne hatten englische Namen, was einen eindeutigen Bruch mit der bisherigen Tradition der gälischen Namensgebung der Thronanwärter bedeutete.

Während Ferghus ihm kopfschüttelnd nachschaute ging Colin eilig auf das große Portal zu, durch das man in die Burg hoch über Inverness gelangte. Malcolm hatte sie erbauen lassen, nachdem er die nur wenige Meilen entfernte Burg seines Erzfeindes Macbeth nach dessen Tod hatte niederreißen lassen. Sie war noch nicht ganz fertig, aber schon jetzt bot sie einen imposanten Anblick, wenn man vom Flussufer herauf sah. Wenn der König nicht gerade an seinem Hof in Perth war, hielt er sich mit seinem Gefolge gerne und für längere Zeit hier auf, um die Baufortschritte zu beaufsichtigen. Die Burg würde größer und prächtiger werden als diejenige, die Macbeth hatte erbauen lassen. Nichts sollte mehr an die Herrschaft des verhassten Königs erinnern, der Malcolms Vater Duncan getötet hatte, um die Königswürde an sich zu reißen.

Colin betrat die kühle Halle, wo er bereits von Malcolms persönlichem Kammerdiener erwartet wurde, der sich höflich vor ihm verbeugte und ihn zu den Privatgemächern des Monarchen geleitete. Allein schon dieser Umstand bereitete Colin einiges Unwohlsein, denn für gewöhnlich empfing Malcolm seine Besucher in dem großen, bereits fast fertig gestellten Audienzsaal. Nachdem der Diener angeklopft hatte, öffnete er die schwere Eichentür und bedeutete Colin, einzutreten. Da er keine Anstalten machte, ebenfalls den Raum zu betreten, verstärkte sich Colins ungutes Gefühl. Alleine mit dem König zu sein, das wusste er nur zu gut, barg etliche Gefahren. Malcolm war ein aufbrausender Mann, duldete keine andere Meinung als seine eigene und verlangte absoluten Gehorsam. Mit letzterem hatte Colin weniger Schwierigkeiten. Anders verhielt es sich da schon damit, mit seiner eigenen Meinung hinter dem Berg zu halten und dem König in allem zuzustimmen. Dass Northumbria bisher noch nicht an Schottland gefallen war, war nämlich zu einem nicht geringen Teil Folge einiger unsinniger Befehle, die Malcolm seinen Männern gegeben hatte.

Colin blinzelte gegen die Helligkeit an, die der offen gestaltete Raum im Gegensatz zu der Halle und den Fluren verbreitete. Malcolm saß an seinem privaten Schreibtisch und siegelte gerade ein Schreiben, als

Colin sich auf ein Knie begab und den Kopf beugte.

„Mein König, Ihr habt mich rufen lassen."

„Ah, O'Shannaig! Steht auf, wir sind hier unter uns, da können wir diese Förmlichkeiten unterlassen." Er wies mit der rechten Hand auf einen Stuhl vor dem Tisch und schob eine Karaffe Wein zu Colin hinüber.

„Bitte bedient Euch."

Colin hatte zwar nach den anstrengenden Übungskämpfen großen Durst, aber ganz sicher würde er diesen nicht mit dem ausgezeichneten und schweren Rotwein seines Königs stillen. Im Augenblick hieß es, einen klaren Kopf zu bewahren, und so goss er sich nur einen kleinen Schluck ein und befeuchtete gerade einmal seine Lippen, um den König nicht zu brüskieren, indem er dessen Gastfreundschaft ablehnte.

Malcolm hatte sich entspannt zurückgelehnt und fixierte sein Gegenüber ohne etwas zu sagen. Colin wurde es unbehaglich, denn Malcolms Miene ließ keinen Schluss auf den Grund zu, warum er Colin zu sich bestellt hatte.

„Ich habe beschlossen, Euch ein Lehen zu geben.", sagte er dann so unvermittelt, dass Colin schon glaubte, er habe sich verhört. Ein Lehen, und wäre es auch noch so klein und unbedeutend, wäre alles, was er sich jemals erträumt hatte.

„Mein König?" Fragend sah Colin seinen König an. Als er die Privaträume Malcolms betreten hatte, hatte er mit einigem Ärger gerechnet, denn er war gerade mit Ferghus wieder einmal von einem erfolglosen Versuch, Northumbria für Malcolm zu erobern, zurückgekehrt, aber ein Lehen...

„Ihr habt richtig gehört, Colin. Ich denke darüber nach, Euch ein Lehen zu überlassen. Allerdings...", er fixierte Colin mit einem Blick aus seinen hellblauen Augen, „...werdet Ihr verstehen, dass Ihr Euch dieses Entgegenkommen erst verdienen müsst."

Colin schluckte trocken. Er würde alles für ein Lehen tun, ein eigenes Heim, eigene Einkünfte und vor allem viel mehr Freiheit, als er sie im Augenblick besaß. Natürlich wäre er Malcolm auch weiterhin den Dienst an der Waffe schuldig, aber das war nur ein kleiner Preis für die Möglichkeit, fortan ein Zuhause zu haben.

„Mein König, ich danke Euch.", krächzte er, denn diese Eröffnung hatte seinen Hals trocken werden lassen.

Malcolm hob die Hand und fuhr fort: „Noch ist es nicht so weit, Colin. Ich habe vorher noch einen Auftrag für Euch. Ich habe heute einen Hinweis darauf bekommen, wo sich diese aufrührerische Hure aus dem Hause MacAlpin aufhält." Als Colin ihn nur fragend ansah, führte er weiter aus: „Rossalyn MacDougal, die Schwester von Maelsnectan von Moray, dem Stiefenkel dieses Bastards Macbeth und selbsternannter Möchtegernkönig von Schottland." Er schüttelte den Kopf und ein grausamer Zug schlich sich in sein sonst so unbewegt scheinendes Gesicht. Als Colin immer noch nicht zu verstehen schien, kniff Malcolm die Augen zusammen und beugte sich zu ihm über den Tisch.

„Ich muss diese Hure in meine Finger bekommen. Sie weiß, wo sich ihr Bruder aufhält. Ich muss über sie an den verfluchten Welpen dieses Mörders kommen, damit endlich Ruhe herrscht und Schottland ein für alle Mal von dieser MacAlpin Brut befreit wird, die schon seit viel zu langer Zeit Anspruch auf meinen Thron erhebt!" Colin hatte bereits am Rande von dieser scheinbar ewig währenden Fehde zwischen den Nachfahren des Hauses MacAlpin, das seinen Anspruch auf den schottischen Thron mit der Abstammung von Kenneth I begründete, gehört. Kenneth I war der Begründer des Königreiches Alba gewesen und im Laufe der Zeit hatte sich dieses einstmals kleine Königreich durch Kriege und Landgewinn zu dem Königreich erweitert, das man jetzt Schottland nannte und dessen König Malcolm war.

„Ich will, dass Ihr dieses Weib zu mir an den Hof nach Inverness bringt. Ich denke, ich werde sie dann schon zum Reden bringen." Malcolm goss sich Wein nach und ein böses Grinsen huschte über seine Züge. Zwar widerstrebte es Colin, eine Frau gefangen zu nehmen, um über sie an ihren Bruder zu gelangen. Schließlich war er ein Kämpfer und als solcher für die Schlacht und die direkte Konfrontation mit dem Gegner ausgebildet.

Es entsprach nicht seiner Auffassung von ehrenhaftem Verhalten, sich auf diese Weise eines Gegners zu bemächtigen, aber wenn er an das versprochene Lehen dachte, war für diese Gedanken kein Raum.

„Was genau soll ich tun?"

Zufrieden lehnte sich Malcolm wieder zurück und nahm einen Schluck Wein.

„Rossalyn MacDougal befindet sich im Augenblick auf dem Weg in die Abtei von Iona. Sie sucht dort Unterschlupf bei den Benediktinerinnen, die ihrer Familie treu ergeben sind."

„Aye, und wie soll ich sie erkennen, wenn ich sie dort tatsächlich finde?"

„Nun, sie soll eine außergewöhnlich schöne Frau sein, Witwe eines Gefolgsmannes ihres Bruders, also wahrscheinlich nicht mehr blutjung." Er machte eine Pause, bevor er fortfuhr.

„Ich denke, wenn sie sich nicht freiwillig zu erkennen gibt, werdet Ihr sie ausziehen müssen, um sicher zu sein." Ein süffisantes Grinsen umspielte Malcolms Lippen.

„Äh... wie bitte?" Colin wurde es langsam unbehaglich. Er war nicht der Mann, der sich auf diese Weise einer Frau näherte. Bisher hatten sich alle seine Gespielinnen freiwillig ausgezogen, aber damit war bei dieser Frau nicht zu rechnen. Immerhin war er ihr Feind.

„Oh, nicht was Ihr denkt, Colin. Ihr müsst sie nicht

gleich vergewaltigen. Man hat mir berichtet, dass sie eine lange Narbe vom Brustansatz bis hin zu ihrem Bauchnabel hat." Colin verkniff sich die Frage, woher Malcolm ein derart intimes Detail der Dame kannte, und Malcolm verzog die Lippen zu einem schiefen Lächeln. „Wenn sie sich also nicht freiwillig zu erkennen gibt, müsst Ihr schon nachhelfen."

Colin schluckte seine Bedenken herunter. Wenn er dadurch ein Lehen zugesprochen bekäme, wäre der Anblick von zwei Brüsten ganz bestimmt kein Opfer.

„Wann soll ich aufbrechen? Und wie viele Männer soll ich mitnehmen?"

„So schnell wie möglich. Und nur einen oder zwei Männer. Euer Aufbruch soll so wenig Aufhebens wie nötig verursachen. Ich kann nicht ausschließen, dass sich hier in der Burg jemand befindet, der mit diesem Jungspund kooperiert."

Colin erhob sich und nickte Malcolm kurz zu.

„Ihr könnt Euch auf mich verlassen, mein König."

Rossalyn saß auf einer Bank im Garten der Abbey und sah den Möwen zu, die in eleganten Bögen über das Meer strichen und nach Futter suchten. Sie waren fast zwei Wochen unterwegs gewesen, anfangs begleitet von einigen Männern ihres Onkels, dann nur Angus, Aidan und sie selbst, um keine unnötige Aufmerksamkeit auf sich zu lenken. Angus gab sich als ihr Bruder aus, der seine verwitwete Schwester zu Verwandten bringen sollte und obwohl Rossalyn ahnte, dass seine Gefühle für sie weit über das Brüderliche hinaus gingen, verhielt er sich doch stets zurückhaltend und zuvorkommend ihr gegenüber, so dass die Situation nicht unangenehm wurde. Aidan liebte ihn ohnehin und so verlief die Reise ohne weitere Zwischenfälle, wenn man von der stürmischen Überfahrt auf die kleine Insel Iona einmal absah, bei der sie und Aidan von heftiger Übelkeit heimgesucht worden waren. Aidan hatte sich wie immer nach einigen kurzen Protesten in sein Schicksal gefügt und seinen kindlichen Widerstand gegen diese erneute Reise aufgegeben. Angus hatte es verstanden, in dem kleinen Burschen den Abenteurer zu wecken und die Reise für ihn zu einem einmaligen Erlebnis werden zu lassen. Alleine dafür liebte Rossalyn diesen brummigen Bären, an den Angus sie immer wieder erinnerte. Allerdings waren ihre Gefühle eher freundschaftlich, und sie hoffte, dass Angus das spüren würde.

„Lady Rossalyn, kommt herein. Der Wind frischt auf und Ihr werdet Euch noch erkälten, so dünn, wie Ihr angezogen seid." Die Stimme der Äbtissin riss Rossalyn aus ihren Gedanken und erst jetzt merkte sie, dass ihr tatsächlich kalt war. Sie hatte vergessen, sich einen Umhang umzulegen, und nun kroch der kalte Wind unter ihre Röcke. Das Klima hier auf den Hebriden war äußerst wechselhaft und während in der einen Minute noch die Sonne schien, konnte es im nächsten Moment regnen.

„Ich habe ganz die Zeit vergessen, Mutter Äbtissin. Ihr habt recht, es ist kalt geworden." Rossalyn stand auf und lächelte die alte Frau an.

„Und ich dachte schon, Ihr haltet nach Wikingern Ausschau!" Ein verschmitztes Lachen glättete die Gesichtszüge der Klostervorsteherin und ließ sie viel jünger wirken als sie wahrscheinlich war.

„Ich glaube, mein Sohn wäre überaus neugierig, einmal diese Männer zu Gesicht zu bekommen." Rossalyn schauderte. „Ich hingegen kann gut und gerne auf einen Besuch dieser Barbaren verzichten." Sie musste die aufsteigende Wut unterdrücken, die wieder in ihr hochkroch. Dass Mael sich anmaßte, zu bestimmen, wohin sie sich zu wenden hatte, wenn Gefahr drohte, war eine Sache. Aber sie und Aidan einer nicht minder großen Gefahr eines Angriffs dieser Nordmänner auszusetzen, war eine ganz andere Sache. Das Kloster von Iona war in den letzten Jahren immer wieder Einfällen von Wikingern ausgesetzt gewesen, und auch wenn jetzt schon längere Zeit keine Überfälle mehr stattgefunden hatten, war dieser Ort doch nicht sicher. In Rossalyn hatte sich in den letzten Wochen das Gefühl breit gemacht, wie ein Stück Treibgut auf dem Meer hin und her geschaukelt zu werden. Abhängig vom Wind und den Wellen, ohne beeinflussen zu können, wann und wo sie festes Land erreichte. Sie war es leid, ohnmächtig darauf zu vertrauen, dass andere für sie und Aidans Sicherheit sorgten, ohne sie zu fragen. Ihr Sohn verdiente so viel mehr als diese ständige Angst, in der sie lebten. Er verdiente ein Zuhause, Sicherheit und eine Familie. Sie hatte sich geschworen, nie wieder zu heiraten, aber ihre momentane Lage machte es notwendig, dass sie über eine erneute Ehe nachdenken musste. Eine Ehe mit einem Mann, der ihr all das bieten konnte, was sie sich für Aidan und sich wünschte.

„Ihr habt noch etwas Zeit, bevor das Abendessen aufgetragen wird, Lady Rossalyn." Die Äbtissin sah sie eindringlich an. „Vielleicht wollt Ihr die Zeit nutzen und Gott um einen Rat bitten?" Mit dem Gespür der Älteren und Verständigen hatte die fromme Frau längst erkannt, dass ihr Schützling wie ein entwurzelter Baum verzweifelt nach Halt suchte, nach einem Weg, für sich und ihr Kind das Beste zu tun. Sie nickte in Richtung der kleinen Kapelle, die etwas abseits östlich des Klostergeländes stand und seit dem Bau eines neuen Flügels der Abtei nicht mehr als Gebetshaus genutzt wurde.

Rossalyn nahm die Hand der alten Frau in ihre kalten Finger und sah sie dankbar an.

„Ich danke Euch, Mutter Äbtissin. Für die Aufnahme in Eurem Haus und für Eure Worte..." Weiter kam sie nicht, denn Bridget, eine der Novizinnen, kam atemlos herbeigeeilt und wirkte vollkommen aufgelöst.

„Mutter Äbtissin, ein Schiff... äh Boot..", keuchte sie, während sie verzweifelt versuchte, zu Atem zu kommen.

„Es... kommt... ein Boot..." Ihre Augen waren ängstlich aufgerissen und sie presste eine Hand auf ihr Herz.

„Was denn nun: ein großes Schiff oder ein kleines Boot?" Ungeduldig musterte die Äbtissin die junge Novizin, aber die war so verängstigt, dass sie nur die Schultern zuckte und keinen weiteren Ton herausbrachte.

„Gut, dann warten wir ab. Wir können ohnehin nichts anderes tun, als das Tor zu verschließen und uns zu verstecken." Die Klostervorsteherin reagierte genau so, wie man es von ihr erwartet hätte. Nach außen hin verströmte sie eine Ruhe, die sie ganz sicher nicht empfand, aber es half Bridget, ihre Sprache wiederzufinden.

„Ich... ich glaube, es sind die Wikinger! Schwester Deirdre hat es gesehen!"

Es wäre wichtig zu wissen, aus welcher Richtung sich das Boot der Insel näherte, denn für gewöhnlich kamen die Nordmänner von Westen, während Besucher und Pilger eher von der Isle of Mull übersetzten, aber Bridget war so verängstigt, dass sie wahrscheinlich nicht nachgefragt hatte. Und ohnehin war es im Augenblick ohne Belang, denn so lange Lady Rossalyn sich hier versteckte, war jeder Besucher eine potentielle Gefahr. Ohne ein weiteres Wort ließ die Äbtissin die beiden anderen Frauen stehen. Für so einen Fall wusste ohnehin jeder, was zu tun war. Wichtig war jetzt nur, alles vorzubereiten und sich zu vergewissern, ob es sich womöglich tatsächlich um einen Angriff der Wikinger handelte oder ob es mit dem Schiff eine andere Bewandtnis hatte. Sollte es sich wirklich um die Nordmänner handeln, würden viele von den Schwestern den Abend nicht überleben. Schändung war dabei nur der erste Teil, den die Barbaren ihnen antun würden.

Colin und Ferghus standen am Bug des kleinen Schiffes, das sie von Fionnphort auf der Insel Mull den kurzen Weg über den Atlantik zur Insel Iona bringen würde. Ihre Pferde hatten sie in einem Mietstall in dem kleinen Fischerörtchen zurückgelassen, denn für den kurzen Weg vom Strand zur Abtei brauchten sie die Tiere nicht. Ihre Pferde hatten schon bei der Überfahrt von Oban, das an der Westküste des schottischen Festlandes lag, nach Mull keinen Gefallen daran gefunden, den festen Boden unter ihren Hufen zu verlassen. Sie waren immerhin ausgebildete Schlachtpferde und keine Kelpies, jene sagenhaften Wasserpferde, und so hatten sie beschlossen, die Tiere zurückzulassen.

Als das Schiff schließlich anlegte und Colin den Kapitän angewiesen hatte, mit der Rückfahrt auf sie zu warten, ließ er den Anblick der Abbey einen Moment lang auf sich wirken. Auf einer kleinen Anhöhe über dem Meer stand das steinerne Gebäude, stolz und wehrhaft, und obwohl es sich um ein Gotteshaus handelte, vereinte es doch eine gewisse Gemütlichkeit mit der Wehrhaftigkeit einer Burg. Die Abbey war nicht groß, sie bot vielleicht zwanzig oder dreißig Frauen Platz, es würde also nicht allzu schwer sein, diese Rossalyn MacDougal unter ihnen auszumachen.

Colin nickte Ferghus zu und gemeinsam machten sie sich auf den kurzen Weg vom Strand zu den Gebäuden.

Wie erwartet, versperrte eine dicke Eichentür den
Zutritt zu dem Frauenkloster und auf Colins Klopfen
hin öffnete sich, und das auch nur nach einer langen
Wartezeit, ein kleines Sichtfenster im oberen Bereich.
„Was wünscht Ihr, Herr?", piepste eine verängstigte
Stimme und Colin setzte sein gewinnendstes Lächeln
auf.

„Ich würde gerne die Mutter Oberin sprechen,
Schwester."

„In... in welcher Angelegenheit, mein Herr?"

„Das würde ich ihr gerne persönlich mitteilen."

„Ich darf keinem Fremden öffnen, mein Herr."
Inzwischen schwang Panik in der Stimme hinter der
Tür mit.

Colin nickte Ferghus zu und der verschwand hinter
einer steinernen Mauer, um nach einem möglichen
weiteren Einlass zu suchen.

„Schwester, bitte. Ich fürchte, die Mutter Oberin wird
wütend werden, wenn Ihr mich nicht einlasst. Ich...", er
hatte sich für diesen Fall bereits einen Plan zurecht
gelegt, denn er hatte nicht wirklich damit gerechnet,
einfach so eingelassen zu werden. Zumal die Nonnen ja
einen Gast beherbergten, den sie zu schützen
versuchten, „Ich habe hier ein Schreiben von unserem
König Malcolm." Er zog ein vergilbtes Stück
Pergament aus seiner Tunika und hielt es vor die
schmale Öffnung in der Tür. Blieb zu hoffen, dass die

junge Schwester auf der anderen Seite nicht so genau hinsehen würde, denn das Schreiben trug zwar das Siegel des Königs, war aber bereits alt und das Siegel gebrochen, und es hatte einen gänzlich anderen Inhalt, als Colin es dieser Frau gleich Glauben machen würde. Und so zog er es auch schnell wieder zurück, bevor sie noch einen genaueren Blick darauf werfen konnte.

„Also, König Malcolm möchte dem Kloster ein Stück der Gebeine des Heiligen Columban zukommen lassen. Schließlich gilt er als der Gründer Eurer Abtei und als solcher würden sich seine Gebeine hier sehr gut machen." Colin wusste nicht einmal, ob es überhaupt irgendwelche Gebeine dieses Mannes gab, und schon gar nicht wollte Malcolm sie diesem Kloster spenden, aber hier heiligte der Zweck die Mittel.

Eine geraume Zeit blieb es still hinter der Tür, dann drehte sich der Schlüssel und die Pforte öffnete sich. Colin dankte dem Heiligen Columban im Stillen für seine Mithilfe, aber ganz sicher hätte diese dreiste Lüge nicht funktioniert, wenn nicht diese kleine verängstigte Novizin hinter der Tür gestanden hätte.

„Bitte tretet ein, mein Herr." Zu mehr kam sie nicht, denn Colin packte sie sofort am Arm und zog sie hinter sich her in Richtung Refektorium, denn er vermutete, dass die Nonnen sich dort bereits zum Abendmahl versammelt hatten. Er ignorierte die schreckgeweiteten Augen des Mädchens, das bei genauerem Hinsehen höchstens dreizehn oder vierzehn Jahre alt war. Colin stieß die Tür auf und sah sich der versammelten Gemeinschaft gegenüber. Wie er richtig geschätzt hatte, waren etwa zwanzig Nonnen anwesend, alle in schwarzem Habit, einige Jüngere hatten einen weißen Schleier, was sie als Novizinnen auswies. Er ließ das Mädchen, das ihn so arglos eingelassen hatte, los und stellte sich breitbeinig vor die versammelten Frauen.

„Wer ist hier die Mutter Oberin?"

Eine ältere Frau trat aus der Gruppe heraus und neigte würdevoll den Kopf.

„In unserer Gemeinschaft tragen wir keine Waffen, mein Herr." Sie deutete auf Colins Schwert, das er wie immer griffbereit an seiner Seite trug.

„Ihr müsst keine Angst haben, wenn Ihr tut, was ich von Euch verlange. Ich bin auf der Suche nach einer Frau, die sich hier unter Euch versteckt." Er beobachtete die Gesichter der Anwesenden, aber sie alle hatten sich gut im Griff.

„Reden wir nicht lange um den heißen Brei herum. Wer von Euch ist Lady Rossalyn MacDougal?"

Als sich niemand rührte, sagte er: „Ich weiß, dass die Lady hier Unterschlupf gefunden hat. Und ich weiß, dass sie ein untrügliches Erkennungszeichen am Körper trägt. Wenn sie sich also nicht freiwillig meldet, werde ich gezwungen sein, unter Euren Habits danach zu suchen." Ein Raunen ging durch die Menge, aber niemand trat vor. In diesem Augenblick trat mit einigem Gepolter Ferghus durch die offene Tür, einen etwa gleichaltrigen Mann mit auf den Rücken gefesselten Händen und großer Beule am Kopf vor sich her stoßend.

„Schau mal, wen ich hier gefunden habe, Colin! Er schlich um das Kloster herum. Ein Kerl in einem Nonnenkloster. Ein Schelm, wer Böses dabei denkt." Damit stieß er den Mann von sich, so dass der benommen auf die Knie fiel. Colin meinte, aus der hintersten Reihe der Frauen ein ersticktes Keuchen gehört zu haben, aber sicher war er sich nicht.

„Also, machen wir weiter." Ungerührt trat er vor die junge Frau, die ihm am nächsten stand. Aber noch bevor er seine Hand nach ihr ausstrecken konnte, trat ein schüchternes, blasses Mädchen vor. „Ich bin Rossalyn MacDougal, Herr." Amüsiert zog Colin die Augenbrauen zusammen. Die Gesuchte war Witwe, und das schon seit einigen Jahren, also konnte das Mädchen nicht Rossalyn sein.

„Bist du nicht! Weitere Anwärterinnen auf den Posten?"

Eine Frau aus der hinteren Reihe trat vor.

„Ich bin Rossalyn...."

Eine Weitere trat vor.

„Ich bin..."

Colin hätte die ganze Sache amüsant gefunden, wenn er

es nicht so eilig gehabt hätte, und so langsam strapazierten diese Weiber doch ganz gehörig seine Geduld.

„Ferghus, fang an." Mit einem Kopfnicken deutete er auf Ferghus' Messer, das dieser deutlich sichtbar am Gürtel trug.

„Ich bin sicher, meinem Freund hier macht das, was zur Identifizierung der Lady nötig sein wird, gleich richtig Spaß, denn Rossalyn MacDougal hat eine Narbe." Mit dem Zeigefinger seiner rechten Hand fuhr er sich von Brustansatz bis hinunter zu seinem Bauchnabel. Ersticktes Stöhnen erfüllte das Refektorium, einige der Frauen begannen zu zittern, andere hielten sich die Hand vor den Mund, um ihr Entsetzen zu verbergen.

„Schluss jetzt!" Eine zierliche Gestalt bahnte sich den Weg durch die vor ihr stehenden Frauen.

„Ich bin die Frau, die Ihr sucht. Rossalyn MacDougal. Lasst die anderen Frauen in Ruhe." Mit einem Ruck riss sie sich den Schleier vom Kopf und eine Fülle kastanienroten Haares ergoss sich über ihre Schultern. Ihre tiefblauen Augen funkelten Colin wütend an und für einen kurzen Augenblick verschlug es ihm die Sprache. Malcolm hatte zwar von einer schönen Frau gesprochen, aber wenn das hier vor ihm wirklich die Gesuchte war, dann war das sogar noch untertrieben. Sie reichte ihm gerade einmal bis zur Schulter, aber sie strahlte förmlich vor innerer Größe. Kampflustig schob sie ihr schmales Kinn vor und ihre Augen schossen Blitze ab. Ihre Haut war nicht ganz so blass, wie es sich für eine Frau ihres Standes geziemt hätte und auf ihrer Nase prangten ein paar niedliche Sommersprossen, aber das Faszinierendste an ihr waren ihre Augen. Tiefblau, wie das Meer, wenn die Sonne es an klaren Tagen beschien, umrahmt von dunklen Wimpern, waren sie das Hervorstechendste in diesem schönen Gesicht. Ihre vollen Lippen zitterten vor Empörung und Colin vergaß für einen kurzen Augenblick, warum er hier in diesem Refektorium stand. Erst als Ferghus sich räusperte, und damit den Bann brach, den diese Frau offensichtlich über ihn gelegt hatte, konnte er wieder klar denken.

„Also gut, Lady Rossalyn. Wenn ich Euch glauben soll, seid Ihr mir noch den Beweis schuldig!"

Ihre zierlichen Nasenflügel bebten vor unterdrückter Wut und Colin hatte Mühe, ein amüsiertes Grinsen zu unterdrücken.

„Kommt mit!" Sie rauschte an ihm vorbei in den Kreuzgang und hielt erst in einer weiter entfernten Nische an.

„Ihr werdet Verständnis dafür haben, dass ich nicht gedenke, diese entwürdigende Musterung vor den Augen aller Anwesenden über mich ergehen zu lassen." Damit zog sie sich das Habit über den Kopf und stand, nur mit einem Unterhemd bekleidet, vor Colin. Dessen Mund wurde trocken als er sich so unversehens dieser nur spärlich bekleideten Schönheit gegenüber sah.

„Äh, Lady MacDougal, ich, also...", stotterte er wie ein grüner Junge. Er hatte sich zwar einen Spaß erlauben und diese Lady provozieren wollen, aber ganz sicher war er nicht so ein Schuft, dass er sie gezwungen hätte, sich vor ihm auszuziehen.

Mit einer einzigen Bewegung zog Rossalyn sich das Hemd über die Schultern und gab so den Blick auf den Ansatz ihrer festen Brüste frei. Tatsächlich ließ sich dort der Anfang einen geraden Linie erkennen, die weiter hinunter reichte. Colin konnte nicht anders und starrte auf die wunderbar geformten Rundungen, die sich seinem Blick boten. Sie ließen wunderschöne, weiße Hügel erkennen, fest und nicht zu klein und nicht zu groß. Jedenfalls, wenn es nach seinem Geschmack ging. Er fühlte sich wie ein unreifer Junge, der noch nie die unbedeckte Blöße von zwei Brüsten gesehen hatte, so magisch angezogen wurde er von dem Bild, das sich ihm bot. Schließlich räusperte er sich verlegen und riss sich von dem äußerst verlockenden Anblick los.

„Reicht Euch das als Beweis, oder wollt Ihr mich noch mehr demütigen, indem Ihr mich zwingt, mich ganz auszuziehen?" Er sah Tränen in den blauen Tiefen ihrer Augen glitzern und sofort regte sich sein schlechtes Gewissen.

„Nein, Mylady, das reicht mir als Beweis. Ich..."

Er war völlig verdutzt, als ihn eine schallende Ohrfeige

mit voller Wucht traf. Rossalyn wischte sich schnell die Tränen aus den Augen, dann straffte sie sich, zog ihr Hemd wieder über die Schultern und das Habit über den Kopf. Würdevoll schritt sie vor ihm her zurück ins Refektorium.

„Ich denke, nachdem diese Sache nun geklärt ist, werdet Ihr die anderen Nonnen in Ruhe lassen?" Ihre Stimme zitterte, wohl weil sie nicht wusste, wie sie die Situation einschätzen sollte. Zwar war dieser grobschlächtige Krieger nicht gleich über sie hergefallen, aber zu trauen war ihm ganz sicher nicht. Außerdem hoffte sie, so die Aufmerksamkeit der Männer von Aidan abzulenken, der sich wie besprochen in der Speisekammer versteckte. Sie würde widerstandslos mit den Männer gehen, wenn nur ihr Sohn in Sicherheit war. Vielleicht würde sich unterwegs eine Möglichkeit zur Flucht ergeben, aber im Augenblick war es wichtig, die Männer so schnell wie möglich von hier fort zu locken.

„Ich versichere Euch, Lady Rossalyn, mein Auftrag lautet nur, Euch zu König Malcolm zu bringen. Und das mit möglichst wenig Aufsehen. Die Schändung dieser Nonnen gehört nicht zu meinem Auftrag." Colin sah sie spöttisch an.

„Wären wohl auch ein bisschen zu viele Jungfrauen für uns zwei!" Ferghus grinste anzüglich, aber Colin ging nicht auf seine Frotzeleien ein.

„Zieht Euch etwas Anständiges an und packt ein paar Sachen ein. Wir brechen so schnell wie möglich auf.", sagte er, an Rossalyn gewandt. Die nickte nur und wollte sich gerade in Richtung ihrer Kammer aufmachen, als ein kleiner Junge in das Refektorium stürmte, bewaffnet mit einem hölzernen Schwert, und sich auf Colin stürzte. Dieser war so überrumpelt, dass der Kleine es tatsächlich schaffte, ihm mit seinem Holzschwert einen schmerzhaften Hieb zu versetzen.

„Lass meine Ma in Ruhe! Du..." Weiter kam er nicht, denn Colin hatte sich von seiner Verblüffung erholt und den Kleinen am Kragen gepackt. Aidan schlug weiter wild schnaubend um sich und Colin konnte nicht anders und begann, lauthals zu lachen.

„Wer bist du denn, mein Kleiner? Du bist ein tapferer Krieger, aber du lässt leider die Deckung außer acht." Aidan hielt einen Augenblick inne.

„Was ist eine Deckung?", fragte er interessiert und hörte augenblicklich auf, wild um sich zu schlagen. Colin setze ihn ab und kniete sich vor ihn hin.

„Wenn du angreifst, dann musst du auch damit rechnen, dass dein Gegner sich wehrt. Du musst ihn immer im Auge behalten, damit er dich nicht überrumpelt. So wie ich dich gerade." Als er Ferghus unterdrückt glucksen hörte, fügte er hinzu: „Jedenfalls so ungefähr. Deckung heißt nichts anderes als Verteidigung." Der Kleine kaute nachdenklich auf seiner Unterlippe, dann sah er

Colin an. „Du meinst, ich muss besser aufpassen. Ich kann nicht nur hauen. Ich muss auch eine Decke haben."

„Deckung, Kleiner, Deckung. Aber das lernst du ganz bestimmt noch, wenn du groß bist."

„Ich bin schon groß." Er hob die Finger seiner rechten Hand in die Luft. „Bald bin ich soooo alt, nicht wahr, Ma?" Damit drehte er sich um und ging auf Rossalyn zu.

„Meine Ma sagt immer noch *mo ghraìdh bheag* zu mir, aber ich bin kein kleiner Junge mehr!" Dann griff er nach der Hand seiner Mutter und Colin sah ganz deutlich, dass aus ihren geschlossenen Augen Tränen liefen. Schlagartig wurde ihm klar, dass sie sich nur wegen des Kindes scheinbar widerstandslos in seine Hand begeben hatte. Augenscheinlich hatte sie gehofft, der Junge bliebe unentdeckt. Fast tat Rossalyn ihm ein wenig leid, denn nun hatte sich das Blatt zu seinen Gunsten gewendet. Mit dem Kleinen hatte er ein zusätzliches Druckmittel gegen sie in der Hand. Er war ein Schuft, aber bevor er sich über diesen Charakterzug nähere Gedanken machen konnte, wandte er sich an Ferghus.

„Sobald Lady MacDougal gepackt hat, können wir los."

„Ich komme mit.", stöhnte der gefesselte Mann auf dem Boden plötzlich und hievte sich in eine sitzende

Position. Irritiert sah Colin erst Ferghus, dann den Mann an, den er völlig vergessen hatte.

„Oh ja, Angus, das wird lustig!", jubelte Aidan und hüpfte aufgeregt neben seiner Mutter auf und ab.

„Das glaube ich kaum, Aidan." Rossalyn sah erst ihn, dann Colin mit zusammen gekniffenen Augen an. Dann deutet sie auf Angus. „Dieser Mann dort ist Angus MacPhearson. Er ist zu meinem Schutz abgestellt und ich bitte Euch, lasst ihn uns begleiten. Er ist ein guter Freund und kann auf Aidan aufpassen." Colin kniff die Augen zusammen um zu ergründen, *wie* gut Rossalyn und dieser Mann wohl befreundet waren. Und wie naiv diese Frau sein musste, wenn sie glaubte, er würde diesen Mann mitnehmen, in dem er sofort einen erfahrenen Kämpfer erkannt hatte. Oder war sie gar nicht naiv und tat nur so, um ihm etwas vorzumachen? Womöglich war er der Vater des Kindes und damit würde er einen Mann mehr im Auge behalten müssen. Er konnte keine Komplikationen auf seiner Reise gebrauchen. Die Route, die er zu nehmen gedachte, hielt auch so schon genügend Unbill bereit. Und er würde ganz gewiss nicht den Liebhaber dieser Frau mitnehmen, das war dann für seinen Geschmack doch zu viel des Guten. Dass es ihm außerdem einen Stich versetzte, wenn er sich die beiden in vertrauter Zweisamkeit vorstellte, ignorierte er geflissentlich.

„Der Mann bleibt hier!", bestimmte er und überhörte

das wütende Knurren, das Angus ausstieß.

„Sperr' ihn irgendwo ein.", befahl er Ferghus und an Rossalyn gewandt, sagte er: „Und Ihr packt so schnell wie möglich Eure Sachen zusammen, wir müssen los. Das Wetter schlägt um und wir wollen Fionnphort erreichen, bevor es ein richtiger Sturm wird."

Rossalyn nickte kurz, dann nahm sie Aidan bei der Hand und zog ihn fort.

„Ma, warum kann Angus nicht mitkommen?", fragte er im Hinausgehen, aber Rossalyn gab ihm keine Antwort. Wenig später betraten sie das wartende Boot und tatsächlich schafften sie es bis an die Küste von Mull, bevor der Sturm losbrach. Colin kaufte dem Besitzer des Stalles eine brave Stute ab, von der glaubte, dass Rossalyn gut mit ihr zurecht käme, dann warteten sie das Unwetter ab. Zwei Tage später setzten sie von der Ostküste der Insel Mull nach Oban über und hielten sich entlang des Loch Linnhe, in den der Fluss Ness mündete, Richtung Inverness. Vor ihnen lagen gut 110 Meilen und, wenn es die Strecke erlaubte und das Wetter mitspielte, damit ein bis zwei Wochen Reise. Dann würde er Rossalyn und ihren Sohn dem König übergeben und endlich sein Lehen erhalten.

„Ah, McCallum! Kommt herein. Ich habe einen Auftrag für Euch!" Malcolm winkte seinen Gefolgsmann näher, der auf ein Knie gebeugt vor dem großen Eichentisch seines Königs verharrte.

Duff McCallum erhob sich und trat auf Malcolm zu.

„Mein König! Ich kam so schnell ich konnte. Diese verdammten Engländer nehmen sich immer größere Freiheiten im Süden heraus..."

„Setzt Euch, Duff. Im Augenblick ist der Süden mein kleinstes Problem. Über kurz oder lang werden wir diesen Hundsärschen schon zeigen, wer in Northumbria das Sagen hat." Malcolm spießte ein Stück gebratene Taube auf sein Messer und schob es sich genüsslich in den Mund. Vor ihm stand eine Platte mit köstlich duftendem Wildschweinbraten, gebratenen Täubchen und fangfrischem Lachs in Kräutersud. Dazu stand ein Korb mit frischem Brot und eine Karaffe Rotwein auf dem Tisch. Er bedeutete Duff, sich ebenfalls zu bedienen, und nachdem er den Bissen mit einem Schluck Wein heruntergespült hatte, kam er zu seinem Anliegen.

„Ich ließ Euch kommen, weil ich endlich eine Möglichkeit sehe, diesen Maelsnectan von Coemgain unschädlich zu machen."

Als Duff nur fragend seine Augenbrauen hochzog, fuhr Malcolm fort.

„Ich habe Colin O'Shannaig mit nur einem Mann

losgeschickt, Maels Schwester gefangen zu nehmen und hier an den Hof zu bringen. Ganz sicher wird das diesem selbsternannten Möchtegern zugetragen werden und er wird versuchen, das Weib zu befreien. Er wird sich in Sicherheit wiegen, da sie nur von zwei meiner Männer begleitet wird." Er wischte sich den Mund an seinem Ärmel ab und nahm noch einen Schluck.

„Und da kommt Ihr ins Spiel, McCallum! Wenn Ihr sofort aufbrecht, müsstet Ihr das Gebiet, in dem ich einen Angriff von diesem Hurensohn erwarte, erreichen, bevor Colin O'Shannaig mit diesem Weib dort auftaucht. Er müsste inzwischen bereits auf Iona sein und diese Rossalyn MacDougal in seiner Gewalt haben."

Malcolm entging nicht, dass sich ein eigentümlicher Ausdruck in die Augen seines Gegenübers stahl, konnte diesen aber nicht deuten.

Scheinbar gleichgültig fragte Duff: „Wenn es mir gelingt, diesen Maelsnectan von Coemgain zu finden und zu überwältigen - und das wird mir gelingen, mein König! - was habt Ihr dann mit ihm vor? Soll ich ihn gleich den Banshees aus der Anderswelt übergeben oder wollt Ihr ihn selbst hinrichten lassen?"

Malcolm legte die Fingerspitzen aneinander und sah Duff direkt an.

„Ihr solltet in diesen Wänden nicht so offenherzig über den alten Volksglauben reden, dem noch viele unserer

Landsleute anhängen. Wie Ihr sicherlich wisst, hält meine Gemahlin nichts von diesen Sagen und Geschichten, die man sich heute noch in den Highlands erzählt!" Malcolm beugte sich ein wenig vor und sah sein Gegenüber streng an.

„Nay, McCallum, ich will ihn lebendig! Auf Hochverrat steht die Todesstrafe. Hängen, ausweiden und vierteilen. Und ich denke, dass ich daraus ein öffentliches Spektakel mache. Das Volk liebt dererlei Unterhaltung und gleichzeitig schreckt es diejenigen ab, die immer noch glauben, mein Thron wäre vakant!"

„Und was habt Ihr mit seiner Schwester vor?" Obwohl Duff sich alle Mühe gab, unbeteiligt zu klingen, konnte er es doch nicht verhindern, dass seine Stimme belegt klang. Malcolm sah ihn interessiert an. „Nun, ich denke, ihr die gleiche Strafe zukommen zu lassen wie ihrem Bruder wäre... selbst für meinen Geschmack zu grausam. Sie ist ein fehlgeleitetes Weib, das unter der richtigen Anleitung ganz sicherlich bekehrt werden kann. Sie soll ein außergewöhnlich schönes Weib sein. Ich denke, ich werde sie mit einem meiner Männer verheiraten, dann ist sie unter Aufsicht und ohne ihren Bruder wird sie nichts mehr gegen mich unternehmen."

„Ein guter Plan, mein König." Duff zögerte, und auch das entging Malcolm nicht.

„Ihr habt sie schon einmal getroffen, nicht wahr McCallum? Ihr wart es doch, der mit seinen Männern vor ein paar Jahren ihre Hochzeit gestört hat, wenn ich mich nicht irre. Ich schickte Euch schon damals mit dem Auftrag los, ihren Bruder gefangen zu nehmen."

„Ganz recht, ich kam zufällig dazu, als sie gerade die Hochzeit dieses Weibes feierten. Sie hatten es an der nötigen Aufmerksamkeit fehlen lassen, weswegen wir sie überwältigen konnten. Leider entkam dieser Hurensohn damals."

„Dann habt Ihr sie schon einmal zu Gesicht bekommen? Ist sie tatsächlich so schön, wie man sagt?" Aufmerksam musterte Malcolm seinen Gefolgsmann. Duff schloss die Augen und erinnerte sich. Als er Rossalyns Gesicht und ihre verführerischen Kurven vor seinem inneren Auge heraufbeschwor, regte sich augenblicklich sein Glied. Er hatte ihr Antlitz nie vergessen können, ihr schmales, schönes Gesicht mit den vollen Lippen und ihre blauen Augen, die ihn voller Schmerz und Abscheu angesehen hatten, als er ihrem frisch angetrauten Gemahl sein Schwert in den Bauch gestoßen hatte. Die Angst und der Hass in ihren Augen hatte ihn dazu veranlasst, nicht nur zuzustechen, sondern sein Schwert einmal von der Brust bis zum Schambein des Mannes zu führen, so dass seine Eingeweide hervorgequollen waren und sein frisches Blut ihr Hochzeitskleid besudelt hatte.

„McCallum?" Malcolm sah ihn interessiert an.

Duff kehrte in die Gegenwart zurück und räusperte

sich. „Sie ist wirklich ein schönes Weib, mein König." Er konnte die Erregung in seiner Stimme nur unzureichend verbergen und schluckte gegen die Trockenheit in seinem Hals an.

„Ich frage mich gerade...", Malcolm lehnte sich in seinem kunstvoll geschnitzten Stuhl zurück und verengte seine blassblauen Augen, „... ob Ihr nicht vielleicht der Richtige wärt, dieses Weib zu bändigen?! Ihr seid doch Witwer, nicht wahr?"

„Aye. Meine Gemahlin starb bei der Geburt unseres Kindes vor gut einem Jahr, mein König."

„Dann wärt Ihr also frei, dieses Weib zu ehelichen, wenn O'Shannaig sie hier abliefert."

Duff räusperte sich ein weiteres Mal, um seine Gedanken, die sich seit der Nennung ihres Namens mit nur einer Sache beschäftigten, zu verbergen. Seit damals hatte er oft an diese Frau denken müssen, und daran, was er alles mit ihren herrlichen Körper anstellen könnte.

„Wenn es Euer Wunsch ist, mein König, dann werde ich diese Frau heiraten und aus ihr eine königstreue Untertanin machen." Malcolm sah ein kaltes Glitzern in den Augen seines Gegenübers aufflackern und beglückwünschte sich zu seiner spontanen Idee, diese Rossalyn MacDougal mit Duff McCallum zu verheiraten. Er kannte die Stärken und Schwächen seiner Gefolgsleute sehr genau, und eine Schwäche des

Mannes, der seine Erregung und offensichtliche Zufriedenheit mit diesem Arrangement nicht mehr verhehlen konnte, war sein Interesse für schöne Frauen. Malcolm hatte schon des öfteren Berichte gehört, wonach Duff und seine Männer über die Stränge geschlagen hatten, wenn sie Hurenhäuser oder auch die den Kriegszügen folgenden Trosshuren besucht hatten. Aber so lange sich diese Frauen danach mit ein paar zusätzlichen Münzen abspeisen ließen und nicht öffentlich Anklage führten, sah er keine Veranlassung, sich einzumischen. Vielleicht war aber Duffs Art, sich die Frauen gefügig zu machen, auch gar keine Schwäche, sondern seine Stärke, jedenfalls wenn es um dieses MacAlpin Weib ging. Duff McCallum war genau der Richtige, um diese Rossalyn MacDougal zu unterwerfen, in jeder Hinsicht!

Rossalyn ritt etwa eine Pferdelänge hinter Colin und Aidan her und beobachtete die beiden. Ihr Sohn schmollte schon seit der Abreise aus der Abtei von Iona, weil sie Angus dort zurückgelassen hatten und inzwischen hatte Colin den Versuch aufgegeben, ihn mit Geschichten oder kleinen Übungskämpfen aufzuheitern. Sie waren nun schon seit zwei Tagen unterwegs, die kurze Überfahrt von Iona auf die Isle of Mull und dann die längere nach Oban hatten Rossalyn und Aidan dieses Mal ohne Übelkeit überstanden und auch das Wetter war nach dem anfänglichen Sturm gut, so dass sie ohne Probleme voran kamen. Sie hielten sich immer an den Lauf des Flusses Ness, der sie in nördliche Richtung direkt nach Inverness führen würde. Seit ihrer Abreise versuchte Rossalyn, sich einen Reim auf den Mann zu machen, der sie in seiner Gewalt hatte. Er und sein Freund waren immer sehr höflich zu ihr, Colin hatte ihr versichert, sie bräuchte weder von ihm noch von Ferghus etwas zu befürchten, und daran hielten sich beide bisher. Sie hatten nur das Nötigste miteinander gesprochen, denn Rossalyn erstickte jeden Versuch Colins, mit ihr zu reden, im Keim, indem sie einsilbig oder gar nicht antwortete. Schließlich hatte Colin seine Bemühungen achselzuckend aufgegeben und ritt nun stoisch voran. Allerdings hatte sie auch die Blicke bemerkt, die dieser Mann ihr zuwarf, wenn er sich unbeobachtet glaubte. Was sie aber noch mehr verstörte, war ihre Reaktion, sobald sie bemerkte, dass Colin ihr seine Aufmerksamkeit schenkte. Bereits in dem Kreuzgang, als er von ihr den Beweis ihrer Identität gefordert hatte, hatte sie bemerkt, wie attraktiv dieser Mann war. Groß und muskulös, mit einem kantigen Gesicht, das auf eine erregende Weise sehr anziehend wirkte. Seine stahlgrauen Augen hatten sich verdunkelt, als er den Ansatz ihrer Brüste und die Narbe gemustert hatte, aber gleichzeitig schien er verlegen gewesen zu sein, was so gar nicht zu seiner furchteinflößenden Erscheinung gepasst hatte. Die Ohrfeige, die Rossalyn ihm verpasst hatte, war mehr aus der Wut auf sich selbst heraus entstanden, wie sie beschämt zugeben musste. Sie hatte dieses eigentümliche Prickeln nicht einordnen können, das ihren Körper unter seinem Blick ergriffen hatte. Sie hatte noch nie so etwas gefühlt und grübelte nun schon geraume Zeit, was das zu bedeuten hatte.

Dummerweise wurde ihre Reaktion auf diesen Mann mit jedem Tag, den sie zusammen verbrachten, etwas heftiger. Seit sie ihn heimlich beobachtet hatte, wie er in einem flachen Seitenarm des Flusses gebadet hatte, ging ihr der Anblick seines muskulösen Körpers nicht mehr aus dem Sinn.

„Wir rasten heute hier, Lady Rossalyn." Seine dunkle Stimme riss sie aus ihren Gedanken und sie schämte sich fast, dass ihre Gedanken sich so oft mit diesem unbestreitbar attraktiven Mann beschäftigten.

Colin hob erst Aidan vom Pferd, dann war er auch schon bei ihr und umfasste ihre Taille, um auch ihr vom Pferd zu helfen. Dabei hielt er sie etwas länger fest, als es nötig gewesen wäre und Rossalyn versteifte sich. Wieder war da diese angenehme Wärme, die von seinen großen Händen ausging. Ihr Herz pochte heftig und schnell machte sie sich los.

„Es ist nicht nötig, dass Ihr mir vom Pferd helft.", fuhr sie Colin unwirsch an. Der zuckte nur amüsiert die Schultern und trat einen Schritt zurück.

„Ich wollte nur höflich sein, Lady. Nicht, dass ich mich da besonders gut auskenne, aber ich dachte, das macht man in den feineren Kreisen so." Spott blitzte in seinen grauen Augen auf. Rossalyn hob den Kopf, um ihn direkt ansehen zu können.

„Ich denke, weder Ihr noch ich wissen, was man in den *feinen Kreisen* so tut. Ihr seid ein Handlanger des Mörders meines Vaters und ich hatte nie die Gelegenheit, die Position einzunehmen, die mir durch Geburtsrecht zugestanden hätte. Stattdessen lebe ich das Leben einer Verfolgten!" Ihre blauen Augen verdunkelten sich, als sie Colin herausfordernd ansah.

„Ich bin fast mein ganzes Leben auf der Flucht, habe genau drei einfache Leinenkleider und ein Paar zerschlissene Stiefel, weil zu viel Gepäck das Fortkommen behindert. Mein Sohn hat genau drei Spielzeuge, zwei Holzpferde und eine Schachfigur. Jeder fünfjährige Bauernsohn hat mehr Spielsachen als Aidan! Ich kenne keinen Luxus, hatte nie ein richtiges Zuhause, selten ein weiches Bett für die Nacht. Ich habe neben meinem Bruder für seine Sache gekämpft, in Höhlen und improvisierten Lagern gelebt und mich von Moorhühnern oder auch mal nur von Pilzen und Beeren ernährt, während Euer König uns jagen ließ. Also sagt Ihr mir nicht, was man in den feinen Kreisen Eures Königs so tut oder lässt!" Das war die längste Rede, die sie seit dem Verlassen des Klosters von sich gegeben hatte, und Colin hatte ihr interessiert zugehört. Dass sie neben ihrem Bruder gekämpft hatte, war ihm neu. Aber wenn er Rossalyn so ansah, glaubte er ihr jedes Wort. Ihre Wangen waren gerötet und ihre Haare umwehten sie im aufkommenden Wind. So musste jene Kriegergöttin Scáthach ausgesehen haben, von der seine Mutter ihm immer wieder Geschichten erzählt hatte. Dieses Weib, deren blaue Augen ihn herausfordernd anblitzten, hatte Mut, Malcolm in seiner Gegenwart als *seinen* König zu bezeichnen. Deutlicher hätte sie nicht sagen können, dass sie Malcolms Herrschaft nicht anerkannte.

Und so beugte er sich so weit zu ihr herunter, dass er ihre Lippen beinahe mit seinen berühren konnte. „Ich warne Euch, Lady Rossalyn! Ihr solltet Euch schnellstens daran gewöhnen, Malcolm auch als Euren König anzuerkennen! Ihr wisst, dass man seinen Großvater auch 'den Zerstörer' nannte?" Als Rossalyn nur nickte, fuhr er fort. „Gut, dann wisst Ihr auch, auf wen sich dessen Mordlust bezog. Auf alle Mitglieder des Hauses MacAlpin. Und ich fürchte,", Colin nahm den schwachen Duft nach Heidekraut und Rosen wahr, der sie umgab, „... König Malcolm hat diesen Hass auf Eure Familie geerbt!"

Colin bemerkte, dass Rossalyn kurz schluckte.

„Ihr müsst mich nicht extra daran erinnern, dass schon die Vorfahren Eures...", sie atmete einmal heftig ein, „... Malcolms ein grausamer Haufen waren." Sie trat einen Schritt zurück um sich dem seltsamen Bann zu entziehen, mit dem die Nähe dieses Mannes sie belegte. Ihr Herz klopfte so laut, dass sie meinte, Colin müsse es hören und für einen törichten Augenblick, als seine Lippen den ihren so nahe gewesen waren, hatte sie sich sogar danach gesehnt, er möge sie küssen. Dabei war er ihr Feind! Der Mann, der sie ohne Skrupel seinem König ausliefern würde, ganz gleich, was dieser mit ihr vorhatte. Kurz fragte sie sich, wie hoch wohl der Preis für ihren Kopf war. Ganz sicher würde Colin eine stattliche Belohnung bekommen, wenn er sie Malcolm auslieferte. Wenn! Noch immer hatte sie die Hoffnung nicht aufgegeben, eine Gelegenheit zur Flucht zu bekommen. In wenigen Tagen würden sie sich dem Gebiet nähern, in dem sich ihr Bruder für gewöhnlich mit seinen Männern aufhielt, was dieser O'Shannaig allerdings nicht wissen konnte. Ganz sicher aber wusste Mael schon um ihre Ergreifung. Sie musste also nur noch ein paar Tage mit diesem gefährlichen Mann überstehen, dann wuchs ihre Chance, ihrem Schicksal am Hofe Malcolms zu entkommen.

Mit diesem tröstlichen Gedanken schob sie sich an Colin vorbei.

„Wenn es Euch nichts ausmacht, würde ich jetzt gerne ein Bad im Fluss nehmen." Sie kniff zornig die Augen zusammen. „Und dabei eines meiner drei Kleider auswaschen!"

Colin sah ihr nach, wie sie erhobenen Hauptes davon ging. Er bereute es, ihr Angst gemacht zu haben, denn er wusste ganz genau, dass Malcolm in dieser Beziehung nicht nach seinem Großvater geriet. Zwar hatte er keine Ahnung, was Malcolm mit ihr vorhatte, aber in den letzten acht Jahren war er weniger aufbrausend und reizbar geworden, was ohne Zweifel auf den begütigenden Einfluss zurückzuführen war, den Margareta auf ihn ausübte. Es hieß, es wäre eine Liebesheirat zwischen den beiden gewesen, und wenn man sie zusammen sah, mochte man das glauben. Auch ihr fester katholischer Glauben, den sie in Schottland zu etablieren versuchte, trug dazu bei, dass sie immer wieder mäßigend auf ihren Gemahl einwirkte.

Colin hatte nicht bemerkt, dass er seine Schritte wie von selbst in Richtung Fluss gelenkt hatte. Er rechtfertigte sich damit, dass er Rossalyn im Auge behalten musste, denn er hatte seit ein paar Tagen das Gefühl, dass sie verfolgt wurden. Es waren nur kleine Hinweise gewesen, das entfernte Schnauben eines Pferdes oder das Aufflattern der Vögel in einem Waldstück, das sie bereits verlassen hatten, um am Fluss eine Rast einzulegen. Aber er und Ferghus waren zu sehr Krieger, geschult, zu kämpfen und zu überleben, um diese Hinweise nicht ernst zu nehmen.

Er lehnte sich an einen Baum, zog sein Sgian Dubh aus dem Stiefelschaft und begann, ein trockenes Stück Holz zu bearbeiten. Während er die Rinde abschälte, wanderte sein Blick zu Rossalyn, die sich gerade, nur mit ihrem Unterkleid bekleidet, in den Fluss begab. Sie stockte nur kurz, als das Wasser ihre Hüften umspielte und sie ob der Kälte stehenblieb, um Luft zu holen. Dann ließ sie sich in einer fließenden Bewegung ins Wasser gleiten und tauchte augenblicklich unter.

Colin erwartete, dass sie sofort wieder auftauchte, aber als eine für ihn quälend lange Zeit nichts geschah, riss er sich die Stiefel vom Leib und stürmte zu der Stelle, an der Rossalyn untergetaucht war. Panisch begann er, nach ihr zu suchen, aber obwohl das Wasser ihm nur bis zur Brust reichte, konnte er sie nicht finden. Es war gut möglich, dass der Fluss hier eine gefährliche Strömung aufwies. Er kannte die Stelle zwar nicht, aber der Ness war dafür bekannt, dass er einige Untiefen und Strömungen hatte, die schon manch arglosem Schwimmer zum Verhängnis geworden waren. Sein Herz klopfte zum Zerspringen, er tauchte wieder und wieder unter, und ein dumpfes Gefühl des Verlustes begann, sich wie ein Stachel in seine Brust zu bohren. Schließlich blieb er stehen, warf den Kopf in den Nacken und ballte vor Verzweiflung die Fäuste.

„Fürchtet Ihr, Malcolms Lohn für meine Ergreifung zu verlieren, wenn ich hier ertrinke?" Ihre spöttische Stimme drang vom Ufer zu ihm herüber und innerlich versteifte er sich. Dieses Weib! Betont langsam, um seine Wut - oder war es doch eher Erleichterung? - zu verbergen, drehte er sich zu Rossalyn um, die auf einem Baumstumpf hockte und ihre Haare zu einem dicken Zopf drehte, um das Wasser herauszupressen. Sie lächelte ihn honigsüß an und sah dabei so anziehend aus, dass er nach Luft schnappen musste. Kurz kam ihm der Gedanke, ob es die Selkies, von denen seine Mutter ihm oft erzählt hatte, wirklich gab, denn hier schien eines dieser Wesen vor ihm zu sitzen. Seine Mutter stammte ursprünglich aus dem Norden Schottlands und dort glaubten die Menschen, dass diese Robbenwesen tatsächlich existierten. Sie streiften an Land ihren Pelz ab, und verwandelten sich in Frauen von überirdischer Schönheit.

Unwillig schüttelte Colin den Kopf. Diese Rossalyn musste ihn verhext haben, wenn er derart abwegige Gedanken hatte! Sie war eine ganz normale Frau, die einfach nur schwimmen konnte! Mit großen Schritten watete er durch das Wasser und als er sie erreichte, packte er sie an den Armen und zog sie zu sich hoch. „Mach das nie wieder, du kleine Hexe!" Er hatte jedes Wort betont und seine Nasenflügel bebten vor Wut, aber als er in ihre vor Schreck weit aufgerissenen Augen sah, verrauchte sein Ärger und machte einem weitaus gefährlicherem Gefühl Platz: Begehren! Ihre Brüste mit den vor Kälte harten Spitzen rieben an seiner Brust, und die Tatsache, dass er noch ein nasses Hemd und sie ihr ebenfalls nasses Untergewand anhatte, nahm dem Reiz nichts. Im Gegenteil! Deutlich konnte er die dunklen Höfe ausmachen, die sich durch den nun fast durchsichtigen Stoff abzeichneten. Und diese herrlichen Brüste hoben und senkten sich unter ihrer schnellen Atmung, ganz im Takt mit seinem Herzschlag. Ihre Blicke fanden sich und versanken ineinander und für einen Augenblick vergaß er die Welt um sich herum. Er beugte sich einem inneren Zwang gehorchend zu ihr hinunter, angezogen und wie gebannt von dem einladenden Rot ihrer vollen Lippen. Sein Atem streifte verlangend ihre Mundwinkel und er hörte sie seufzen. Dieser Ton war süßer als alles, was er bisher von ihr vernommen hatte und augenblicklich begann sich sein Glied zu regen. Er drückte sie noch fester an sich, aber bevor er sie küssen konnte, hörte er Schritte auf sie zukommen. Das brachte ihn in die Wirklichkeit zurück und sein Verstand gewann plötzlich wieder die Oberhand. Bei der heiligen Wilbeth! Was tat er hier?

Er biss die Kiefer so fest aufeinander, dass seine Wangenknochen hervortraten. Für dieses Mal hatte er der Versuchung widerstanden. Was hatte diese Sirene vor? Wollte sie ihn verführen und sich so womöglich ihre Freilassung erkaufen? Rossalyn war seine Gefangene! Seine Aufgabe war es, sie Malcolm auszuliefern, nicht, sich von ihr umgarnen zu lassen! Er hatte ganz deutlich gespürt, dass sie seinen Kuss erwartet, ja vielleicht sogar provoziert hatte, und er durfte sich nicht von ihr verführen lassen. Er durfte nicht vergessen, dass sie früher an der Seite ihres Bruders gekämpft hatte, und ganz sicher hatte sie diese Zeit nur überlebt, indem sie ihre fehlende Körperkraft durch List und Tücke wettmachte!

Er räusperte sich und stieß sie fast grob von sich. Ferghus kam, den Jungen im Schlepptau, die Uferböschung herab und auf sie zu. Er erfasste die Situation mit einem Blick und grinste Colin an.

„Sie sollte sich schnellstens was Trockenes überziehen, sonst erkältet sie sich noch!", raunte er ihm im

Vorbeigehen zu und klopfte seinem Freund auf die Schulter.

„Der Junge und ich angeln jetzt, vielleicht gibt es heute ja mal was anderes als Haferkekse und Kaninchen." Colin blickte zu Rossalyn hinüber, die inzwischen ihre Fassung wieder erlangt hatte und ihn wütend musterte. Sie sagte kein Wort, griff ihre derben Stiefel und stapfte zurück zum Lager.

Colin folgte ihr mit einigem Abstand. Er wollte ihr Zeit geben, sich etwas Trockenes anzuziehen, jedenfalls sagte er sich das, aber in Wahrheit wollte er sein aufgewühltes Gemüt beruhigen. Er hätte beinahe eine unsichtbare Grenze überschritten. Sie zu begehren war eine Sache, diesem Begehren nachzugeben eine andere. Sie war keine der Frauen, die er sonst in sein Bett holte. Sie war eine Adelige, eine geborene Prinzessin von Moray, und auch, wenn sie auf der falschen Seite stand, gab es ihm nicht das Recht, sich mit ihr zu vergnügen. Oder wollte sie das womöglich auch? Sie hatte sich nicht gegen ihn gewehrt, hatte ihn nicht zurückgestoßen, und doch...

Es war müßig, sich diesen Gedanken hinzugeben. Sie war sein Pfand, das er gegen ein Lehen eintauschen würde, wenn er erst wieder in Inverness war. Danach war sie nicht mehr sein Problem, aber bis dahin musste er für ihre Sicherheit und Unversehrtheit sorgen. Und das beinhaltete, dass er sich von ihr fern hielt.

58

Rossalyn saß am Lagerfeuer und kämmte ihr
kastanienrotes Haar mit den Fingern durch. Das, was
gerade dort unten am Fluss passiert war, hatte sie
verwirrt. Colin war wie ein Berserker auf sie
zugestürmt und sie hatte erwartet, er würde sie
schlagen, weil sie ihn absichtlich genarrt hatte.
Stattdessen hatte er sie in seine Arme gezogen und
beinahe hätte er sie geküsst. Und sie hatte sich danach
gesehnt, dass er das tun würde! Wie schamlos ihr
Körper auf ihn reagiert hatte! Jeden einzelnen seiner
Muskeln hatte sie durch sein nasses Hemd sehen
können, ebenso wie durch seine eng anliegenden Hosen
und er bot ein wahrlich furchteinflößendes Bild, wie er
so dem Meeresgott Barinthus gleich durch das Wasser
pflügte, um dann mit einem zornigem Blitzen in seinen
stahlgrauen Augen vor ihr stehen zu bleiben. Aber bei
genauem Hinsehen hatte sie noch etwas anderes in
seinem Blick, gesehen, etwas, das ihr Angst machte, sie
verunsicherte und doch auch wieder dieses
merkwürdige Prickeln in ihr hervorrief. Sie hatte wenig
Erfahrung mit Männern, denn bis auf die Nacht, in der
sie Aidan empfangen hatte, war sie nie mit einem Mann
zusammmen gewesen. Sie erinnerte sich an den Blick,

mit dem Aidans Vater sie gemustert hatte, bevor... er... ihr die Unschuld genommen hatte. Das, was sie in Colins Augen las, war... anders. Sie hatte keine Angst vor ihm, obwohl sie die vielleicht besser haben sollte. Er brachte ihre Gefühle derart durcheinander, dass sie schon selbst nicht mehr wusste, was sie wollte... oder auch nicht wollte.

Sie hatte nicht bemerkt, dass Colin plötzlich hinter ihr stand und fuhr erschrocken zusammen.

Er setzte sich neben sie und musterte sie, bevor er leise sagte: „Es tut mir leid, Lady Rossalyn. Ich... hätte Malcolms Großvater nicht erwähnen sollen. Und das eben unten am Fluss... ich..." Er fuhr sich verlegen durch sein feuchtes, schulterlanges Haar.

„Was hat Malcolm mit mir vor, wenn Ihr mich in Inverness abliefert?" Sie gab sich Mühe, unbeteiligt zu klingen, aber ihre Stimme zitterte leicht, so dass er ihre Angst heraushörte.

„Er will von Euch wissen, wo sich Euer Bruder versteckt."

Sie nahm einen Stock und begann, unzusammenhängend Kreise und Linien auf den sandigen Boden zu malen.

„Was wird er tun, wenn ich ihm sage, dass ich das nicht weiß?"

„Ich kenne Malcolm nicht so gut, dass ich Euch hierauf eine Antwort geben könnte."

„Und was *glaubt* Ihr, wird er tun?" Sie sah ihn aus ihren dunkelblauen Augen an und sein Herz zog sich schmerzhaft zusammen.

„Ich denke, er wird Euch mit einem seiner getreuen Anhänger verheiraten, damit Ihr... sozusagen unter strenger Aufsicht seid. Wenn Ihr erst ein paar Kinder habt, dann..." Er verstummte, denn der Gedanke, ein anderer Mann könnte ihren Körper für sich beanspruchen, behagte ihm nicht.

Rossalyn errötete und wandte den Blick ab.

„Ich habe bereits einen Sohn..."

„Aber von einem Gefolgsmann Eures Bruders. Das würde Euch nicht an den Hof des Königs binden. Im Gegenteil, Aidan ist ein weiterer MacAlpin Nachfahre. Kinder, die Ihr von einem seiner Leute bekämt, würden Euch dagegen schon bewegen, den Hof nicht zu verlassen und keine Dummheiten mehr zu machen."

Er konnte den Ausdruck, der auf ihrem Gesicht erschien, nicht deuten. Verlegenheit, weil er so unverblümt über ihre Pflichten als Gattin eines königstreuen Gemahls sprach? Angst? Oder war es der Gedanke daran, dass sie dann diesen Angus vergessen musste? Er hatte den Blick gesehen, den dieser Mann ihr zugeworfen hatte, als Ferghus ihn aus dem Refektorium zerrte. War er womöglich doch ihr Geliebter? Abwegig war dieser Gedanke ganz sicher nicht. Sie war eine schöne Frau und seit fünf oder sechs

Jahren Witwe... Und dieser Angus war, das musste er zugeben, ein stattlicher Mann. Ein Grollen entwich seiner Brust bei dem Gedanken, sie und Angus wären ein Liebespaar...

Rossalyn sagte kein Wort mehr, stand auf und ging zu ihrem Pferd, um sich ihr Plaid zu holen, in das sie sich bei Nacht einwickelte. Sie breitete es ein Stück entfernt vom Feuer aus und als Ferghus und Aidan tatsächlich mit einem Lachs und zwei Forellen zurückkamen, bereiteten sie ein schmackhaftes Abendessen zu, von dem Rossalyn nur wenig zu sich nahm, bevor sie sich schweigend zurück zog.

Colin übernahm von Ferghus die Wache in der zweiten Nachthälfte und setzte sich nah ans Feuer, sein Schwert griffbereit neben sich. Er versuchte, sich auf den noch vor ihnen liegenden Weg zu konzentrieren, ging in Gedanken die gefährlichsten Passagen durch, die eine erhöhte Aufmerksamkeit erfordern würden, und sah doch immer wieder Rossalyns schönes Gesicht vor sich. Die blauen Augen unter den dunklen, leicht geschwungenen Brauen, die etwas zu klein geratene Nase mit den vorwitzigen Sommersprossen, die ihr so etwas Natürliches gaben. Und dann ihre vollen Lippen, perfekt geformt, mit dem V- förmigen Amorbogen, die ihn anzogen wie Ferghus' Köder die Fische...

Plötzlich stand Aidan vor ihm, wischte sich die Augen und sein unbemerktes Auftauchen gemahnte Colin daran, sein Augenmerk auf die Umgebung zu richten, was er sträflich vernachlässigt hatte, während er an Rossalyn dachte. Der Kleine gähnte herzhaft und sah ihn verschlafen an. Noch bevor Colin fragen konnte, was den kleinen Kerl umtrieb, flüsterte er: „Sie träumt wieder."

Fragend zog Colin die Augenbrauen zusammen. „Sie träumt wieder?"

„Sag ich doch. Manchmal tut sie das. Dann weint sie im Schlaf." Colin zog Aidan zu sich heran.

„Warum weint deine Ma denn?"

Aidan zuckte mit den Schultern. „Weiß nicht. Sie weint eben. Ich weine nie!", brüstete er sich, und streckte die Brust vor. „Männer weinen nicht, nur Frauen." Aha. Dieser Logik konnte Colin nichts entgegen setzen. Besorgt sah er, wie Rossalyn sich unruhig hin und her warf und leise schluchzte. Er kannte diese Art von Albträumen. Viele seiner Kampfgenossen hatten diese Träume, gepeinigt von den grauenvollen Bildern, die sie auf den Schlachtfeldern hatten sehen müssen, gepeinigt von der Erinnerung an das Foltern und Morden, dem sie so oft ausgesetzt waren. Aber was quälte Rossalyn? Hatte er sie womöglich mit dieser dummen Anspielung auf Malcolm den Zerstörer so sehr verängstigt, dass dieser sich in ihre Träume geschlichen hatte? Schuldbewusst ging er zu ihr hinüber. Aidan folgte ihm unaufgefordert.

„Darf ich auf deiner Decke schlafen, O'Shannaig?" Es fühlte sich komisch an, wenn ein Fünfjähriger ihn so anredete, aber seit sie Angus zurückgelassen hatten, hatte er sich Aidans Gunst und damit auch, vertraulich beim Vornamen genannt zu werden, verspielt. Er nickte dem Jungen zu und dieser machte augenblicklich kehrt und kuschelte sich in Colins weichen Brat, der ausgebreitet auf der Erde lag.

Rossalyn murmelte im Schlaf einige Wörter, aber Colin konnte nicht verstehen, was sie sagte. Schuldbewusst kniete er sich neben sie und strich ihr ein paar verschwitzte Locken aus dem Gesicht. Ihre Wangen waren tränennass und sie bewegte sich unruhig. Dann schlug sie plötzlich um sich und Colin rüttelte sie vorsichtig am Arm, um sie aufzuwecken. Stattdessen aber begann sie nun fast panisch, sich gegen seine Berührung zu wehren. Ratlos starrte Colin Rossalyn an, dann seufzte er und legte sich neben sie. Er schlang die Arme um sie und murmelte ihr tröstende Worte ins Ohr. Das hatte seine Mutter früher immer bei ihm und seinen

Geschwistern getan, wenn die Jungs wieder einmal von dem grausamen Mhorag geträumt hatten, einem Ungeheuer, das den Erzählungen nach im Loch Morar an der schottischen Westküste lebte. Den Geschichten ihrer Mutter zufolge, fraß dieses Ungeheuer am liebsten kleine Jungs, die zu lange im Wasser blieben und herumtollten, und darüber vergaßen, die Schafe von der Weide zu treiben oder die Steinmauern auszubessern, die die Weiden der Tiere umgaben.

Kurz schien Rossalyn sich durch seine Nähe zu beruhigen, aber dann begann sie, nach ihm zu treten. „Adair! Nein, nein!", wisperte sie. „Lasst mich los! Ich... nein!" Dann versteifte sie sich plötzlich, lag wie ein starres Stück Holz in seinen Armen. Sie hatte den Kopf zur Seite gedreht und atmete heftig ein und aus. Eine ganze Weile lag sie so, dann rollte sie sich auf einmal zusammen wie ein Kind und schluchzte herzzerreißend. Colin hielt sie, betrachtete ihr schönes Gesicht, das vor Schmerz und Angst verzerrt war und streichelte ihr dann beruhigend über die Haare. „Schschtt, Rossalyn, Euch geschieht nichts. Ich passe auf Euch auf. Ihr seid in Sicherheit." Aber war sie das wirklich? War er nicht vielmehr der Mann, der ihr Angst machte? Immerhin würde er sie schon bald ihrem ärgsten Feind ausliefern und auch wenn er sich sagte, dass ihr Schicksal ihn nichts anging, wusste er doch, dass er nicht damit leben könnte, wenn ihr etwas geschehen würde. Sicher, sie war eine Feindin seines Königs, aber sie war auch eine Frau und Mutter. Eine äußerst schöne Frau. Und hingebungsvolle Mutter. Sie hatte sich endlich beruhigt und atmete nun gleichmäßig und eigentlich hätte er sie nun alleine lassen können, aber er brachte es nicht über sich, ihren warmen, weichen Körper loszulassen. Er atmete ihren Duft nach Heidekraut und frischer Seeluft ein und ein warmes Gefühl breitete sich in ihm aus. So hatte er nicht einmal bei Sionag gefühlt, mit der verheiratet gewesen war. Er hatte geglaubt, diese Frau zu lieben, aber nachdem sie bei der Geburt ihrer Tochter gestorben war, hatte er hinter vorgehaltener Hand gehört, dass sie wohl alle Betten des Palastes, in dem er damals seinen Dienst verrichtete, besser kannte als seines. Schon während ihrer Schwangerschaft hatte er Gerüchte gehört, das Kind, das sie erwartete, könne unmöglich von ihrem Gemahl sein. Daher war er verunsichert, als Gara geboren worden war. Sie hätte seine Tochter sein sollen, sein müssen, aber es fiel ihm schwer, das zu glauben, nach all dem, was geredet worden war. Und so hatte er das kleine Mädchen nicht im Arm halten oder sie auch nur ansehen können. Das Einzige, was er für das Kind getan hatte, war, ihr einen Namen zu geben. Er hatte sie Gara genannt, was so viel wie 'klein' bedeutete, denn sie war bei der Geburt nur so groß gewesen wie ein kleines Kätzchen.

66

Drei Tage später hatte er auch sie begraben müssen. Heute, mit dem Abstand so vieler Jahre, fühlte er nichts mehr, wenn er an Sionag dachte, nur Bedauern, dass es das kleine Mädchen nicht geschafft hatte.

Er hatte vorgehabt, Rossalyn zu verlassen, bevor sie aufwachte, aber an der Art, wie sich ihr Atem veränderte und sie sich versteifte, als sie ihn so nah bei sich liegen fühlte, bemerkte er, dass es zu spät war. Sie war augenscheinlich wach und nach ein paar tiefen Atemzügen zischte sie ihn an. „Lasst mich sofort los! Was fällt Euch ein, eine wehrlose Frau im Schlaf... anzufassen? Wollt Ihr Euch so holen, was Euch am Tag versagt wird? Ihr seid ein verkommener...", sie rückte ein Stück von ihm ab, befreite sich strampelnd und zeternd aus ihrem Plaid und trat ihn schließlich, als sie auf die Füße gekommen war, heftig in die Seite.

Colin war so verblüfft von ihrer Reaktion, dass er den Tritt nicht hatte kommen sehen und sich nun die schmerzende Seite hielt.

„...Schafsarsch!", beendete sie ihren Satz und Colin wusste nicht, ob er lachen oder wütend sein sollte. Sie hatte die Situation gänzlich falsch eingeschätzt.

Obwohl, ein Körnchen Wahrheit steckte schon in dem, was sie ihm vorwarf. Er hatte es tatsächlich genossen, sie in seinen Armen zu halten und sie im Schlaf zu beobachten, nachdem sie sich beruhigt hatte. Und dass er dabei ein schmerzhaftes Verlangen in seinen Lenden gespürt hatte, so nah an ihrem hübschen kleinen Hintern, machte aus dem Körnchen Wahrheit wohl doch eher einen Sandsturm.

Sie starrte ihn immer noch wütend an, die Hände in die Hüften gestemmt und mit dem wirren Haar und den blitzenden Augen schien sie ihm begehrenswerter als jemals zuvor.

Aufreizend langsam erhob nun auch er sich und baute sich vor ihr auf.

„Wer ist Adair?", fragte er, sie nicht aus den Augen lassend.

„Wer... was...?" Verwirrt ließ sie die Hände sinken und starrte ihn an.

„Wer ist Adair? Ihr hattet einen Albtraum und des öfteren diesen Namen gerufen. Hat dieser Mann Euch etwas angetan? Etwas so Schreckliches, dass Ihr seinetwegen diese Albträume habt? Aidan sagte mir, dass Ihr von Zeit zu Zeit..."

„Er... Adair war mein Gemahl. Und er hat mir nichts angetan." Ihre Stimme zitterte und sie drehte sich von ihm weg.

„Er... wurde ermordet. Adair starb in meinen Armen." Sie unterdrückte ein Schluchzen, dann straffte sie sich, strich den Stoff ihres Kleides glatt und drehte sich wieder zu ihm herum.

„Ich dachte, Ihr wüsstet, dass ich Witwe bin."

„Das war mir bekannt, aber ich wusste nicht, dass Ihr

mitansehen musstet, also..." Verlegen räusperte er sich. Tatsächlich wusste er so gut wie nichts über sie, denn er war lange Zeit in Northumbria gewesen und hatte dort fern ab vom Hof und dem üblichen Klatsch und Tratsch gekämpft.

„Es geschah vor fast sechs Jahren. Männer Eures Königs überfielen uns und..." In ihren Augen konnte er den Schmerz und das Entsetzen sehen, das sie bei der Erinnerung an diesen Tag überkam. Auch begann sie, wieder zu zittern und aus einem Impuls heraus ging er zu ihr und zog sie in seine Arme. Ihre Reaktion auf diese Geste war heftig. Sie wehrte sich, versuchte, seinen starken Armen zu entkommen, trat und biss ihn, aber er ließ sich nicht beirren und verstärkte den Druck seiner Arme um sie. Nach einiger Zeit erlahmte ihr Widerstand und er lockerte seinen Griff, um ihr beruhigend über den Rücken zu streicheln. Aber als er in ihre Augen sah, überlief ihn ein kalter Schauer. Weit aufgerissen, das sonst so klare Blau fast schwarz, starrte sie einfach durch ihn hindurch. Sie sah ihn an, schien ihn aber gar nicht wahrzunehmen. Erschrocken schüttelte er sie, flüsterte ihren Namen und langsam wich das namenlose Entsetzen in ihrem Blick. Sie ließ es zu, dass er sie erneut tröstend in seine Arme zog und dieses Mal erlaubte sie es ihm, sie zu halten und zu streicheln. So standen sie eine ganze Weile, bis sie sich schließlich von ihm löste.

„Danke." Mehr sagte sie nicht.

Leider schlug das Wetter um, kurz nachdem sie das
Lager abgebrochen und ihren Weg gen Norden
fortgesetzt hatten. Es begann mit feinem Nieselregen,
der im Laufe des Tages immer stärker wurde und sich
gegen Mittag zu einem wahren Unwetter gesteigert
hatte. Es war vollkommen ausgeschlossen, weiter zu
reiten. Der Boden wurde zusehends schlammiger und
die Pferde hatten Mühe, sicheren Tritt zu finden.
Inzwischen hatten auch ihre Reiter keinen trockenen
Faden mehr am Leib und Colin entschloss sich,
schnellstmöglich einen Unterschlupf für die kleine
Reisegruppe zu finden. Es war nicht ungefährlich,
ausgerechnet hier zu rasten, denn soweit er wusste, war
das ein Gebiet, in dem Rossalyns Bruder immer wieder
gesehen wurde und offensichtlich Unterstützer fand.
Aber Aidan vor ihm im Sattel zitterte vor Kälte, seine
Zähne schlugen in regelmäßigem Takt aufeinander, und
auch wenn der kleine Kerl das ohne zu murren ertrug,
tat er Colin doch leid. Nur ein Kind, das mit einer

derartigen Situation vertraut war, sie womöglich schon dutzende Male erlebt hatte, reagierte so!

Ferghus lenkte sein Pferd neben Colin.

„Wir können nicht mehr weiter, Colin. Die Pferde...", begann er.

„Ich weiß. Aber ich traue den Bauern hier in der Umgebung nicht. Ich hörte, dieser Mael treibt hier in dieser Umgebung sein Unwesen, und die Tatsache, dass er das ziemlich unbehelligt tut und bislang nicht festgesetzt werden konnte bedeutet doch, dass er hier Unterstützer hat."

„Eine schöne, trockene Scheune auf einem Gehöft scheidet demnach wohl aus." Ferghus wischte sich grimmig die Regentropfen ab, die wie kleine Rinnsale aus den Haaren über seine Stirn liefen, bevor sie schließlich in seinem Bart versickerten.

„Uns wird wohl nichts anderes übrig bleiben, als uns einen behelfsmäßigen Unterschlupf aus Ästen und Zweigen zu bauen." Colin hielt sein Pferd an und sah sich um. Dann lenkte er es von dem mäßig bewachsenen Ufersaum des Flusses in Richtung eines kleinen Wäldchens, das sich etwa eine Meile landeinwärts befand. Er zog sein Plaid enger um sich und bemerkte, dass der Junge wohl inzwischen eingeschlafen war. Sein Kopf war auf die Seite gerutscht und wippte nun mit jedem Schritt des Pferdes leicht hin und her. Er sah zu Rossalyn und auch sie wirkte erschöpft, obwohl sie noch nicht allzu lange unterwegs waren. Trotzdem hielt sie sich bemerkenswert aufrecht, trotzte dem Regen und enthielt sich zu Colins Erstaunen jeglichen bissigen Kommentars über ihr Schicksal. Überhaupt war sie eine der bemerkenswertesten Frauen, die ihm je begegnet waren. Sie war nicht nur schön. Wenn sie mit Aidan spielte oder ihm eine Geschichte erzählte, dann leuchtete sie förmlich vor Liebe für diesen kleinen Kerl. Sie beantwortete ihm jede Frage, die er während ihrer Reise stellte, verlor nie die Geduld und Colin kam nicht umhin, sich zu fragen, ob Sionag eine ebenso liebevolle wie geduldige Mutter gewesen wäre. Im Grunde wusste er die Antwort und sie schmerzte ihn, denn er hatte diese Frau wirklich geliebt. Er hatte es nicht ernst genommen, als sie ihn eines Tages angeschrien und unter Tränen gestanden hatte, dass sie *Es* nicht haben wolle, dass sie sich wünschen würde, *Es* wäre nie entstanden. Frauen reagierten oft merkwürdig, wenn sie ein Kind erwarteten, hatte man ihm gesagt. Aber als er im Nachhinein erfahren hatte, dass Sionag bei einer Kräuterfrau ein Mittel erstanden hatte, das die Schwangerschaft beenden sollte, hatte er sie mit anderen Augen gesehen. Sionag war immer nur auf ihren Vorteil bedacht gewesen und hatte ein Leben ohne großartige Verpflichtungen führen wollen. Er wusste nicht, ob sie das Mittel tatsächlich eingenommen hatte, aber er hielt es durchaus für möglich. Wie anders war Rossalyn! Sie würde für ihren Sohn alles tun, das hatte er inzwischen bemerkt. Sie fügte sich nur in ihr Schicksal, weil sie Angst um Aidan hatte.

Sie erreichten den Waldsaum wenig später. Ferghus, der vorausgeritten war, erwartete sie schon und bedeutete Colin und Rossalyn, ihm zu folgen. Zu Colins großer Überraschung befand sich nicht weit entfernt eine Hütte, windschief zwar und mit großen Löchern im Dach, aber immerhin ein besserer Unterschlupf als jeder selbstgebaute Unterstand aus Zweigen und Ästen es hätte sein können.

„Ich habe schon einen Blick hineingeworfen. Ist nicht gerade gemütlich aber für eine Nacht wird es reichen. Es gibt ein wenig trockenes Holz, ein paar flohverseuchte Matten und ganz viel Staub. War wohl lange niemand hier. Schätze, es war einmal eine Fischerhütte. Oder auch ein Unterschlupf für die Schafhirten." Ferguhs nahm Colin Aidan ab und stieß die knarrende Tür auf. Colin schwang sich ebenfalls aus dem Sattel, hütete sich aber, Rossalyn noch einmal zu helfen. Als er die Hütte betrat, stellte er fest, dass Ferguhs nicht übertrieben hatte. Eher noch war seine Beschreibung untertrieben, aber ihnen blieb nichts anderes übrig, als sich mit den Gegebenheiten abzufinden.

„Himmel!", rief Rossalyn aus, die hinter ihm

eingetreten war, hatte sich aber sofort wieder in der Gewalt und ließ ihren Blick prüfend über das Innere der Behausung gleiten. Dann ging sie zurück zu ihrem Pferd, das unruhig stampfend immer noch im Regen stand und löste mit klammen Fingern eine Decke vom Sattel. Sie nahm Fergus das schlafende Kind ab und begann, Aidan die nassen Sachen auszuziehen.

Sie hielt inne, als sie bemerkte, dass Ferghus und Colin noch immer tatenlos im Raum standen.

„Falls Ihr glaubt, der Schmutz und Staub würde allein durch bloßes Anstarren verschwinden, muss ich Euch enttäuschen. Und auch ein Feuer wird sich nicht von selbst entfachen, nur dadurch, dass Ihr das Holz mit Euren Blicken zu entzünden versucht!"

Colin räusperte sich. Tatsächlich hätte er lieber draußen unter den Bäumen geschlafen, trotz des Regens, aber er sah ein, dass er Rossalyn und dem Kind das nicht zumuten konnte.

„Ferghus, kümmere dich um die Pferde. Vielleicht findest du einen trockenen Platz unter dem Dach, sonst bring wenigstens die Sättel rein. Da sind die Feuersteine drin." Dann wandte er sich wieder Rossalyn zu, die inzwischen damit begonnen hatte, Aidan mit der Decke warm zu rubbeln. Colin entging ihr besorgter Blick nicht und er trat zu ihr. „Ist was mit dem Jungen?"

Sie zuckte mit den Schultern. „Ich weiß nicht. Er ist so

kalt."

Colin bekam auf der Stelle ein schlechtes Gewissen. Schließlich hatte er gespürt, wie der Junge vor Kälte gezittert hatte. Wahrscheinlich wäre es klug gewesen, schon viel eher anzuhalten und sich einen Unterschlupf zu suchen.

„Wir müssen abwarten. Er ist ein zäher kleiner Kerl." Rossalyn drückte ihrem Sohn einen Kuss auf die Schläfe, dann legte sie ihn behutsam auf den Boden. Colin räusperte sich, voller Bewunderung für diese Frau, die trotz der Sorge um ihren Sohn nicht jammerte oder ihm Vorwürfe machte. Stattdessen war sie bemüht, das Beste aus der Situation zu machen. Sie griff nach den stinkende Matten, packte sie mit spitzen Fingern und warf sie auf das aufgeschichtete Holz. Inzwischen war Ferghus mit den Feuersteinen zurück und Colin machte sich daran, das Feuer zu entzünden. Tatsächlich gelang es ihm nach ein paar Versuchen, einen Funken zu erzeugen, der sich schnell durch das trockene Holz fraß und ein prasselndes Feuer entfachte. Er wischte mit der Hand notdürftig den Staub vor der Feuerstelle weg und holte Aidan, um ihn möglichst nah an die wärmenden Flammen zu legen. Sein kleines Gesichtchen war blass und seine Lippen schimmerten bläulich, aber als er ihm vorsichtig über die Wange strich, fühlte sich seine Haut schon nicht mehr ganz so kalt an. Er zog die Decke enger um den kleinen Körper und holte dann sein Brat, um es noch zusätzlich um Aidan zu wickeln. Als er sich umdrehte, bemerkte er, wie Rossalyn ihn verstohlen musterte. Allerdings schlug sie sofort die Augen nieder, als fühle sie sich bei etwas Verbotenem ertappt.

„Ihr solltet auch sehen, dass Ihr Euer nasses Kleid auszieht, Lady." Als sie den Blick wieder auf ihn richtete, überzog eine entzückende Röte ihre Wangen.

„Schon gut, ich gehe hinaus und sehe nach den Pferden, während Ferghus versucht, etwas Essbares aufzutreiben." Damit scheuchte er den murrenden Mann zur Tür und folgte ihm.

„Wir haben noch Haferkekse und ein paar getrocknete Fische." Ferghus lehnte sich an den Türrahmen und machte keine Anstalten, sich hinaus in den Regen zu bewegen. „Ohnehin haben sich alle Viecher bei dem Regen irgendwo verkrochen!"

„Aber die Fische beißen gut." Damit schob Colin seinen bärbeißigen Freund in Richtung Fluss. „Sieh zu, dass du was Ordentliches fängst. Wir brauchen etwas Warmes für den Kleinen. Wahrscheinlich hat sich der kleine Mann ordentlich erkältet und eine warme Suppe kann ihn von innen wärmen."

Ferghus musterte Colin eine ganze Weile, ohne sich von der Stelle zu rühren.

„Du magst den Kleinen, nicht wahr?" Als Colin nur die Schultern zuckte, fügte er ernst hinzu: „Und die Lady

76

auch. Das sieht ein Blinder. Aber denk daran, was für dich auf dem Spiel steht, Colin. Dein heißbegehrtes Lehen bekommst du nur, wenn du sie bei unserem König ablieferst. Dabei wäre es nicht hilfreich, wenn du dich in sie verguckst. Sie wird einen von Malcolms Leuten heiraten müssen, und dieser Mann wirst nicht du sein, alter Freund. Ich sage es nicht gerne, aber Malcolm wird einen Adeligen für sie aussuchen. Du bist nur einer seiner Soldaten, einer von vielen!" Damit drehte er sich um und ließ Colin stehen.

Rossalyn hatte sich dicht an die Tür gestellt, um das Gespräch der Männer zu belauschen. Insgeheim hatte sie gehofft, irgendetwas über die Pläne der Beiden zu erfahren, stattdessen war sie verwirrter denn je. Colin bekam also als Lohn für ihre Auslieferung im Gegenzug ein Lehen. Das war mehr als großzügig von Malcolm. Umso mehr unterstrich es, wie entschlossen der König war, ihrer habhaft zu werden. Aber das war es nicht, was sie so beschäftigte. Dieser Fergus hatte Colin auf den Kopf zugesagt, etwas für sie zu empfinden. Konnte das sein? Sie dachte an den Augenblick am Fluss, als sie sein Begehren deutlich gespürt hatte. Und an seine Umarmung, als sie, wie schon so oft, mit den Dämonen jener schrecklichen Nacht vor sechs Jahren gekämpft hatte. Niemals vorher hatte sie sich so beschützt und geborgen gefühlt. Aber was war dabei in Colin vorgegangen? Hatte er sich mehr von ihr erhofft? Er war kein Mann, der sich ihr aufdrängen würde, das hatte sie inzwischen erkannt. Wenn er sie hätte vergewaltigen wollen, hätte er sie nur in die Büsche zerren müssen. Sie hätte sich nicht wehren können und wegen Aidan hätte sie es auch nicht getan. Aber er und Ferghus hatten sich stattdessen immer tadellos verhalten. Was wollte er also dann von ihr? Als er Aidan vor wenigen Augenblicken so behutsam vor das Feuer gelegt hatte, hatte sie deutlich einen sanften Zug in seinen sonst so harten Zügen erkannt. Ob er wohl selbst Kinder hatte? Erinnerten sie und Aidan ihn an seine eigene Familie? Eine Familie, für die er so unbedingt dieses Lehen haben wollte, wie Ferghus behauptet hatte? Ein Zuhause für Frau und Kind? Der Stich, der sie bei dem Gedanken durchfuhr, er könne womöglich eine Gemahlin haben, brachte sie dazu, sich einer äußerst unbehaglichen Frage zu stellen. Was wollte *sie* von diesem Mann? Sie hatte keine Ahnung, wie es sich anfühlte, einen Mann zu begehren, geschweige denn, einen Mann zu lieben. Ihr Gemahl war von ihrem Bruder ausgesucht worden, sie hatte ihn erst kurz vor der Hochzeit kennengelernt. Vielleicht hätte sie Adair mit der Zeit lieben können, wenn sie ihn besser kennengelernt hätte, aber so... Nur: Colin kannte sie ebenfalls noch nicht lange und doch war da etwas zwischen ihnen. Etwas, das ihre Gefühle durcheinander und ihre Haut zum Prickeln brachte, wenn er sie berührte. Ihr Herz begann schneller zu schlagen, wenn er sie ansah und wenn sie sich an seinen muskulösen Oberkörper erinnerte, der sich deutlich unter seinem nassen Hemd abgezeichnet hatte...

Seufzend begann sie, ihr nasses Kleid auszuziehen. Da sie keinen Stuhl oder Ähnliches hatte, über das sie den nassen Stoff hätte hängen können, legte sie ihn auf den staubigen Boden neben Aidan. Die Wärme des Feuers würde den Wollstoff hoffentlich bis zum nächsten Tag getrocknet haben. Noch immer klebte das feuchte Unterkleid an ihrem Körper, aber als ihr Blick auf ihren Sohn fiel, runzelte sie besorgt die Stirn und vergaß den nassen Stoff augenblicklich. Aidans kleines Gesicht glühte rot und ein vorsichtiger Griff an seine schweißnasse Stirn bestätigte Rossalyns Ängste. Aidan glühte vor Fieber! Hastig begann sie, die Satteltaschen nach ihrem kleinen Kräutersäckchen zu durchsuchen. Seit sie ständig auf der Flucht waren, hatte sie sich angewöhnt, immer einen Vorrat der gängigsten Kräuter mit sich zu führen. Es war oft zu gefährlich, sich auf den gut besuchten Märkten damit zu versorgen und so ging sie heimlich zu heilkundigen Frauen und ließ sich dort die Kräuter geben. Zuletzt hatte sie ihren Vorrat im Klostergarten der Abtei auf Iona aufgefüllt und sie war sich sicher, dass sie auch einige getrocknete Lindenblüten eingepackt hatte.

„Was ist los, Rossalyn?" Sie hatte nicht bemerkt, dass Colin wieder die Hütte betreten hatte und fuhr herum. „Aidan hat Fieber. Hohes Fieber. Ich...", sie fuhr fort, nach dem Kräuterbeutel zu suchen, „... muss ihm einen Trank zubereiten."

Colin drehte sich um und ging zu dem Kind.

„Verdammt!" Aidan hatte begonnen, sich unruhig unter der Decke zu bewegen. Colin hatte keine Erfahrung mit Kindern, aber seine Mutter hatte ihm und seinen Geschwistern immer kalte Umschläge um die Waden gewickelt um das Fieber zu senken. Vielleicht würde das auch bei Aidan helfen. Kurz entschlossen griff er nach seinem Sgian Dubh und trennte ein langes Stück Stoff von seinem Brat ab, in den er Aidan gewickelt hatte.

Inzwischen hatte Rossalyn den kleinen Topf vom Sattel gelöst, in dem sie ihren täglichen *Brochan*, den obligatorischen Haferbrei, zubereitete und wollte an Colin vorbei zur Tür gehen, um Wasser zu holen.

„Ihr bleibt hier bei Aidan. Ich hole Euch Wasser." Seine Stimme duldete keinen Widerspruch und so setzte

Rossalyn sich neben ihren Sohn ans Feuer. Sie strich ihm ein paar feuchte Haarsträhnen aus der Stirn und redete beruhigend auf ihn ein.

Es dauerte nicht lange, da erschien Colin wieder. Er gab ihr den Topf und sie hängte ihn an das rostige Gestell über das Feuer. Währenddessen schälte er Aidan aus der Decke und wickelte ihm die kalten, nassen Stoffstreifen um die Waden. Wortlos ging er zu seinen Satteltaschen, holte einen Trinkschlauch hervor und hielt ihn kurz darauf Rossalyn hin.

„Hier, trinkt. Das wärmt Euch von innen. Und Ihr solltet auch Euer Unterkleid ausziehen, bevor Ihr Euch ebenfalls erkältet."

Rossalyn sah an sich herunter und errötete. Der feuchte Stoff gab mehr preis als er verhüllte. Aber Colin hatte keinen Blick für sie. Er wickelte Aidan erneut in die wärmende Decke und ließ nur seine Beine frei.

Rossalyn nahm einen Schluck aus dem Trinkschlauch und sofort setzte ein Brennen in ihrem Hals ein. Sie keuchte, dann hustete sie gegen das Feuer in ihrer Kehle an.

„Was... ist das?", brachte sie mühsam heraus.

Colin konnte sich ein Grinsen nicht verkneifen.

„In Northumbria ist das Zeug ziemlich bekannt. Dort wird es in den Klöstern gebrannt. Angeblich haben die Iren den *Uisge Beath*a mit nach Großbritannien gebracht, aber wir Schotten behaupten, das Zeug ist so gut, dass es nur aus Schottland stammen kann. Ferghus und ich besorgen uns immer was davon, wenn wir in Northumbria sind." Er nickte ihr zu und sie nahm noch einen kleinen Schluck. Der brannte schon etwas weniger und langsam breitete sich ein wohlige Wärme in ihr aus.

„Könnt Ihr... würdet Ihr... hinausgehen, wenn ich mich ausziehe?" Ihre Stimme war leise, aber Colin hatte sie verstanden. Er nickte kurz und ging dann zur Tür. Draußen kam ihm laut schimpfend Ferghus entgegen. Er hatte tatsächlich ein paar Forellen an einer Schnur aufgefädelt, die er Colin anklagend vor die Nase hielt.

„Wegen der paar mickrigen Dinger wachsen mir gleich Schwimmhäute an Händen und Füßen! Ich bin vollkommen durchnässt und meine Freundschaft zu dir..."

„Der Junge ist krank." , unterbrach Colin ihn. Ferghus musterte seinen Freund und sah die Besorgnis in dessen Blick.

„Was hat er?"

„Auf jeden Fall Fieber. Er glüht förmlich. Es war falsch, so lange durch den Regen zu reiten. Wir hätten schon viel eher...", Colin fuhr sich durch die immer noch feuchten Haare und schüttelte den Kopf. „Ich bin dafür verantwortlich. Aidan hat schon seit einiger Zeit gefroren. Er hat mit den Zähnen geklappert, aber ich habe es nicht ernst genug genommen."

„Mach dir keine Gedanken. Kinder fiebern schnell und Aidan ist ein zäher kleiner Bursche."

Als Ferguhs die Hütte betreten wollte, hinderte Colin ihn daran, indem er die Tür blockierte.

„Sie zieht sich gerade die nassen Sachen aus."

Ferghus grinste anzüglich und leckte sich über die Lippen. „Dann sollten wir uns beeilen, wenn wir noch was zu sehen bekommen wollen!" Er wollte sich an Colin vorbei drängen, aber der hielt ihn mit einem Knurren zurück.

Ferghus sah ihn einen Augenblick lang an, dann schüttelte er den Kopf.

„Himmel, Colin, es ist schlimmer als ich gedacht habe. Du bist doch sonst nicht so zimperlich, wenn es darum geht, einen nackten Frauenkörper in Augenschein zu nehmen! Wenn ich da an die dralle kleine Magd denke, die uns in Northumbria so wunderbar..." Colin packte seinen Freund am Hemdausschnitt und zog ihn zu sich heran.

„Sie ist aber keine Magd. Sie ist die Prinzessin von Moray, falls du es vergessen haben solltest."

Einen kurzen Augenblick starrten sich beide wütend an, dann befreite Ferghus sich aus Colins Griff.

„Herrgott, nimm sie dir endlich, damit du wieder einen klaren Kopf bekommst! Du hast eindeutig zu lange keine Frau mehr gehabt, anders kann ich es mir nicht erklären, dass du so gereizt bist." Damit drückte er

Colin die Fische in die Hand und stapfte auf einen kleinen Verschlag zu, der sich glücklicherweise hinter der Hütte befunden und in dem er die Pferde untergestellt hatte.

„Ich stör' euch heute Nacht nicht! Ich halte Wache, dann kannst du dich in Ruhe um die Prinzessin kümmern! Also nutze die Gelegenheit!"

Colin starrte ihm verärgert nach. So, wie sein Körper jedes Mal auf Rossalyn reagierte, wenn er sie nur ansah, geschweige denn berührte, kam Ferghus der Wahrheit schon sehr nahe. Er hatte zu lange keine Frau mehr gehabt, sein Körper verlangte nach der Befriedigung seiner männlichen Bedürfnisse. Aber da war mehr. Insgeheim wusste er, dass im Gegensatz zu den Frauen, mit denen er bisher geschlafen hatte, dieses Verlangen nach Rossalyn nicht nach einigen wenigen Malen der körperlichen Vereinigung verschwinden würde. Rossalyn war anders. Sie berührte sein Innerstes. Er verzehrte sich nach ihr. Er wollte ihren weichen Körper erkunden, wollte sie mit Küssen und Berührungen erregen, bis sie sich ihm willig hingab. Er wollte sich in ihr versenken und ihr alles schenken, was er zu geben vermochte. Aber er wollte noch viel mehr, und genau das war sein Problem. Über diese Erkenntnis schloss er die Augen und schluckte hart.

Rossalyn kniete neben Aidan und tupfte ihm mit einem Tuch den Schweiß von der Stirn, als Colin wieder herein kam.

„Wie geht es ihm?"

Rossalyn sah besorgt zu ihm auf. „Ich glaube, das Fieber ist noch gestiegen. Er schwitzt und friert gleichzeitig und sein Körper glüht!" Ihre Stimme klang so verzweifelt, dass es Colin einen Stich versetzte. Er war schuld an ihrem Kummer! Er hätte schon viel eher...

„Bitte gebt mir den Becher mit dem Lindenblütensud. Er müsste inzwischen lange genug gezogen haben." Sie wies mit dem Kopf in die Richtung des Feuers, wo auf dem Boden der Becher stand und dampfte.

„Ich fürchte, der Sud ist noch zu heiß." Colin nahm einen zweiten Becher aus seiner Satteltasche und begann, den Sud umzufüllen. Die Prozedur wiederholte er so lange, bis die Flüssigkeit so weit abgekühlt war, dass Rossalyn sie ihrem Sohn einflößen konnte. Dankbar sah sie Colin an als er ihr den Becher schließlich reichte. Sie hielt ihn an Aidans Lippen, aber der warf sich unruhig hin und her, so dass sie ein wenig Flüssigkeit verschüttete. Schnell trat Colin hinter

Aidan, setzte sich und bettete den kleinen Kopf in seinen Schoß. Seine großen Hände hielten den Jungen ruhig, so dass es Rossalyn schließlich gelang, Aidan etwas von dem Sud in den Mund zu träufeln. So verharrten sie, bis Aidan fast den ganzen Becher ausgetrunken hatte. Erschöpft strich Rossalyn sich ein paar Haarsträhnen aus dem Gesicht.

„Danke." Sie sah Colin an und in ihren Augen konnte er deutlich ihre Anspannung lesen. Die Tatsache, dass sie sich bei ihm bedankte, schnürte sein Herz zusammen. Ohne ihn und diesen gottverdammten Auftrag wäre sie jetzt gar nicht in der Situation, sich um Aidan zu sorgen! Sein Entschluss, Rossalyn seinem König zu übergeben, geriet ins Wanken. Wenn der König entschied, ihr ihren Sohn wegzunehmen und ihn durch einen königstreuen Gefolgsmann erziehen zu lassen, würde das ihr Herz brechen. Wenn Colin sie dem König übergab, würde er sie dessen Willkür ausliefern. Niemand konnte voraussagen, was Malcolm mit ihr und Aidan vorhatte...

Colin fuhr sich unwirsch durch die Haare. Solche Gedanken brachten nichts. Sein Auftrag lautete, Rossalyn zu Malcolm zu bringen und er würde diesen Auftrag, wie schon alle Aufträge zuvor, erfüllen. Und als Belohnung würde er ein Lehen erhalten.

Rossalyn war dabei, einen neuen Sud aus Lindenblüten aufzubrühen und stand mit dem Rücken zu ihm am

Feuer. Sie wirkte so zierlich, so verletzlich und war doch so stark. Ihr Leben war geprägt durch Entbehrung und Angst, aber ihre Stärke bezog sie aus der Liebe zu ihrem Kind. Hatte sie ihren Gemahl auch so sehr geliebt? Ganz sicher hingen ihre Albträume mit seinem entsetzlichen Tod zusammen. Wie musste sie sich dabei fühlen, sich dem Mann ausliefern zu müssen, der den Überfall damals veranlasst hatte? Malcolm war noch nie zimperlich gewesen, wenn es darum ging, seine politischen Gegner aus dem Weg zu räumen, aber was hatte er mit Rossalyn vor?

Aidan begann wieder, sich unruhig hin und her zu werfen. Colin legte ihm beruhigend eine Hand auf die kleine Brust. Sein kleines Herz pochte schnell und ungleichmäßig, und ein Befühlen der Stirn verriet Colin, dass das Fieber noch nicht gefallen war. Womöglich war der Kleine noch heißer als vorher. Behutsam bettete er Aidan auf die Decke und stand auf. Es war Zeit, die inzwischen warmen Wickel um seine Unterschenkel zu erneuern.

Eine ganze Nacht und den darauffolgenden Tag über änderte sich an Aidans Zustand fast nichts. Trotz der kalten Wickel und dem Lindenblütensud fiel das Fieber nicht. Inzwischen waren die Lippen des Kindes aufgesprungen und die wachen Phasen, in denen Rossalyn ihm etwas Suppe einflößen konnte, wurden zunehmend kürzer. Ferguhs hatte zwei Hasen erlegt und enthielt sich jedes weiteren, bissigen Kommentars. Auch er schien sich um das Kind zu sorgen. Ohne zu Murren übernahm er fast jede Wache und gönnte sich nur wenig Schlaf, während Colin bei Rossalyn und Aidan blieb. Wenn Colin auch nicht wirklich helfen konnte, so merkte er, dass es Rossalyn Kraft gab, ihn bei sich zu wissen.

Aidan wurde zusehends schwächer. Der kleine Körper hatte ohnehin nicht viel zuzusetzen, und als er in der zweiten Nacht begann, wirr zu phantasieren, wusste sich Coiln keinen anderen Rat mehr. Rossalyn war völlig erschöpft neben ihm eingeschlafen, den Kopf an seine Schulter gebettet. Vorsichtig schob er sie von sich, deckte sie mit seinem Brat zu, hob den Jungen in seine Arme und verließ im ersten Licht des Tages die Hütte.

„Wohin willst du mit ihm?" Ferghus Stimme klang müde, aber solange er Wache hielt, war auf seine Aufmerksamkeit Verlass.

„Ich gehe mit ihm runter zum Fluss und kühle seinen Körper im Wasser. In dem Dorf, in dem ich aufgewachsen bin, hat die Heilerin so einmal einem Mann das Leben gerettet, der fieberte und phantasierte, nachdem man eine Wunde ausgebrannt hatte. Ich weiß nicht, ob das auch bei einem Kind hilft, aber ich kann nicht mitansehen, wie er immer schwächer wird."

Damit ließ er Ferghus stehen und ging Richtung Fluss.

Er wusste, Ferghus würde auf Rossalyn aufpassen und sie notfalls mit seinem Leben verteidigen, denn auch wenn er missbilligte, was Colin in Bezug auf diese Frau umtrieb, war er doch ein echter Freund.

Ein erster schwacher Lichtschein war im Osten zu erkennen, und die aufsteigenden Nebel über dem Wasser verwandelten den Fluss und das Ufer in eine unwirkliche Landschaft. Colin dachte unwillkürlich an all die Geschichten und Sagen von Feen, Banshees, Wassergeistern, Kelpies und Selkies, die seine Mutter ihm und seinen Geschwistern erzählt hatte. Am Ufer angekommen, wickelte er Aidan vorsichtig aus der Decke und watete mit ihm ein Stück weit ins seichte Wasser. Hier in Ufernähe, im flachen, sanft abfallenden Gelände, war das Wasser nicht ganz so kalt wie weiter draußen. Aber es würde reichen müssen. Er setzte sich und bettete den Kopf des Kindes in seinen Schoß. Der kleine Körper wurde nun fast vollständig vom Wasser überspült, und an den Stellen, an die das Wasser nicht reichte, schöpfte er mit seinen großen Händen das kühle Nass über den fiebernden Jungen. Während das Licht des anbrechenden Tages langsam heller wurde, begann er zu beten. Er war nicht besonders gläubig und wusste auch nicht, ob er den Gott, den seine Königin anbetete, um Aidans Genesung bitten sollte, oder doch lieber die Götter seiner Vorfahren. Vielleicht wäre Danu zuständig, die 'große Mutter Erde', oder Brigid oder auch Diancécht, der mit seiner Tochter über eine Quelle wachte, die Götter wieder zum Leben erwecken konnte. Colin wusste es nicht. Aber um was er sie alle bitten würde, das wusste er genau. Und er hoffte, dass entweder der Eine oder der Andere sich angesprochen fühlte und Aidan gesund machen würde.

Colin war so in Gedanken versunken, dass er erst auf den Mann aufmerksam wurde, als dieser ihm ein Schwert von hinten an den Hals hielt.

„Was macht Ihr da mit dem Jungen?" Colin hatte die Stimme schon einmal gehört, da war er sich sicher, aber er wagte nicht, den Kopf zu drehen.

„Bevor ich diese Frage beantworte, sagt mir, wer Ihr seid und was es Euch angeht, was ich hier mache." Während er sprach, hatte er Aidan nah an sich herangezogen um ihn so vor einem Angriff durch den Fremden mit seinem Körper schützen zu können.

„Lasst sofort den Jungen los und sagt mir, wo seine Mutter ist und was Ihr ihr angetan habt?" Der Mann trat, ohne sein Schwert auch nur einen Zoll weit von Colins Hals zu nehmen, in dessen Sichtfeld und Colin erkannte sofort diesen Angus, den er und Ferghus auf Iona zurückgelassen hatten. Dann war er also der Mann, der ihnen seit geraumer Weile folgte. Colin hatte sich keinen Reim darauf machen können, dass jemand sie augenscheinlich verfolgte, ohne anzugreifen oder sich zu erkennen zu geben, aber wenn es dieser Angus gewesen war, dann machte das durchaus Sinn. Er war ohne Hilfe gegen ihn und Ferghus unterlegen, solange sie ihre Schwerter griffbereit hatten, was so gut wie immer der Fall war. Also hatte er auf eine günstige Gelegenheit gewartet, einen von ihnen alleine und unbewaffnet zu erwischen.

Vorsichtig bewegte Colin sich und hob beschwichtigend die Hände. „Lady Rossalyn geht es gut. Sie ist in der Hütte, etwas weiter oben, und ich hoffe, sie schläft. Sie hat seit zwei Tagen kaum Ruhe bekommen, denn Aidan hat hohes Fieber und ich sitze hier mit ihm, weil ich hoffe, das kühle Wasser hilft ihm."

Angus trat einen Schritt zurück, hielt aber sein Schwert weiterhin an Colins Hals. Eine kurze Zeit lang musterte er den Mann, der vollkommen bekleidet da im Wasser hockte, das Kind in seinem Schoß. Dann senkte er sein Schwert ein kleines Stück, ohne sein Gegenüber aus den Augen zu lassen.

„Ihr werdet sicherlich Verständnis dafür haben, wenn ich mich selbst davon überzeuge, dass es Lady Rossalyn gut geht." Damit bedeutet er Colin, sich zu erheben. Vorsichtig hob Colin den Jungen aus dem Wasser und wickelte ihn fest in die wärmende Decke. Gerade als sie sich auf den Weg machen wollten, sahen sie, wie Rossalyn ihnen entgegenlief . Sie stolperte, fiel hin, rappelte sich wieder auf und rannte weiter. Hinter ihr war Ferghus zu erkennen, der ihr laut fluchend folgte.

Sie hatte keinen Blick für einen der Männer, als sie sie erreichte. Stattdessen riss sie Colin das Kind aus den Armen und drückte den kleinen Körper mit einem Schluchzen an sich.

„Was habt Ihr getan?", stammelte sie und bedeckte das blasse kleine Gesicht mit Küssen. Sie streichelte die Wangen ihres Sohnes, strich ihm das nasse Haar aus der Stirn und wimmerte voller Sorge.

Ferghus blieb stehen und betrachtete das bizarre Bild, das sich ihm bot. Colin stand wie versteinert da, das Schwert dieses verfluchten Angus an der Kehle. Aber anstatt sich zu wehren, starrten er und der Mann nur auf die völlig aufgelöste Frau, die wiederum keine Notiz von ihrer Umgebung nahm, sondern sich einzig auf ihren Sohn konzentrierte, der leblos in ihren Armen lag. Rossalyn hatte ihn gefragt, wo Colin und ihr Sohn seien, und als er ihr gesagt hatte, Colin sei mit Aidan zum Fluss gegangen, hatte sie ihn getreten und geschlagen, als er sie daran hindern wollte, die Hütte zu verlassen. Er war so verdutzt gewesen, dass es ihr gelungen war, ihm zu entwischen. Erst später begriff er, dass sie vielleicht dachte, Colin wolle Aidan etwas antun, um möglichst schnell weiterreiten zu können, was natürlich vollkommener Unsinn war. Aber in ihrer Sorge um ihr Kind und mit dem Schlafmangel war ihr wohl nicht zuzutrauen, logisch zu denken.

Blieb die Frage, was er nun tun sollte. Mit dem Schwert an Colins Kehle war an einen Angriff nicht zu denken. Allerdings schien Colin völlig vergessen zu haben, dass ihm dieser bullige Kerl sein Schwert an den Hals hielt, denn er hatte nur Augen für Rossalyn, die nicht müde wurde, auf Aidan einzureden und ihn zu streicheln. Und so entschloss Ferghus sich, erst einmal abzuwarten. Wenn Colin erst wieder bei Sinnen war, würden sie sich den Kerl schon vorknöpfen. Es wäre nicht das erste Mal, dass sie sich aus einer brenzligen Situation befreiten, immerhin waren sie für den Kampf ausgebildet und verstanden sich auch ohne Worte.

Rossalyn wiegte Aidan in ihren Armen. Sie konnte keinen klaren Gedanken fassen. Was hatte Colin mit Aidan vorgehabt? War sie noch rechtzeitig gekommen, um Schlimmeres zu verhindern?

„Mein Liebling, bitte mach die Augen auf. Bitte, *mo ghraìdh bheag,* wach auf!" Rossalyn küsste Aidan auf die Augenlider, die Wangen und die Stirn. Sie bemerkte, dass er sich nicht mehr ganz so heiß anfühlte. „... bin groß. Kein *balach bheag*!" Heißer Atem streifte ihre Wange, als Aidan sich mit brüchiger Stimme beschwerte.

„Guter Gott! Aidan... er hat..." Tränen rannen über ihr ausgezehrtes Gesicht, aber sie wirkte so glücklich wie seit Tagen nicht mehr.

Colin trat näher an sie heran, aber als er die Hand nach ihr ausstreckte, bohrte sich Schwertspitze ein winziges Stück in seine Haut.

„Lasst die Finger von ihr! Ich weiß nicht, was Ihr Lady Rossalyn alles angetan habt, aber damit ist jetzt Schluss." Er blickte zu Ferghus hin. „Wenn Ihr nicht wollt, dass Euer Freund hier stirbt, dann legt Ihr ganz brav Euer Schwert ins Gras." Als Ferghus zögerte, ritzte Angus mit der Spitze seines Schwertes etwas Haut an Colins Hals auf. Ein dünner Blutfaden rann seinen Hals hinab und Ferghus fluchte innerlich. Was war nur mit seinem Freund los? Er blickte nicht zu ihm hinüber, so konnte er ihm auch kein Zeichen geben. Es wäre ein Leichtes gewesen, diesen Angus mit einer Finte abzulenken, so dass Colin ihm das Schwert hätte entwinden können. Aber was tat dieser glupschäugige Hundearsch stattdessen? Ließ keinen Blick von diesem Weib und ihrem Sohn. Schlimmer noch war der Ausdruck, den er dabei in den Augen hatte. Ferghus fluchte und warf sein Schwert schließlich ins taufeuchte

Gras. Sollte dieser Angus sich doch mit dem Weib auf und davon machen. Schließlich stand für ihn kein Lehen auf dem Spiel. Es war Colin, der seinen Lebenstraum opferte, wenn er diese Frau gehen ließ.

„Und Euer Sgian Dubh auch, wenn ich bitten darf!", schob Angus hinterher.

Erst jetzt ließ Rossalyn einen Blick über die Szene gleiten, die sich um sie herum abspielte. Sie riss ungläubig die Augen auf, blickte von Mann zu Mann, dann auf Aidan, der sich in ihre Arme schmiegte und nun eher zu schlafen schien, als dass er bewusstlos war.

„Angus, wie kommt Ihr denn hierher? Und was soll...", sie schnappte empört nach Luft. „Nehmt sofort das Schwert herunter!" Als Angus zögerte, reichte sie Aidan an Colin weiter, der sich immer noch nicht rührte. Sie stemmte die Hände in die Hüften und trat vor Angus. „Ich weiß, Ihr wollt nur das Beste für mich. Aber diese Männer haben mir nichts angetan. Im Gegenteil!" Sie deutete auf Colin. „Er hat Aidan wahrscheinlich das Leben gerettet. Wir müssen noch abwarten, ob die Besserung von Dauer ist, aber..." Sie verstummte schuldbewusst und biss sich auf die Lippe. Dann holte sie Luft und sah Colin in die Augen. „Ich möchte mich bei Euch entschuldigen, dass ich... also dass ich zuerst... ich dachte, Ihr wolltet Aidan..." Sie wurde rot vor Verlegenheit. „Ich war so in Sorge, dass ich keinen klaren Gedanken fassen konnte. Nun, ich dachte...Bitte entschuldigt. Ich schäme mich dafür, dass ich Euch misstraut habe." Ihre Stimme war zuletzt nur noch ein Flüstern. Colin trat auf sie zu und Angus hinderte ihn dieses Mal nicht daran.

„Ihr müsst Euch nicht entschuldigen, Rossalyn. Ihr habt jedes Recht der Welt, schlecht von mir zu denken. Ich... bin schließlich derjenige, der Euch all das zumutet und Euch an Malcolm ausliefern wollte." Unbewusst sprach er aus, was er seit wenigen Augenblicken entschieden hatte. Colin gab Aidan wieder an seine Mutter zurück. Dann zog er sie und das Kind in seine Arme. Als die Schrecken der letzten Stunden schließlich ihren Tribut forderten und Rossalyn in Tränen ausbrach, streichelte er vorsichtig ihren Rücken. Er hielt sie einfach nur fest und ließ sie weinen.

„Ma, mir ist...kalt." Aidans schwache Stimme brach den Bann, in dem sich alle Beteiligten befanden. Angus knurrte vor sich hin, ging zu Ferghus und packte ihn am Arm.

„Zeig mir, wo die Hütte ist, du Hundesohn. Wir werden hier nicht gebraucht. Wir sollten schnell ein Feuer machen, damit der Kleine es warm hat."

Stunden später saßen sie zusammen in der engen Hütte und die Spannung, die über dem Ganzen lag, war nicht zu verhehlen.

Ferghus hatte inzwischen sein Schwert wieder und umklammerte es, bereit, jederzeit zuzuschlagen. Aber auch Angus hatte die Hand immer griffbereit am Knauf seiner eigenen Waffe. Sie musterten sich wie zwei Kontrahenten auf dem Schlachtfeld, immer darauf bedacht, dass der Andere die Waffe nicht schneller zog als man selbst. Colin lehnte entspannt an einer Wand und beobachtete Rossalyn dabei, wie sie Aidan etwas heiße Brühe einflößte. Das Fieber war tatsächlich gesunken und so wie es schien, würde nur eine kräftige Erkältung zurückbleiben. Sie hatten nicht viel gesprochen seit der Szene am Fluss, aber Colin hatte einen Entschluss gefasst. Er wollte seinen Lebenstraum nicht verwirklichen, wenn er dafür das Leben dieser Frau und des Kindes in Gefahr brachte. Er würde Rossalyn mit Angus gehen lassen. Sie konnte zu ihrem Bruder gehen, da wäre sie sicherlich für eine Weile in Sicherheit. Seinem König würde er eine Geschichte auftischen müssen, die halbwegs plausibel war, denn Malcolm war es nicht gewohnt, dass Colin versagte. Aber bis er wieder in Inverness war, würde ihm schon einfallen, wie er sein Scheitern erklären konnte. Und im Grunde konnte er auch ohne ein Lehen weiter leben. Für ihn würde sich nichts ändern. Aber für Rossalyn und Aidan würde sich alles ändern, wenn er sie an den Hof brachte!

Als Rossalyn sich kurz darauf erschöpft neben ihn setzte und sich eine Haarsträhne aus dem Gesicht wischte, war er versucht, sie doch nicht gehen zu lassen. Es schmerzte ihn, die Frau, für die er so viel empfand, aus seinem Leben zu entlassen. Aber wäre in seinem Leben überhaupt Platz für sie? Das Leben, das er ihr bieten konnte, würde sich nicht wesentlich von dem unterscheiden, das sie jetzt führte. Brächte er sie an den Hof, könnte auch er sie nicht vor Malcolm beschützen. Ziemlich sicher würde Malcolm nicht erlauben, dass er sie heiratete. Dafür war Colin dann doch zu unbedeutend. Quittierte er aber seinen Dienst, würde er als Söldner von der Hand in den Mund leben müssen, ständig auf der Suche nach neuen Dienstherren und Aufgaben. Nein, sollte sie sich unter den Anhängern ihres Bruders einen netten Gemahl suchen, der sie beschützen konnte.

„Würdet...“, er musste sich räuspern, „... würdet Ihr einen Augenblick mit mir nach draußen kommen? Ich muss mit Euch reden.“ Sie sah ihn müde an, nickte aber.

Als sie aufstand, machte Angus Anstalten, ihnen zu folgen, aber Colin hielt ihn zurück. „Unter vier Augen!“

Rossalyn nickte Angus zu und der ließ sie schließlich

vorbei.

Die Luft war nach dem Regen der letzten Tage frisch und es roch nach Heide, Fluss und feuchter Erde, aber alles, was Colin wahrnahm, war *ihr* Duft. Sie roch ganz zart nach Rosen und er wusste inzwischen, dass sie ein Stück Rosenseife bei sich hatte, mit dem sie sich regelmäßig die Haare wusch. Der einzige Luxus, den sie sich gestattete. Aber sie roch auch leicht nach Lindenblüten, nach Minze und nach Kamille und diese Mischung machte sie für ihn noch sinnlicher und begehrenswerter als alle Frauen vor ihr. Er räusperte sich, denn was er ihr zu sagen hatte, würde ihn aller Träume berauben, die er je in Bezug auf sie und sein zukünftiges Leben gehabt hatte. Er würde weder sie noch das Lehen bekommen.

„Lady... Rossalyn... ich...“

„Ich möchte mich nochmals bei Euch entschuldigen. Ich habe im Grunde nie wirklich geglaubt, dass Ihr Aidan etwas zuleide tun könntet. Ich war nur so...verwirrt. Ich hatte Angst...“

„Ich möchte, dass Ihr mit Angus fortgeht. Zu Eurem Bruder.“, unterbrach er sie.

Fast glaubte er, sie hätte seine Worte nicht gehört, aber schließlich sagte sie: „Warum, Colin? Warum gebt Ihr das Lehen auf, das Ihr sicherlich nicht bekommen werdet, wenn ihr mich gehen lasst?“

„Woher wisst Ihr davon?“ Irritiert sah er sie an, aber sie

zuckte nur die Schultern.

„Sagen wir, ich habe es die Vögel zwitschern hören?"
Colin schnaubte unwirsch. „Ist das 'Vögelchen'
vielleicht in etwa sechseinhalb Fuß groß und wiegt so
viel wie zwei Wildschweine? Und trägt dieses
Vögelchen den Namen Ferghus?"
Rossalyn musste angesichts dieser Beschreibung
lachen. „Ich glaube, Ihr habt diese seltene Spezies gut
beschrieben." Dann wurde sie wieder ernst. „Nein, ich
habe zufällig gehört, wie Ferghus Euch vorgestern
daran erinnerte, was für Euch auf dem Spiel steht, wenn
Ihr mich nicht bei Malcolm abliefert." Sie sah Colin
nun direkt in seine grauen Augen. „Warum, Colin?"
Er wusste, dass sie keine Ausflüchte akzeptieren würde.
„Weil... ich nicht damit leben könnte, Euch und Aidan
die Freiheit genommen zu haben. Ganz gleich, wie
hoch die Belohnung für mich ist." Rossalyn sagte lange
Zeit nichts, sah ihn nur an. Dann drehte sie sich weg
und zog die Schultern zusammen.

„Habt Ihr Kinder, Colin?"

„Nay." In dem Augenblick, in dem er das sagte, wusste
er, dass es falsch war. Er hatte ein Kind gehabt. Eine
Tochter. Gara. Und ganz gleich, ob er der Erzeuger war
oder nicht: Jedes Kind hatte das Recht, erwähnt und
nicht verleugnet zu werden. Unabhängig davon, ob es
tot zur Welt kam oder nur wenige Stunden oder Tage
lebte.

„Nay, ich meine, ich hatte eine Tochter. Gara. Sie ist viel zu früh auf die Welt gekommen, war viel zu klein. Sie hat nur wenige Tage gelebt." Und indem er sich so offen zu ihr bekannte, erkannte er auch in seinem Herzen Gara als seine Tochter an.

„Das tut mir leid." Rossalyn drehte sich wieder zu ihm um. „Was ist mit Eurer Frau? Hat sie den Verlust jemals überwunden?" In ihrer Stimme klang jener Schmerz mit, den wohl jede Mutter nachvollziehen konnte, die sich jemals um ihr Kind gesorgt hatte.

„Sionag starb bei ihrer Geburt."

„Habt Ihr wieder geheiratet?"

„Nay."

„Dann... habt Ihr sie wohl sehr geliebt." Rossalyn zog ihr Plaid enger um die Schultern, denn es ging inzwischen auf den Abend zu und die Temperaturen hatten sich merklich abgekühlt.

„Heute weiß ich, dass es keine Liebe war. Verliebtheit vielleicht, körperliche Anziehung, oder auch nur der Stolz, eine schöne Frau zu haben. Sionag war sehr schön, müsst Ihr wissen, jeder Junge im Dorf buhlte um sie und dann später, am Hof des Königs, wurden ihre Verehrer nicht weniger." Er rieb sich über die Augen. Es war nicht die Erinnerung an eine verlorene Liebe, die ihn schmerzte, wenn Rossalyn das auch denken würde. Es war die Erkenntnis, dass das, was er für Sionag gefühlt hatte, so anders war, als das, was er für die Frau empfand, die vor ihm stand.

Rossalyn räusperte sich.

„Ihr müsst nicht... also es geht mich nichts an...“

„Ich habe schon während der Schwangerschaft erfahren, dass ich wahrscheinlich nicht der Vater von Gara war. Sie hatte viele Liebhaber während der Zeit, die ich im Auftrag des Königs unterwegs war. Sie war eine Frau, die die Aufmerksamkeit der Männer brauchte, wie...“, er suchte nach einem passenden Vergleich, „... ein Fisch das Wasser oder das Korn die Sonne zum Wachsen.“

Er sah Rossalyn an. „Aber das alles ist schon lange vorbei. Es spielt keine Rolle mehr.“ Colin sah in die blauen Tiefen ihrer Augen und darin spiegelte sich für einen Augenblick ihre Seele. Er erkannte darin viel mehr als zwischen ihnen sein durfte, sah die Sehnsucht, die sie fühlte, und wusste doch, dass diese Sehnsucht unerfüllt bleiben musste. Eine ganze Weile sagte keiner von ihnen ein Wort, zu sehr war jeder mit dem Aufruhr beschäftigt, den diese Erkenntnis in ihnen beiden ausgelöst hatte.

„Und Ihr wollt mich wirklich gehen lassen?“ Der abrupte Themenwechsel machte ihm deutlich, dass auch sie erkannt hatte, wie unerfüllbar ihrer beiden Sehnsüchte und Wünsche waren. Vielleicht, wenn sie nicht auf verschiedenen Seiten gestanden hätten...

„Ferghus und ich werden noch so lange hier bleiben,

bis Aidan wieder so weit hergestellt ist, dass Ihr mit ihm, ohne weitere Komplikationen fürchten zu müssen, reisen könnt. Sagt in der Zwischenzeit bitte Eurem Aufpasser, dass er sein Schwert wegstecken soll. So, wie er und Ferghus sich belauern, gibt es bei der kleinsten falschen Bewegung noch einen Toten." Er grinste, um die Stimmung etwas zu lockern, aber Rossalyn ging nicht darauf ein. Stattdessen trat sie auf ihn zu, hob ihren Kopf ein wenig an, um ihm in die Augen sehen zu können.

„Warum lasst Ihr mich wirklich frei? Ich meine, ich bin eine Feindin Eures Königs, warum solltet Ihr also Mitleid mit mir oder Aidan haben? Euer Lehen..." Weiter kam sie nicht. Colin hatte sie an sich gezogen und senkte seinen Mund auf ihren. Fast grob küsste er sie, wie ein Verdurstender, der nach langer Zeit süßen Wein zu kosten bekommt. Und sie schmeckte so viel köstlicher als jeder Wein, der er jemals gekostet hatte! Zunächst versteifte sie sich in seinen Armen, aber als er begann, zärtlich an ihren Lippen zu knabbern und dann mit seiner Zunge sanft um Einlass bat, da entspannte sie sich und erwiderte seinen Kuss. Zögerlich, als ob sie noch nie einen Mann geküsst hätte, aber auch neugierig gab sie sich dem Spiel ihrer Zungen hin und als sie nach einer Weile ein kleines Stöhnen hören ließ, war es fast um Colin geschehen. Und er wusste, wenn er das hier jetzt nicht sofort beendete, würde er noch viel weiter gehen. Zu weit! Und dann würde er sie nicht mehr gehen lassen können.

Heftig atmend löste er sich von Rossalyn. Beinahe enttäuscht sah sie ihn an, aber dann hatte auch sie begriffen, dass es besser so war. Colin strich ihr noch einmal sanft mit dem Finger über das verführerische Rot ihrer Lippen.

„Ich denke, das war eine eindeutige Antwort auf Eure Frage." Damit ging er ohne ein weiteres Wort wieder in die Hütte und überließ es Rossalyn, Angus und Ferghus von seinen Plänen zu berichten.

Es vergingen weitere zwei Tage, in denen Aidan mehr und mehr gesundete. Nur ein leichtes Husten und gelblicher Ausfluss aus der Nase erinnerten noch an die überstandene Zeit, was seinen Appetit allerdings nicht beeinflusste. Aidan schien in zwei Tagen nachholen zu wollen, was er in den Tagen zuvor verpasst hatte. Mit großem Appetit verspeiste er Fische, Moorhühner und Hasen, die Angus oder Ferghus fingen. Beide hatten sich nach den anfänglichen Schwierigkeiten zusammengerissen und ihre Streitigkeiten auf den

Wettbewerb, wer mehr Moorhühner oder anderes Wild erlegen würde, beschränkt. Und Aidan war der Nutznießer dieses Arrangements.

Rossalyn wirkte trotz der fortschreitenden Genesung Aidans traurig und in sich gekehrt. Und auch Colin konnte die Spannung, die seit dem Abend zwischen ihnen herrschte, kaum noch ertragen. Am Nachmittag des dritten Tages beschloss Colin, dass es nun Zeit für ihn und Ferghus war, loszureiten. Gleich bei Tagesanbruch würden sie aufbrechen und auch für Rossalyn, Angus und Aidan wurde es Zeit, sich auf den Weg zu Mael zu machen. Jeder weitere Tag würde den Abschied nur unnötig hinauszögern. Rossalyn zu sehen, sich an den Kuss zu erinnern, den sie beide genossen hatten, bedeutet nur Qual für Colin und so sagte er, während Rossalyn nachdenklich den Haferbrei für das Abendessen umrührte, damit nichts anbrannte: „ Es wird Zeit. Ferghus und ich werden Euch morgen früh verlassen." Nur ein kurzes Innehalten in der Rührbewegung ließ Colin vermuten, dass sie ihn gehört hatte. Fergus schnaubte missbilligend, sagte aber nichts und Angus starrte ihn mit offenem Mund an, so als wollte er immer noch nicht glauben, dass Colin sein Wort tatsächlich hielt. Achselzuckend wandte sich Colin schließlich um.

„Ich sehe mal nach den Pferden." Damit verließ er die Hütte und ging zu dem Verschlag, in dem die Tiere untergebracht waren. Er wusste, dass er das Richtige tat, aber es war so verdammt schwer, seinem Herzen das klarzumachen.

„Ihr liebt sie, nicht wahr?"

Colin zuckte zusammen. Er hatte nicht gehört, dass Angus ihm gefolgt war.

„Was spielt das für eine Rolle?" Er war nicht bereit, Angus gegenüber über seine Gefühle zu sprechen.

„Weil... sie Euch auch liebt." Angus Tonfall verriet, wie schwer ihm diese Feststellung fiel.

Colin sah ihn lange an, dann zuckte er die Schultern.

„Auch das spielt keine Rolle. Ich muss meinen Weg gehen und sie ihren. Es gibt für uns kein Nebeneinander, nur eine Abzweigung in verschiedene Richtungen." Er tätschelte seinem Braunen den Hals.

„Und was ist mit Euch, Angus? Ihr liebt Rossalyn ebenso, habe ich recht? Für Euch könnte es ein Nebeneinander geben."

Angus schloss für einen Moment die Augen, damit Colin den Schmerz nicht sehen konnte, den er fühlte.

„Aye, ich liebe sie. Ich liebe sie, seit ich sie das erste Mal gesehen habe. Ich würde mein Leben für sie und Aidan geben. Und nur, weil sie Euch vertraut, tue ich es auch."

„Hat sie... ihren Gemahl geliebt? So sehr, dass sie noch heute Albträume hat, wenn sie an seinen Tod denkt?"

Colin stellte Angus die Frage, die ihn schon lange

beschäftigte. Eine Frage, die er Rossalyn zu stellen sich nicht getraut hatte.

„Adair? Nein, ich glaube nicht, dass sie ihn geliebt hat. Gemocht vielleicht und möglicherweise hätte sie ihn mit der Zeit lieben können, aber sie kannte ihn ja kaum. Sie lernte Adair erst kurz vor der Hochzeit kennen. Und dann wurde er am Abend nach der Trauung so brutal von Männern Eures Königs ermordet. "

Verwirrt zog Colin die Augenbrauen zusammen. Bisher hatte er immer geglaubt, sie hätte ihren Gemahl schon länger gekannt. Jedenfalls so lange, dass Aidan in dieser Zeit gezeugt worden sein könnte. In der Hochzeitsnacht konnte das nach Angus' Aussagen nicht passiert sein. Es war nicht ganz ungewöhnlich, dass verliebte Paare nicht bis zur Hochzeitsnacht warteten, um miteinander zu schlafen, aber wenn Rossalyn Adair gar nicht vorher gekannt hatte...

„Aber... dann ist Adair gar nicht Aidans Vater?" Die Gedanken, die Colin durch den Kopf gingen, hatten irgendwie keinen Anfang und kein Ende.

Angus sah ihn forschend an, dann sagte er: „Nay, Adair ist nicht Aidans Vater."

Colin schluckte. „Seid... seid Ihr es?" Obwohl er Angst vor der Antwort hatte - und wenn er Angus mit dem Jungen zusammen sah, konnte es nur eine Antwort geben! - musste er ihm diese Frage stellen.

Angus fixierte Colin mit seinen blauen Augen. Seiner

Miene war nichts zu entnehmen, was Colins Frage beantwortet hätte und als Colin schon nicht mehr damit rechnete, dass Angus ihm antworten würde, sagte er: „Es ist nicht an mir, Euch die Frage nach Aidans Vater zu beantworten. Da müsst Ihr schon Rossalyn selbst fragen." Damit drehte er sich um und ging zurück in die Hütte, während Colin noch lange über Angus' Worte grübelte.

Rossalyn hatte einen Entschluss gefasst. Heute war ihr letzter Abend in der Gesellschaft des Mannes, in den sie sich trotz aller Widrigkeiten verliebt hatte. Ja, sie liebte diesen großen, starken Mann, der sich so rührend um Aidan gekümmert hatte und der sie in seinen Armen gehalten und getröstet hatte, als sie wieder von den Dämonen der Vergangenheit heimgesucht worden war. Und der mit seinem Kuss Gefühle geweckt hatte, die sie seit langer Zeit in sich verschlossen hatte, weggesperrt vor einer grausamen Welt, die nur Gewalt und Tod kannte. Sie hatte geglaubt, keinen Mann lieben zu können, zu grausam waren die Erinnerungen an die schlimmste Nacht ihres Lebens. Aber Colin war es gelungen, den Panzer zu durchbrechen, den sie um ihr Herz gelegt hatte. Wie grausam doch das Leben war. Noch auf Iona hatte sie geglaubt, Aidans wegen einer Heirat mit irgendeinem Mann zustimmen zu können, wenn er nur sie und ihren Sohn beschützen konnte. Und nun hatte sie Colin kennengelernt und ihre Gefühle für ihn hatten sie eines Besseren belehrt. Es gab keine Zukunft mit diesem Mann, das wusste sie so gut wie er, aber sie wusste nun auch, dass es zumindest für sie keine Zukunft mit jemand anderem geben würde. Ihre Gefühle für Colin waren einzigartig, das fühlte sie. Und daher würde sie das Einzige tun, was ihr in dieser Situation blieb.

Das Abendessen, das aus einem frisch gefangenen und gebratenen Saibling, zwei erlegten Hasen und dem obligatorischen Haferbrei bestand, wurde stillschweigend eingenommen. Selbst Aidan, der sonst immer aufgeregt plapperte, verhielt sich still. Intuitiv hatte er die Spannung gespürt, die über diesem Abend lag. Als schließlich alle mehr oder weniger satt waren und Rossalyn den Topf mit Sand ausgewischt hatte, griff sie nach ihrem Plaid und ging zur Tür.

„Ich gehe runter zum Fluss. Ich möchte noch einmal baden, bevor wir morgen aufbrechen."

„Es wird bereits dunkel. Das ist zu gefährlich." Colin war aufgesprungen und verstellte ihr den Weg.

„Dann begleitet mich doch." Ihre Stimme klang sanft,

aber es lag auch eine eindeutig Aufforderung darin.

Colin schluckte. Ein Blick zu Angus sagte ihm, dass er sich nicht verhört und auch den Unterton nicht missdeutet hatte. Angus hatte die Augen geschlossen, seine Kieferknochen mahlten und Colin konnte deutlich den Schmerz erkennen, den ihm Rossalyns Worte bereiteten. Aber er sagte nichts und rührte sich auch nicht, als Rossalyn Colin zur Seite schob und die Tür öffnete. Einen Augenblick verharrte sie, fast schien es, als müsse sie sich noch einmal vergewissern, dass sie das, was sie im Begriff war zu tun, auch wirklich wollte. Dann aber drehte sie sich zu Colin um.

„Kommt Ihr?" Damit ging sie hinaus und Colin wusste nicht, was er tun sollte. Alles in ihm drängte ihn, sie zum Fluss zu begleiten und ihr alles zu geben, was er zu geben vermochte. Er wollte ihr und sich eine schöne Erinnerung an diese kurze Zeit ihres Lebens schenken, aber gleichzeitig wusste er, dass es ihn verzehren würde, wenn er sie danach gehen lassen musste.

„Jetzt geh schon, du Idiot!" Angus presste die Worte durch seine zusammengebissenen Zähne hervor. „Aber ich schwöre dir: Wenn du ihr weh tust, dann erlebst du das Morgengrauen nicht mehr!" Wie sehr musste dieser Mann Rossalyn lieben, dass er ihn hier und jetzt zu ihr schickte!

Colin räusperte sich. Wenn Angus es schaffte, seine Gefühle für diese Frau hintenan zu stellen, nur um sie glücklich zu machen, dann würde er das auch können. Er nickte Angus zu und einen kurzen Augenblick lang verband sie die Liebe zu dieser Frau. Dann ging Colin ebenfalls zur Tür und folgte Rossalyn in die Dämmerung hinaus.

Rossalyns Zuversicht, das Richtige zu tun, schwand mit jedem Schritt, den sie dem Ufer des Flusses näher kam. Sie hörte Colins Schritte hinter sich, aber das verstärkte ihre Unruhe noch. Was in Gedanken so leicht und selbstverständlich erschienen war, das wurde zunehmend beängstigend. Aber Colin hatte das Recht, die Wahrheit zu erfahren und danach würde sie entscheiden, was sie zulassen würde. Rossalyn war sich sicher, dass Colin niemals diese unsichtbare Grenze überschreiten würde, wenn sie es ihm nicht gestattete. Am Ufer angekommen drehte sie sich zu ihm um. „Ich muss…Euch etwas erzählen, Colin. Etwas, das nur ganz wenige Menschen wissen, aber ich denke, bevor wir…also…" Sie suchte verzweifelt nach dem passenden Einstieg für das, was sie ihm gleich eröffnen würde, aber angesichts der Erinnerungen, die sie mit ihren

Worten heraufbeschwor, begann sie zu zittern. Sofort war Colin bei ihr, nahm sie in den Arm und strich ihr tröstend über den Rücken.

„Rossalyn, Ihr müsst mir nichts erzählen, wenn Ihr nicht wollt. Ihr seid mir nichts schuldig, auch nicht das, was Ihr zweifelsohne hier zu tun gedenkt. Wenn Ihr es Euch anders überlegt habt..." Aber statt einer Antwort hob sie ihren Kopf und sah ihn entschlossen an. „Küss mich."

Eine Weile betrachtete er nur ihr Gesicht, hielt ihren Blick gefangen und studierte jede einzelne Gefühlsregung, die er lesen konnte. Dann war er sich sicher, dass sie es wirklich wollte. Sanft strich er mit seinen Mund über ihren, leckte und knabberte an ihren köstlichen Lippen, ohne sie jedoch zu drängen, sich ihm zu öffnen. Aber Rossalyn hatte alle Zweifel überwunden. Sie erwiderte seinen Kuss mit einer Leidenschaft, die ihn sofort entflammte. Am liebsten hätte er ihr augenblicklich die Röcke hochgeschoben und sie ohne weiteres Vorspiel in Besitz genommen, aber er wollte dieses erste und einzige Mal, das sie zusammen sein würden, für sie zu einer schönen Erinnerung machen. Und so löste er sich schließlich von ihrem Mund, bedeckte stattdessen ihr Gesicht mit seinen sanften Küssen und glitt dann ihren Hals hinunter bis zu ihrem Schlüsselbein. Rossalyn hatte sich an ihn geklammert, genoss seine Zärtlichkeiten und begann nach einiger Zeit, sie zu erwidern. Ihre kleinen Hände schoben sich unter seine Tunika, tasteten seine Brust ab und glitten dann weiter nach unten. Kurz bevor sie den Bund seiner Hose erreicht hatte, löste Colin sich schließlich schwer atmend von ihr. „Halt, Liebste, wenn du nicht möchtest, dass ich sofort über dich herfalle, dann..." Er hatte das im Spaß gesagt, aber seine Worte führten dazu, dass Rossalyn sich augenblicklich versteifte. In ihren blauen Augen flackerte wieder dieser eigentümliche Ausdruck auf, innerhalb von wenigen Augenblicken verdunkelte sich das Blau und wurde fast schwarz. Sie schien durch ihn hindurchzusehen, rührte sich aber nicht von der Stelle. „Rossalyn, was ist los? Was hast du denn plötzlich? Ich... wenn ich etwas Falsches gesagt oder getan habe, dann..." Er sah sie an, fasste sie vorsichtig an den Armen, aber Rossalyn war wie in Trance. Und plötzlich konnte er den Ausdruck in ihren Augen einordnen. Panik! Das, was er nie zuvor hatte benennen können, war in diesem Augenblick so eindeutig, dass er sich fragte, wieso er das nicht schon damals erkannt hatte, als sie diesen Albtraum gehabt hatte! Und nun fügten sich auch die anderen Vorkommnisse zu einem, wenn auch noch nicht ganz klaren, aber doch eindeutigen Bild zusammen. Rossalyn war in der Nacht, als ihr Gemahl getötet worden war, vergewaltigt worden! Diese Erkenntnis legte sich wie ein Eisengürtel um seine Brust und presste alle Luft aus seinen Lungen. Was hatte dieses Schwein Rossalyn alles angetan? Der Gedanke, dass sie nicht nur hatte zusehen müssen, wie ihr Gemahl getötet wurde, sondern sie danach auch noch womöglich von genau dem Mann, der das getan hatte, vergewaltigt worden war, ließ eine unbändige Wut in ihm aufsteigen. Und es waren Männer seines Königs gewesen, die ihr all das angetan hatten! Kein Wunder, dass sie Malcolm hasste.

„Rossalyn, ich...es tut mir leid." Er zog sie wieder in seine Arme, hielt sie einfach nur, wie in der Nacht im Lager, und wie schon damals entspannte sie sich nach einiger Zeit.

Als sie sich wieder so weit gefasst hatte, dass das Zittern aufhörte und ihr Blick wieder klar war, löste sie sich aus Colins Umarmung und setzte sich auf einen Felsen.

„Es passierte in der Nacht, die meine Hochzeitsnacht hätte sein sollen.", begann sie. Ihre Stimme klang nun ruhig und gefasst, und obwohl Colin ahnte, was sie ihm sagen wollte, wusste er doch, dass er sie es erzählen lassen musste, ohne sie zu unterbrechen.

„Die Feier war schon fast zu Ende, Adair und ich wollten uns gerade zurückziehen, als die Männer uns überfielen." Sie schluckte. „Adair hatte keine Chance, sich zu wehren. Die Männer meines Bruders hatten wohl, entgegen seiner Anweisung, ihren Posten verlassen, um zu trinken. Es waren nicht einmal so viele Männer, die in unser Lager eindrangen, aber sie hatten das Überraschungsmoment auf ihrer Seite. Einer von ihnen...", Rossalyn schauderte bei der Erwähnung dieses Mannes, „... stieß Adair sofort sein Schwert in die Brust." Eine einzelne Träne rollte über ihre Wange. „Er schlitzte meinen Gemahl von oben bis unten auf, der Anblick war schrecklich. Adair starb in meinen Armen." Sie zitterte, aber dieses Mal vor Kälte und Colin legte ihr schützend seinen Arm um die Schultern. „Dann packte er mich und..." Sie verstummte. Colin wollte das alles nicht hören, wollte die Bilder nicht sehen, die sich sein Bewusstsein drängten, von dem Mann, der sich auf Rossalyn warf und sie... Er wollte sich am liebsten die Ohren zuhalten, wie er es als kleiner Junge getan hatte, wenn er etwas nicht hören wollte. Damals hatte er gedacht, wenn er etwas nicht hörte oder sah, war es auch nicht passiert. Aber so gnädig war die Wirklichkeit nicht. Und wenn sie stark genug war, darüber zu sprechen, dann musste er stark genug sein, sie anzuhören.

„Ich hatte noch nie vorher bei einem Mann gelegen und es war schrecklich. Er schnitt mir das Kleid mit dem blutigen Schwert vom Leib. Es tat so weh, aber er hörte einfach nicht auf!"

Colin erinnerte sich plötzlich daran, dass sie ja diese Narbe hatte. Himmel! Wie hatte sie leiden müssen!

Rossalyn begann zu weinen, redete aber weiter, während sie sich die Tränen wegwischte.

„Als er fertig war, rief er seinen Männern, die vor dem Schuppen, in den er mich geschleppt hatte, Wache standen, zu: 'Die Prinzessin hält jetzt Audienz. Wenn ihr wollt...'"

Namenloses Entsetzen ergriff Colin. Er glaubte, noch nie im Leben eine derartige Wut verspürt zu haben. Er würde den Mann töten, sollte er ihm je begegnen.

„In dem Augenblick kam Angus dazu. Er war verletzt, aber zusammen mit ein paar Männern meines Bruders gelang es ihm, einige der Angreifer zu töten. Der Mann, der mich vergewaltigt hatte, konnte allerdings entkommen." Sie wischte sich erneut ein paar Tränen aus dem Gesicht, dann sah sie Colin an.

„In dieser Nacht wurde Aidan gezeugt. Sein Vater ist der Mann, der mir Gewalt angetan hat. Ich habe danach nie wieder bei einem Mann gelegen."

Obwohl diese Eröffnung nach ihrer Schilderung nahelag, traf ihn die Erkenntnis doch tief ins Herz. Das Kind war nicht in Liebe oder doch wenigstens in gegenseitiger Lust gezeugt worden, und dennoch liebte Rossalyn den kleinen Kerl mehr als ihr Leben. Wie verflucht stark musste sie sein, um die Umstände seiner Zeugung hintenan zu stellen und ihm diese bedingungslose Mutterliebe zuteil werden zu lassen? Colins Mund war wie ausgetrocknet. Er konnte nicht sprechen, nicht denken. Zu sehr hatte ihn Rossalyns Geständnis aufgewühlt. Er schluckte mehrmals, und langsam löste sich der Kloß in seinem Hals. Es gab nur noch eine Frage, die er beantwortet haben wollte.

„Wer... wer hat dir das angetan?"

„Ich kenne seinen Namen nicht, aber er muss wohl der Anführer der Truppe gewesen sein. Sein ganzes Auftreten ließ erahnen, dass er es gewohnt war, Befehle zu geben und nicht, welche zu befolgen."

Wieder folgte Schweigen. Dann sah Rossalyn Colin ernst an.

„Wahrscheinlich fragst du dich, wie ich Aidan lieben kann, wo doch sein Vater... Als ich merkte, dass ich schwanger war, haderte ich jeden einzelnen Tag mit meinem Schicksal. Reichte es nicht, dass mich dieser Bastard vergewaltigt hatte? Musste ich denn auch noch schwanger werden? Meine Mutter wollte, dass ich zu einer Hebamme gehe und mir ein paar Kräuter hole, damit dieses Kind nicht geboren wird."

„Aber du hast es nicht getan." Colin strich ihr zärtlich eine Strähne aus der Stirn und sie schmiegte ihre Wange in seine große Hand. Nach ihrem Geständnis gab es nichts Fremdes mehr zwischen ihnen.

„Nein. Aber wenn ich ehrlich bin, dann nur deshalb nicht, weil ich Angst hatte. Schreckliche Angst, denn viele Frauen überleben so etwas nicht. Ich weiß nicht, warum ich so unbedingt weiterleben wollte. Nach dieser... Nacht wollte ich eigentlich nichts lieber als sterben. Aber dann... das Kind bewegte sich plötzlich in mir und ich glaube, das war der Moment, der alles veränderte. Und als Aidan schließlich geboren war, dieses hilflose Bündel Mensch, das nichts dafür konnte, gezeugt worden zu sein... Ich liebte ihn vom ersten Moment an, in dem er in meinen Armen lag." Rossalyn blickte Colin an und in ihren Augen las er so viel Liebe und Stärke, dass er sich schämte. Er dachte an Gara, daran, dass er lange gezögert hatte, sie in sein Herz zu lassen. Ein Kind, das ebenfalls nichts dafür konnte, wer sein Vater war. Er hatte mit sich und Sionag gehadert, hatte ihr im Stillen Vorwürfe gemacht, dass sie sein Vertrauen so missbraucht hatte. Und darüber hatte er ganz vergessen, dass Gara ihn gebraucht hätte. Nicht ein einziges Mal hatte er die Kleine während ihres kurzen Lebens auf den Arm genommen oder zärtlich über ihre Wangen gestreichelt. Im Gegenteil. Er hatte sie nicht einmal ansehen können, aus Angst, sie könne einem seiner Nebenbuhler ähnlich sehen. Erst viel später hatte er begriffen, wie vollkommen absurd diese Gedanken gewesen waren, aber da war es zu spät gewesen. Und nun zeigte ihm diese starke, mutige Frau, dass es auch einen anderen Weg gab.

Tief erschüttert ließ er den Kopf hängen, gefangen in seiner eigenen Gedankenwelt, mit seinem Charakter hadernd. Er hatte Rossalyns Liebe nicht verdient!

Eine sanfte Berührung an seiner Wange holte ihn nach
einiger Zeit zurück in die Gegenwart. Rossalyn kniete
vor ihm, hielt sein Gesicht in ihren Händen und
musterte ihn zärtlich. Dann küsste sie ihn, so
sehnsüchtig, so voller Liebe, wie er nie zuvor geküsst
worden war. Keine andere Frau hatte jemals etwas
Ähnliches in ihm hervorgerufen. Wie ein Ertrinkender
klammerte er sich an sie, küsste sie, streichelte sie und
wünschte sich, dieser Moment möge nie zu Ende
gehen. Sie hatte ihn nie um etwas gebeten, nicht um
ihre Freilassung oder gar um seine Liebe. Nur um das
Eine, Unausgesprochen bat ihr Körper jetzt: Zeig mir,
wie es sein kann, sein sollte...
Er hauchte Küsse auf ihr Gesicht, ihren Hals und den
Ansatz ihrer Brüste. Das Plaid war inzwischen
heruntergerutscht und entblößte ihr Dekolleté in einem
äußerst erregenden Maße. Er umfasste die sanften
Rundungen, streichelte über ihre harten Brustwarzen
und erregte sie so noch mehr. Sie hatte die Augen
geschlossen, stöhnte leise und drängte sich ihm
entgegen. Längst hatte seine Erregung die Angst
verdrängt, wie er sich einer Frau nähern sollte, die eine
derart schreckliche Erinnerung an das mit sich trug,
was er im Begriff war, mit ihr zu tun. Er würde diese
Erinnerung vielleicht nicht gänzlich auslöschen
können, aber er wollte Rossalyn etwas mit auf den Weg
geben, an das sie denken konnte, wenn die Dämonen

dieser Nacht sie wieder quälten.

Er nahm sich vor, seine eigene Erregung im Zaum zu halten, bis sie bereit war, den Schritt mit ihm zu gehen. Dieses Mal würde er ihr die Entscheidung darüber überlassen, wie weit sie zu gehen bereit war. Auch wenn es ihn seine ganze Selbstbeherrschung kosten würde!

Er nestelte an ihrem Ausschnitt und umfing die weiche Haut mit seinen rauen Händen, als ihre Brüste schließlich unbedeckt waren. Er ließ Rossalyn Zeit, sich mit dem Empfindungen vertraut zu machen, die seine Berührungen in ihr auslösten. Als er sicher war, dass sie bereit für den nächsten Schritt war, senkte er seinen Mund auf die empfindlichen, roten Warzen und knabberte und saugte vorsichtig an ihnen. Rossalyn sog scharf die Luft ein. Sofort hört Colin auf, sie zu reizen und sah sie an. In ihren Augen las er Verwirrung.

„Das... das hat er auch gemacht. Aber es tat weh. Er hat mich gebissen. Dieses Mal ist es... schön."

Er küsste zärtlich ihre Lippen. „Vergiss, was er gemacht hat. Vertrau mir. So, wie es jetzt ist, sollte es sein." Dann widmete er sich wieder ihren Brüsten. Eine Weile verwöhnte er sie, knabberte an ihren harten Knospen und blies seinen Atem auf die von seinen Küssen feuchten Spitzen, was Schauer der Erregung durch ihren Körper wallen ließ. Vorsichtig nahm er sie auf den Arm, ohne seine Liebkosungen zu

120

unterbrechen, und trug sie zu einer sandigen Stelle am Ufer. Dort bettete er sie sanft auf den weichen Sand und legte sich neben sie.

„Ich möchte, dass du weißt, dass du jederzeit nein sagen kannst, Liebes. Es würde mich umbringen, nicht mit dir zu schlafen, aber ich würde es akzeptieren. Hier und heute geschieht nichts, was du nicht willst." Aber als er in ihre schönen Augen sah, erkannte er, dass sie ihn nicht zurückweisen würde. Vertrauensvoll erwiderte sie seine Küsse, ließ kühn ihre Hand seinen muskulösen Körper erforschen und hielt doch schüchtern inne, als sie sein hartes Glied streifte. Er versteifte sich, wollte schon ihre Hand wegschieben, weil er nicht wusste, wie lange er noch an sich halten konnte, wenn sie ihn dort berührte. Aber dann erkannte er, dass sie noch nie die Gelegenheit gehabt hatte, sich mit einem männlichen Körper vertraut zu machen. Ganz sicher hatte der Bastard ihr keine Zeit gelassen, sich an ihn zu gewöhnen. Und so schloss er die Augen und presste die Lippen hart aufeinander, als sie ihre Hand in seine Hose schob und sein Glied zu erforschen begann. Er keuchte auf als sie unbedacht, was sie damit anrichtete, über die Spitze rieb und sie hielt augenblicklich inne.

„Habe ich dir weh getan?"

„Nay, ganz im Gegenteil, Liebste. Wir sollten uns nur vielleicht ausziehen, damit ich dich auch verwöhnen kann." Er verschwieg ihr, dass das auch möglich gewesen wäre, wenn sie ihr Kleid anbehielt, aber er musste sie irgendwie daran hindern, weiter zu machen. Und er wollte auch, dass es dieses Mal ganz anders für sie würde. Sie hatte nie die Freuden erlebt, die Männer und Frauen sich schenken konnten, aber er wollte das ändern. Und dazu sollte sie nackt sein, sich ihrer nicht schämen, auch - und gerade nicht wegen! - der Narbe, die dieser Bastard ihr zugefügt hatte.

Nach einem kurzen Zögern überwand Rossalyn ihre Scheu und streifte sich ihr Kleid und dann ihr Unterkleid über den Kopf. Sie versuchte augenblicklich, ihre Brüste und das verlockende Dreieck zwischen ihren Beinen mit den Armen zu verdecken, aber Colin hinderte sie daran.

„Lass das. Ich will dich ansehen." Und das tat er. Rossalyn war schön. Viel schöner noch, als er sie sich in seinen kühnsten Träumen vorgestellt hatte. Sie war schlank, aber nicht dünn. Ihre Brüste waren fest und nicht allzu groß, aber sie passten perfekt zu ihr. Colin richtete sich etwas auf und löste ihren Zopf. Weiche Wellen umspielten ihren Körper und legten sich wie schützend um ihre Brüste. Das schwindende Licht des Tages zauberte herrliche Reflexe in ihr Haar. Colin konnte sich nicht satt sehen, aber schließlich ergriff Rossalyn die Initiative.

„Ich finde es unfair, dass nur ich nackt bin." Sie begann, an Colins Hosenbund zu nesteln, während er sich Tunika und Hemd über den Kopf zog. Als auch er schließlich nackt war, betrachtete sie ihn ebenso neugierig, wie er sie. Ihr Blick blieb an seinem steil aufgerichteten Glied hängen und sie musste schlucken. Schnell beugte er sich zu ihr hinüber und küsste sie. Er ließ seine Hand über die Wölbungen ihrer Brüste gleiten, erforschte ihren flachen Bauch und fuhr unendlich langsam und zärtlich die Spur ihrer Narbe nach. Er küsste jeden einzelnen Zoll ihres Körpers, während seine Hände sie streichelten. Quälend langsam arbeitete er sich vor und erreichte schließlich ihre intimste Stelle. Um sie nicht zu erschrecken, streichelte er zunächst nur über ihren Venushügel, wagte sich dann zwischen ihre Beine und strich sanft ihre Scham entlang. Aufmerksam achtete er auf ein Zeichen der Abwehr oder Verspannung, aber als nichts dergleichen geschah, schob er behutsam einen Finger in sie hinein. Dabei küsste er sie unentwegt, bedeckte ihr Gesicht und ihre Brüste mit seinem heißen Mund und kostete ihre aufkeimende Leidenschaft wie den süßesten Wein. Sie war nun völlig entspannt, gab sich seinem kundigen Mund und seinen liebkosenden Fingern hin und ließ ein leises Stöhnen hören. Colin konnte sich kaum noch zurückhalten, aber er wollte Rossalyn zunächst die Erfüllung schenken, die sie vollends bereit für ihn machen würde. Sie schmiegte sich an ihn, keuchte, stöhnte und drängte sich seinem Finger entgegen, mit dem er sie unbarmherzig zu ihrem ersten Höhepunkt trieb.

Als sie endlich den Gipfel erreichte und ein erlösendes Zittern durch ihren Körper lief, ließ er ihr ein wenig Zeit, sich zu beruhigen. Als sie ihn dann ansah, wusste er, dass sie ihren Schrecken vor dem, was nun kommen würde, verloren hatte.

„Das war aber nicht alles, nicht wahr." Sie lächelte ihn so verführerisch an, dass er sich nicht mehr zurückhalten konnte. Vorsichtig schob er sich zwischen ihre Beine und versenkte den Blick in die blaue Tiefe ihrer Augen.

„Bist du dir ganz sicher?", fragte er überflüssigerweise, denn längst hatte sie ihre Beine um seine Hüften geschlungen und zog ihn näher zu sich heran.

„Ich war mir noch nie im Leben so sicher, Liebster."

Erst viel später, als der Mond schon am Himmel stand und ihre beiden Körper in milchiges Licht tauchte, ließen sie völlig erschöpft voneinander ab. Einmal von dem süßen Nektar der Lust gekostet, konnte Rossalyn nicht genug von dem bekommen, was Colin ihr mit Freuden schenkte. Sie hatten sich mehrmals auf die verschiedensten Arten Lust verschafft und Rossalyn hatte sich dabei als äußerst neugierige und nimmersatte Frau erwiesen. Immer wieder hatte sie Colins Begehren geweckt, und doch hatte ihr Beisammensein einen bitteren Beigeschmack. Beiden war bewusst, dass der Morgen und damit der Abschied immer näher kam, und so hatten sie sich wie zwei Ertrinkende aneinander geklammert und sich immer wieder geliebt, als ob sie so der Wirklichkeit entfliehen könnten.

„Rossalyn, wir müssen langsam zurück, Liebes."
Zärtlich strich Colin ihr eine verirrte Strähne aus der Stirn. Ein unwilliges Brummen war die Antwort.
„Schon? Können wir nicht..."
„Nein, *Phiseag*, wir können nicht." Er hatte begonnen, sie 'Kätzchen' zu nennen, weil sie nach dem Liebesakt schnurrte wie eine zufriedene Katze. Unwillig richtete Rossalyn sich auf und klopfte sich den Sand von den Armen.
„Ich weiß ja, dass du recht hast." Sie sah ihn ernst an.
„Ich danke dir..."
Schnell verschloss Colin ihre Lippen mit einem letzten Kuss.
„Ich danke dir, *Phiseag*. Für dein Vertrauen."
Beide hatten einen Kloß im Hals, aber der Gedanke an die kommende Trennung ließ sich nicht so einfach

hinunterschlucken. Deshalb zogen sie sich wortlos an und gingen dann Hand in Hand zurück zur Hütte, jeder in eigene Gedanken versunken.

An der Tür blieb Colin stehen und hielt sie auf.

„Rossalyn, ich könnte... ich meine, ich würde...“

Aber sie legte ihm nur den Finger auf die Lippen.

„Keine Versprechen, die wir nicht halten können, *mo cridhe*. Lass uns diese Nacht als das in Erinnerung behalten, was sie morgen schon sein wird. Eine wunderschöne Erinnerung. Ohne Verpflichtung, ohne Zukunft.“ Sie küsste Colin noch einmal, dann trat sie durch die Tür.

Angus war noch wach, als sie eintraten. Als er in Rossalyns Zügen dieses einzigartige Leuchten sah, überschattete Schmerz seine Züge, aber dann nickte er ihr und Colin zu und drehte sich zur Wand um.

„Er liebt dich, *Phiseag*. Überlege es dir. Er ist ein guter Mann und wäre Aidan ein guter Vater.“ Colin hatte leise gesprochen, aber Rossalyn hatte ihn trotzdem verstanden. Tränen traten in ihre Augen, weil Colin ihr unmissverständlich vor Augen geführt hatte, dass sie eine Wahl treffen musste. Nicht heute und nicht morgen, aber schon bald. Sie nickte, aber der Schmerz, den sie im Herzen fühlte, verschwand nicht.

„Ich weiß, Colin. Ich verspreche dir, ich werde es mir überlegen.“ Und damit wandte sie sich von ihm ab und legte sich wortlos auf ihr Plaid, das sie neben dem

Feuer ausgebreitet hatte.

Am nächsten Morgen schien es so, als wolle die strahlende Sonne am wolkenlosen blauen Himmel sie wie zum Trotz verhöhnen. Keiner der Menschen, die sich zum Aufbruch rüsteten, einschließlich Aidan, hatte gute Laune. Ferghus tat durch wiederholtes Kopfschütteln und Augenverdrehen sein Unverständnis über Colins Entscheidung kund. Angus sattelte schweigend und leidend sein Pferd, und Aidan lief schon den ganzen Morgen mit einer Leidensmiene herum, weil er nun wieder einen Freund verlor. Angus hatte ihm erklärt, dass Colin ihm das Leben gerettet hatte, was vielleicht etwas übertrieben war, aber für Aidan war Colin damit wieder in den Rang eines Helden und Freundes aufgestiegen.

Aber am schwersten fiel es Rossalyn und Colin, sich mit der nahenden Trennung abzufinden. Keiner von beiden sprach ein Wort, sie vermieden es tunlichst, sich anzusehen, geschweige denn, sich zu berühren. Beide wussten, dass es besser so war.

Schließlich waren sie reisefertig.

Bevor Colin sich in den Sattel seines Braunen schwingen konnte, kam Aidan auf ihn zu. In seinen braunen Augen schwammen Tränen als er aufblickte, aber dann wischte er sich tapfer über das Gesicht.

„Ich weine nicht, Colin. Das ist nur...", er überlegte fieberhaft.

„Dir ist bestimmt etwas ins Auge geflogen?", half Colin
ihm und kniete sich neben den Jungen. Der nickte
erleichtert.

„Genau. Männer weinen ja gar nicht." Dann steckte er
seine kleine Hand in einen abgetragenen Beutel und
zog ein ziemlich abgegriffenes Holzpferd heraus, das er
ihm hinhielt.

„Das ist ein Einhorn."

Bei näherem Hinsehen konnte Colin erkennen, dass
sich auf der Stirn des Holzpferdes tatsächlich ein
kleines, abgewetztes Horn befand.

„Ma, sagt, solche Pferde gibt es nicht. Aber woher weiß
man dann, wie sie aussehen?" Dieser kindlichen Logik
konnte Colin sich nicht entziehen.

„Das ist ein sehr schönes Einhorn, Aidan." Er sah den
Jungen ernsthaft an. „Und es gibt ganz gewiss welche."
Sein Blick suchte Rossalyn, aber sie hatte sich mit dem
Rücken zu ihm gestellt, so dass sie ihn nicht ansehen
musste. Man sagte dem Einhorn nach, stolz und
freiheitsliebend zu sein, aber auch rein und
wunderschön. Wie Rossalyn.

„Hmm, glaub' ich auch." Aidan zögerte. Dann hielt er
Colin das Holztier hin. „Ist für dich, Colin. Damit du
Ma und mich nicht vergisst."

Colin schloss die Augen und schluckte gegen den
Schmerz an, der in seinem Körper wütete. Er erinnerte
sich daran, dass Rossalyn ihm erklärt hatte, Aidan

besäße nur drei Spielzeuge. Und eines davon wollte er nun seinem neuen Freund überlassen. Colin blinzelte gegen das Brennen an, das seine Augen reizte. Er war überwältigt von der Geste des Jungen.

Aidan musterte ihn interessiert.

„Äh, weinst du?"

„Nay, Aidan, Männer weinen doch nicht. Mir ist wohl etwas..." Colin schluckte heftig.

„...ins Auge geflogen. Kenn' ich. Dumme Sache. Sieht immer so aus wie weinen." Aidan zuckte mit den Schultern, dann hielt er das Einhorn noch ein wenig höher.

„Nun nimm' schon. Dann kannst du immer an uns denken."

Colin konnte Aidan nicht sagen, dass er kein Einhorn brauchte, um sich an ihn und Rossalyn zu erinnern. Niemals, keinen Augenblick bis zu seinem letzten Atemzug, würde er sie vergessen.

Verunsichert sah er zu Rossalyn hinüber, die ihn nun ansah und unter Tränen nickte. Vorsichtig nahm er das Holztier aus Aidans kleiner Hand.

Dann überlegte er kurz, bevor er sein Sgian Dubh aus dem Stiefel zog und es Aidan hinhielt.

„Und ich schenke dir mein Sgian Dubh. Damit kannst du deine Ma verteidigen, wenn du groß bist."

Aidan bekam große Augen und griff ehrfürchtig nach dem Messer.

„Ist das wirklich für mich?" Ungläubig wog er den Dolch in seinen kleinen Händen.

„Aye, aber pass' gut auf. Die Klinge ist scharf. Du musst sehr vorsichtig sein." Als Aidan eifrig nickte, sah Colin zu Angus. „Vielleicht kann Angus dir zeigen, wie man damit umgeht." Der bärtige Mann brummte etwas, das wohl Zustimmung sein sollte, aber Aidan hörte schon nicht mehr zu.

„Ma, Ma, sieh' mal. Ein echtes Messer!" Dann drehte er sich noch einmal zu Colin um.

„Danke. Ich hatte noch nie so 'was Schönes!" Und damit rannte er zu Rossalyn, um ihr seine neueste Errungenschaft zu zeigen. Sie strich ihm über die wirren Locken, die ihren so ähnelten und dann hob Angus ihn vor sich auf sein Pferd. Rossalyn stieg ebenfalls auf und nickte Colin zum Abschied ein letztes Mal zu. Nach kurzer Zeit waren die Drei im Wald verschwunden, ohne sich noch einmal umgedreht zu haben.

Duff McCallum schlug der jungen Frau heftig ins Gesicht. Ihre Lippe platzte auf und schwoll augenblicklich an. Verdammte Hure. Als er mit einem einzigen Griff ihr Kleid zerfetzte, gab sie schließlich ihre Gegenwehr auf. Gut so. Er mochte es zwar, wenn die Weiber sich zierten, aber er war inzwischen so steif, dass er keine Zeit für Spielchen hatte. Er warf sie ins Heu und schob ihre Röcke hoch. Dann bohrte er sich unter ihrem leisen Weinen in sie hinein. Das tat gut. Mit jedem Stoß in ihr weiches Inneres ließ er sie für den Frust bezahlen, den er nun schon seit geraumer Zeit verspürte. Noch immer war es ihm nicht gelungen, diesen Maelsnectan aufzuspüren. Er hatte in dieser Gegend einfach zu viele Leute, die ihn versteckten oder ihm anderweitig halfen. Auch diese kleine Hure hier wusste etwas, aber für ihr Schweigen würde sie teuer bezahlen. Wenn er erst mit ihr fertig war, würde er sie seinen Männern überlassen. Vielleicht würde sie dann doch noch reden, in keinem Fall aber würde sie überleben. Er konnte nicht riskieren, dass sie diesen Bastard warnte.

Ihre Brüste wogten im Rhythmus seiner Stöße und er konnte den Blick nicht von den weißen Hügeln abwenden. Sie hatte den Kopf zur Seite gedreht und er konnte die Tränen sehen, die ihre Wangen hinunter rannen. Gut so, das Weib litt. Er stieß noch härter zu und als er sich schließlich seinem Höhepunkt näherte, herrschte er sie an: „Schau mich an, du kleines Miststück." Er griff mit seiner rechten Hand an ihr

Kinn und drehte grob ihren Kopf zu sich. Die Angst, die er in ihren Augen sah, war der letzte Anreiz, den er brauchte, um sich mit einem einzigen kräftigen Stoß in ihr zu vergießen. Er stieß noch ein-, zweimal zu, dann glitt er aus ihr heraus. Während er sich die Hose wieder hochzog, rief er seine Männer. Das namenlose Entsetzen, das sich auf ihren Zügen abzeichnete, war fast so befriedigend wie der Geschlechtsakt selber. Grölend und feixend betraten seine Männer den Stall und während er sich umdrehte, um in dem großen Haupthaus nach etwas Essbarem zu suchen, hörte er, wie der Erste über sie herfiel. Gut so. Wenn sie auch nichts sagen würde, es würde seine Männer auf Tage hinweg weniger mürrisch machen. Auch sie waren es leid, einem Phantom hinterher zu jagen. Immer wenn sie an einen Ort kamen, an dem sie diesen Hurensohn vermuteten, war er gerade wieder entwischt. Halbwegs zufrieden betrat er die sauber aufgeräumte Wohnstube und sah sich um. Über dem Feuer köchelte ein Topf mit köstlich duftendem Eintopf und unter der Decke hingen geräucherte Fische. Auf einem Wandbord stand ein Topf mit Honig und als er ein sauberes Leinentuch anhob, fand er einen Laib Käse und frisches Brot. Immerhin würden sie sich heute den Bauch vollschlagen können. Er setzte sich und schnitt sich ein Stück Käse ab. Blieb nur noch die Frage, wo sie nach diesem Bastard suchen sollten, dessen König Malcolm so unbedingt habhaft werden wollte!

„Schwesterlein, was für eine... Überraschung, dich hier zu sehen." Mael trat an Rossalyns Pferd heran und tätschelte dem Tier den Hals. Er machte keine Anstalten, ihr vom Pferd zu helfen, aber das erwartete sie auch gar nicht.

„Wie hast du uns gefunden?", fragte er, während seine Schwester vom Pferd glitt.

„Mael, ich bitte dich! Ich kenne deine Schlupflöcher noch von früher. Und da du garantiert weißt, dass Malcolm Männer losgeschickt hat, um uns wieder einmal in seine Finger zu bekommen, wusste ich ziemlich genau, wo du dich verstecken würdest." Sie wies auf eine Ansammlung von Zelten, die auf der versteckten Lichtung standen. Diese Lichtung war nur durch einen schmalen Durchlass in einer Felswand zu erreichen, fast wie ein eigenes Tal. Dieser Durchlass war so eng, dass er gut zu verteidigen war, also bot der Unterschlupf fast uneingeschränkte Sicherheit vor

Entdeckung. Sie gab die Zügel einem Jungen, der herbeigeeilt war und klopfte sich den Staub vom Kleid. Sie waren zwar nur einen Tag unterwegs gewesen, aber sie hatten wenig gerastet, weil es zu gefährlich gewesen wäre, sich länger an einem Ort aufzuhalten.

„Oh, und Angus hast du auch mitgebracht!" Süffisant musterte Mael den Mann, der gerade vom Pferd stieg. Seit der Nacht vor fast sechs Jahren hassten sich die Männer geradezu. Angus war lange Zeit ein treuer Gefolgsmann Maels gewesen, aber als dieser in besagter Nacht lieber geflohen war, als seiner Schwester zu helfen, war es mit der Sympathie zwischen den Männer vorbei gewesen. Angus hatte sich fortan um Rossalyns Sicherheit gekümmert und Mael war froh, diesen griesgrämigen Mann los zu sein, der ihm ständig Vorhaltungen wegen seines Verhaltens gemacht hatte.

Angus ging nicht auf die unterschwellige Provokation ein, sondern baute sich vor Mael auf. Er überragte den jungen Mann um mehr als einen Kopf, aber Mael verschränkte nur betont lässig die Arme vor dem Körper.

„Ich frage mich, warum *wir Euch* finden mussten, Mael. Habt Ihr nicht gehört, dass Eure Schwester in die Hände von Malcolms Männern gefallen ist?" Angus ließ sein Gegenüber nicht aus den Augen. Kurz zuckte so etwas wie ein schlechtes Gewissen über Maels Züge, aber gleich darauf hatte er sich wieder in der Gewalt.

„Aye, ich hörte davon. Aber wie ich sehe, hat sich mein liebes Schwesterherz auch so aus den Klauen des Löwen befreien können."

Angus machte wütend einen Schritt auf Mael zu, aber Rossalyn hielt ihn am Arm zurück.

„Lasst gut sein, Angus. Ihr kennt meinen Bruder doch." Damit wandte sie sich wieder an Mael. „Ich hoffe, du gewährst uns ein paar Tage Unterschlupf, bis wir uns einig sind, wohin wir uns wenden können." Müde steckte sie eine aufgelöste Haarsträhne in ihren Zopf.

„Natürlich, Rossalyn. Aber ich habe da schon eine Idee, wohin ich dich schicken..." Energisch hob Rossalyn die Hand.

„Du schickst mich nie wieder irgendwo hin, Bruderherz! Mir ist in der letzten Zeit so einiges klar geworden. Ich will nicht mehr so weiterleben. Aidan und ich brauchen einen Platz, wo wir in Sicherheit sind, ohne von dir oder diesem Malcolm benutzt und gejagt zu werden. Und diesen Platz suche dieses Mal *ich* aus!" Damit drehte sie sich um und ließ ihren verdutzten Bruder stehen.

Nachdenklich blieb Mael zurück. Seine Schwester hatte schon immer ihren eigenen Kopf gehabt, aber bisher hatte sie immer eingesehen, dass es besser war, wenn er sich um eine Bleibe für sie und Aidan kümmerte. Er musste unbedingt herausfinden, was diesen

Sinneswandel bei ihr hervorgerufen hatte. Er musste um jeden Preis verhindern, dass sie die Seiten wechselte! Es reichte schon, dass in Aidan das Blut eines der Bastarde des Königs floss.

Angus war Rossalyn inzwischen gefolgt und beobachtete aus einiger Entfernung, dass Mael mit einigen seiner Männer sprach. Offensichtlich drehte sich das Gespräch um ihre Ankunft, denn Mael sah immer wieder zu ihnen herüber. Angus war sich sicher, dass Mael nicht begeistert darüber war, Rossalyn hier beherbergen zu müssen. Seit der verhängnisvollen Nacht sah Angus seinen einstigen Freund mit anderen Augen. Seite an Seite hatten sie gegen den Feind gekämpft, Angus hatte sich sogar einen schmerzhaften Schwerthieb eingefangen, als er sich im letzten Augenblick zwischen Mael und einen Angreifer geworfen hatte. Aber dann hatten sie Rossalyn schreien gehört und gesehen, wie dieser gottverdammte Bastard sie an den Haaren zu einem der umstehenden Schuppen gezogen hatte. Nur ganz kurz hatten die Männer des Königs ihrem Anführer feixend und johlend hinterhergerufen, aber diesen Moment hatte Mael genutzt, um zu fliehen. Er hatte nicht einen Gedanken daran verschwendet, Rossalyn zu Hilfe zu kommen, obwohl er sich denken konnte, was der Kerl mit ihr vorhatte. Für Angus hatte es so ausgesehen, als habe Mael damals seine Schwester geopfert, um selbst zu entkommen. Er selbst hatte nicht sofort zu Rossalyn eilen können, denn einige der Angreifer hatten ihn umringt, und als er sich endlich ihres Angriffs hatte erwehren können, war es für Rossalyn zu spät gewesen. Er hatte zwar ihr Leben retten aber nicht die Vergewaltigung verhindern können. Seit jener Nacht war er nicht von ihrer Seite gewichen, hatte sie beschützt und auf ihrer Flucht begleitet, einem Schwur folgend, den er in dieser Nacht geleistet hatte. Und nun würde er Mael im Auge behalten, denn obwohl er Rossalyns Bruder war, war ihm seine eigene Freiheit wichtiger als Rossalyns Wohlergehen. Und weil Angus das wusste, nahm er sich vor, die Augen offen zu halten.

Rossalyn war unterdessen in eine baufällige Hütte geschlüpft, die sie noch von früher kannte. Sie gehörte der alten Beithid, einer Kräuterfrau, von der man munkelte, sie lebe schon ewig. Tatsächlich war sie Rossalyn schon immer alt erschienen, aber merkwürdigerweise war sie nie weiter gealtert. Sie war klein und krumm wie eine alte Eibe, ihre Augen waren schon immer milchig trüb gewesen und ihr Haar war, solange Rossalyn zurückdenken konnte, weiß wie frisch gefallener Schnee.

Beithids Haut war faltig, ihre Nägel lang und gelb, aber sie war eine Frau von enormer Energie und geistiger Frische. Sie war blind, aber Rossalyn wusste, dass sie mehr sah als alle Sehenden, die sie kannte.

Beithid saß in der Mitte der kleinen Hütte und wiegte den Körper sanft im Rhythmus des Singsangs, der ihr erstaunlich wohltönend über die Lippen kam. Rossalyn wollte sie nicht stören und verhielt sich deshalb ruhig und sah der Alten nur zu. Nach einer Weile verstummte Beithid und ein Lächeln huschte über ihr faltiges Gesicht.

„Danke, dass du mich nicht gestört hast, mein Kind. Aber nun komm näher und setz dich zu mir." Beithids Stimme klang kräftig und melodisch, was ihre äußere Erscheinung wie ein Zerrbild der Wirklichkeit erscheinen ließ.

„*Latha math.* guten Tag, Beithid." Rossalyn ließ sich auf dem Boden gegenüber der gebeugten Gestalt der Kräuterfrau nieder, denn einen Hocker oder Stuhl gab es hier nicht.

„Ich habe dich schon erwartet."

„Warum überrascht mich das nicht?" Rossalyn lächelte amüsiert.

Kurz glitt ein zärtlicher Ausdruck über das faltige Gesicht der alten Frau, dann stand sie auf und bewegte sich geradezu unheimlich sicher auf die Feuerstelle zu, entnahm einem kleinen Säckchen, das sie an einem Band um ihre Taille trug, ein paar getrocknete Blüten und Beeren und warf sie in eine Schale, die über dem Feuer hing. Sofort erfüllte ein aromatischer Geruch

138

nach Wacholder und Schafgarbe den Raum. Rossalyn musste lächeln. Von früher wusste sie, dass Beithid Wacholder und Schafgarbe verwendete, um Bilder heraufzubeschwören, die nur sie sehen konnte. Wacholder reinigte die Luft und den Geist und Schafgarbe half der Alten seit jeher, in die Zukunft zu blicken. Wegen dieser Gabe wurde Beithid ebenso geliebt wie gehasst, je nachdem, was sie den Menschen, die sie um einen Rat baten, zu sagen hatte. Als Rossalyn noch jung gewesen war, hatte sie Beithid oft aufgesucht und von ihr einiges über Kräuter gelernt, aber immer, wenn sie die Alte gebeten hatte, ihr etwas über ihre Zukunft zu verraten, hatte Beithid sich verschlossen gezeigt und sie unverrichteter Dinge fort geschickt. Rossalyn fröstelte. Es schien ganz so, als ob die weise Frau nun bereit war, ihr Schweigen zu brechen. Aber war *sie* auch bereit, zu hören, was Beithid ihr eröffnen würde?

Mit der Sicherheit einer Sehenden griff sie nach Rossalyns Händen und sofort spürte sie ein seltsames Kribbeln, eine unglaublich Wärme, die durch ihre Hände in ihren Körper floss.

Die Alte atmete heftig, ihre Brust hob und senkte sich in schnellem Takt und ihre Lider flatterten. „Longneck streckt seine Finger nach dir aus." Longneck, Langhals, war der Beiname, den das Volk seinem König gegeben hatte. Dass er versuchte, sie in seine Hände zu bekommen, war allerdings nicht neu.

„Der Dunkle, den er schickt, ist böse. Du musst dich und deine Kinder vor ihm schützen."

Rossalyn runzelte verwirrt die Stirn. „Ihr meint Aidan?"

Beithid lächelte wissend. „Aidan und das Kind, das in dir wächst."

Rossalyn riss die Augen auf. „Das Kind, das...?"

Aber die weise Alte fuhr schon fort: „Du musst dich schon bald entscheiden." Beithid atmete schwer, ihre Brust hob und senkte sich in schnellem Tankt, aber sie sagte nichts mehr.

„Für oder gegen was, Beithid?", flüsterte Rossalyn verwirrt.

Die Alte schloss die Augen und eine Träne rann über ihre faltige Wange.

„Für oder gegen die Liebe, mein Kind, für oder gegen die Vernunft." Sie ließ abrupt Rossalyns Hände los. „Und nun geh bitte, ich bin müde."

Rossalyn wusste, dass Beithid nichts weiter sagen würde. Mit mehr Fragen als Antworten stand sie auf und ging zur Tür.

„Das Herz einer liebenden Mutter entscheidet immer richtig, mein Kind." Ein geheimnisvolles Lächeln überzog Beithids Gesicht und ließ sie viel jünger wirken.

„Beithid..." Rosslayn versuchte ein letztes Mal, doch

noch eine Antwort auf ihre drängendste Frage zu
bekommen, aber die Alte hob nur die rechte Hand.
„Geh, mein Kind, dein Weg ist noch lang."
Als Rossalyn die Hütte längst verlassen hatte, sank
Beithid in sich zusammen. So viel Schlimmes hatte die
junge Frau schon erleben müssen, und so vieles lag
noch vor ihr! Sie hatte es gesehen, aber es lag nicht in
ihrer Macht, es zu verhindern.

Duff McCallum hieb seinem Pferd die Hacken in die
Flanke. Mit einem lauten Wiehern sprengte der große
Schimmel davon. Duff war frustriert. Noch immer hatte
er keine genaue Information darüber, wo sich dieser
MacAlpin aufhielt.
Während er verdrossen in der Bauernkate gesessen und
sein Schicksal beklagt hatte, war einer seiner Männer
herein gekommen, einen verängstigten Mann und einen
Jungen von etwa sechs Jahren vor sich her treibend.
Den Arm hatte er um eine dralle Braunhaarige gelegt,
ein Messer an ihren Hals haltend und wölfisch
grinsend.

„Wen hast du denn da gefunden, Darach?" Duff hatte sich abwartend in seinem Stuhl zurückgelehnt und gleich dieses Kribbeln verspürt, das ihn verlässlich überkam, wenn etwas in der Luft lag.

Darach hatte dem Mann in die Kniekehle getreten, woraufhin der auf den Boden gefallen war. Dann hatte er dem heulenden Jungen eine kräftige Ohrfeige verpasst, der daraufhin vor Schreck verstummte, und sein Messer fester in das weiße Fleisch der jungen Frau gepresst. Ein kleiner Blutfaden hatte sich auf den Weg ihren schlanken, weißen Hals hinunter gemacht, aber sie hatte keinen Laut von sich gegeben.

„Nun?" Duff hatte bereits geahnt, mit wem er es zu tun hatte, und ein hoffnungsvolles Glitzern war in seine Augen getreten.

„Rede!" Darach hatte den am Boden liegenden Mann mehrmals kräftig in die Seite getreten, woraufhin der schmerzverzerrt aufkeuchte.

Nach zwei Atemzügen hatte er sich soweit wieder in der Gewalt, dass er sprechen konnte.

„Mein Herr, das hier ist mein Hof. Mein Name ist Hamish...", er hatte auf den Jungen gedeutet, „... und das ist Machar, mein Sohn, und das...", er hatte der brünetten Frau einen schnellen Blick zugeworfen, „... ist Maisie, meine Schwägerin."

„Wer lebt hier noch alles mit dir?" Duff wollte vor Überraschungen gefeit sein.

„Nur noch meine Frau, mein Herr. Aggie. Sie müsste...“
Als ihm aufgegangen war, wo seine Frau zu dieser Zeit
normalerweise war, und er sich an das Gejohle erinnert
hatte, das aus dem Stall gedrungen war, hatte er
verzweifelt die Augen geschlossen.

„Oh, Aggie also. Ich habe sie bereits kennengelernt.
Hübsche Titten hat sie.“ Duff hatte es genossen, den
Mann zu quälen. Sollte er ruhig wissen, dass mit den
Männern des Königs nicht zu spaßen war.

„Aber ich mag eher Weiber, die sich wehren. Deine
Aggie war zu... duldsam.“ Ein ersticktes Stöhnen hatte
sich der Kehle des Mann entrungen, aber ansonsten war
er still geblieben.

„Na ja, vielleicht ist ja deine Schwägerin mehr nach
meinem Geschmack?“ Duff war aufgestanden und
betont langsam auf die Frau zugeschlendert, die Darach
festhielt. Er hatte sie von oben bis unten gemustert und
sein Blick hatte keinen Zweifel über sein weiteres
Vorgehen gelassen.

„Halt sie gut fest.“ Er hatte Darach das Messer aus der
Hand genommen und ihr Oberteil aufgeschlitzt, so dass
ihr vollen Brüste zu sehen gewesen waren. „Besser
bestückt als ihre Schwester ist sie ja.“ Darach hatte
daraufhin die Arme der Frau grob gepackt und sie ihr
auf den Rücken gedreht. Duff hatte inzwischen
begonnen, ihre Brüste zu kneten, aber statt ihre Angst
zu zeigen, hatte sie ihm ins Gesicht gespuckt.

Daraufhin hatte Duff sie gepackt, zu dem wackeligen Tisch gezerrt und ihren Oberkörper darauf gedrückt. In stillem Einvernehmen hatte Darach diesen Hamish vom Boden, auf dem er immer noch gehockt und seinen Blick ängstlich abgewandt hatte, hoch gezerrt.

„Los, sieh hin! Das passiert mit Leuten, die sich uns widersetzen!" Darach selbst hatte seine Erregung kaum verbergen können, als Duff die Röcke der jungen Frau hochgeschoben hatte und ungeachtet ihrer Schreie grob in sie eingedrungen war. Die junge Frau hatte vor Schmerzen gekeucht und geschrien, aber Duff kannte kein Erbarmen.

Als er endlich mit ihr fertig gewesen war, hatte er sie grob zu Boden gestoßen und sich Hamish zugewandt.

„So, Hamish, mein Freund. Und jetzt sag mir, was du über Maelsnectan von Coemgain weißt."

Aber der Mann hatte nur etwas gestammelt von einem *gleann dìomhair*, einem versteckten Tal, in das sich Mael immer wieder zurückzog. Wo genau sich dieses Tal befand, hatte der Mann nicht sagen können, nur dass es sich einige Tagesritte weiter östlich befand, zwischen dem Fluss und dem Loch Lhor. Und dass der Eingang ziemlich versteckt war und immer gut bewacht wurde. Damit hatte er alles und nichts gesagt. In dieser Gegend gab es hunderte von Tälern. Wo sollte er da mit der Suche beginnen?! Aus Ärger über diese vage Antwort hatte er diesem dreckigen Bauern das Haus

144

angezündet, während sich seine Männer um die Frauen gekümmert hatten. Den kleinen Machar hatte er währenddessen an den Zaun des Schafsgeheges gefesselt, von wo aus er einen guten Blick auf das Geschehen hatte. Sollte der Junge ruhig mitansehen, was passierte, wenn man die Männer des Königs verärgerte. Das würde ihm eine Lehre sein.

„Da bist du ja, Schwesterherz." Mael trat zu Rossalyn, die vor einem Zelt saß, das man in aller Eile für sie errichtet hatte. Aidan kullerte gerade eine Kugel aus Ton über das Gras der Lichtung und versuchte, ein kleines Loch zu treffen, das er selbst gebuddelt hatte. „Mist!", schimpfte er, als die Kugel von einer Unebenheit abgelenkt wurde und an dem Loch vorbei rollte. Rossalyn sah ihn liebevoll an. „Versuch es einfach nochmal." Sie war Angus unendlich dankbar, dass er irgendwo diese Kugeln aufgetrieben und sie Aidan geschenkt hatte. Das lenkte Aidan davon ab, zu sehr seinem Einhorn nachzutrauern, das er Colin überlassen hatte. Colin! Es verging nicht ein Tag, ohne dass Rossalyn an ihn dachte. Sie legte behutsam eine

Hand auf ihren Bauch. Es war noch viel zu früh zu bemerken, ob sie tatsächlich ein Kind erwartete, aber sie vertraute auf Beithids Wissen. Ein Kind von dem Mann zu erwarten, den sie so sehr liebte, erschien ihr wie ein Licht in der Dunkelheit. Was auch immer geschah, sie würde etwas haben, das sie stets an ihn erinnerte.

„Rossalyn?" Ihr Bruder riss sie aus ihren Gedanken.

„Oh, Mael. Du hast mich gesucht?"

„Ich muss mit dir reden." Er hockte sich neben sie und riss einen Grashalm ab, den er zwischen den Fingern zerrieb.

„Ich freue mich wirklich, dich nach so langer Zeit...", begann er, aber Rossalyn kannte ihren Bruder gut genug, um sich eine lange Einleitung zu ersparen.

„Spar' dir deine netten Worte. Was willst du wirklich von mir?"

„Du warst schon immer ziemlich direkt, Rosa." Rosa! So hatte er sie lange Zeit genannt, weil er ihren richtigen Namen nicht hatte aussprechen können. Später hatte er ihn nur dann benutzt, wenn er wollte, dass sie ihm einen Gefallen tat.

„Seit du hier bist, sind meine Männer... unruhig. Du bist eine schöne Frau... und unverheiratet!" Er räusperte sich. „Tavish, Brodie und Eòin haben mich bereits um deine Hand gebeten. Und ich fürchte, dabei wird es nicht bleiben."

146

Rossalyn ließ ihren Blick über Maels Leute schweifen. Wie hatte sich doch die Zusammensetzung seiner Männer verändert, seit sie vor Jahren das Lager verlassen hatte. Damals waren seine Anhänger gestandene Männer gewesen, kampferprobt und ihm treu ergeben. Der Haufen, der sich jetzt hier zusammen gerottet hatte, wirkte eher wie eine Ansammlung gesetzloser Halunken. Ihre Mienen verrieten, dass sie für ein paar Goldmünzen ihre eigene Mutter verraten würden und Rossayln fragte sich insgeheim, warum Mael das nicht erkannte. Sie hatte die lüsternen Blicke schon bemerkt, und sie wusste, dass nur ihr Status als Maels Schwester sie bisher vor Übergriffen bewahrt hatte. Und nun sollte sie einen dieser Männer heiraten! Mael musste den Verstand verloren haben.

„Mael..." Jetzt unterbrach ihr Bruder sie.

„Wenn du hierbleiben willst, musst du heiraten! Ich dulde es nicht, dass du noch länger meine Männer von ihren Pflichten ablenkst." Er stand auf und sah sie entschlossen an. „Ich erwarte deine Entscheidung morgen." Damit ließ er sie allein.

Colin ließ das Einhorn durch seine Finger gleiten und spürte dem Schmerz nach, der ihn seit der Trennung von Rossalyn nicht mehr losgelassen hatte. Fast zwei Wochen war es her, seit sie sich getrennt hatten, und mit jedem Augenblick, der verging, wusste er, dass er sie nie hätte gehen lassen dürfen.

Eine dralle Rothaarige stellte einen Becher Ale vor ihn hin und setzt sich dann neben ihn.

„Was ist, Süßer? Dein Freund amüsiert sich prächtig, nur du sitzt hier rum, als hättest du eine Kröte verschluckt." Sie legte ihre Hand auf seinen Oberschenkel, aber bevor sie damit weiter nach oben wandern konnte, hielt Colin sie auf.

„Ich weiß dein Angebot zu schätzen, aber mir reicht ein Ale vollkommen." So schnell gab die Frau nicht auf. Sie zog an ihrem Oberteil und entblößte zwei pralle Brüste, die sie Colin einladend unter die Nase hielt.

„Und du bist dir ganz sicher, dass dir ein Ale reicht?" Verführerisch sah sie ihn an, aber Colin nahm weiter keine Notiz von ihr. Sie war hübsch anzusehen mit ihren grünen Augen und den Sommersprossen und sie hatte eine Figur, die die meisten Männer zum Träumen brachte. Und noch vor Wochen hätte Colin ihr Angebot mit Freuden angenommen, aber seit er Rossalyn kennengelernt hatte, gab es keine andere Frau mehr für ihn. Er leerte schnell den Becher Ale, warf ein paar Münzen auf den Tisch und ging zur Tür. „Sag' meinem

Freund, ich bin schon voraus geritten. Wenn er fertig ist, soll er nachkommen." Damit verließ er die Wirtsstube und die ihm enttäuscht nachblickende Frau. Entschlossen betrat den Stall und sattelte seinen Braunen. Er hatte einen Entschluss gefasst und bevor ihn der Mut verließ, wollte er vor den König treten. Ganz sicher würde Malcolm enttäuscht von ihm sein und natürlich konnte er das Lehen vergessen, aber das war alles nichts gegen die Aussicht, Rossalyn zu seiner Frau zu machen. Colin hatte lange überlegt. Er konnte sie nicht heiraten und mit an den Hof nehmen. Zu groß war die Gefahr, dass sie dort ihrem Vergewaltiger über den Weg lief. Oder dass Malcolm ihr oder Aidan womöglich etwas antat, um herauszufinden, wo ihr Bruder war. Das wollte er ihr ersparen. Leider hatte er auch kein Zuhause, in das er sie hätte bringen können. Im Grunde lebte er von der Hand in den Mund, angewiesen auf den Sold, den Malcolm ihm zahlte. Aber wenn Rossalyn einverstanden war, wenn sie ihn so liebte, wie er sie, dann würde sie auch einwilligen, seine Frau zu werden, wenn er den Dienst bei Malcolm quittierte. Er könnte mit ihr und Aidan in die Highlands gehen. Die Lairds weiter oben im Norden suchten immer nach Verstärkung für ihre Truppen. Die einzelnen Clans waren oft heillos miteinander zerstritten, das wusste er. Es ging um Land, um Vieh und um Macht. Und um diese immerwährenden

Konflikte erfolgreich zu bestehen, suchten die Lairds Krieger. Männer, die gegen Bezahlung für die Sache des jeweiligen Clans kämpften. Und das war das Einzige, was er konnte: kämpfen!

Er wollte sich gerade auf sein Pferd schwingen, als Ferghus ganz außer Atem in den Stall stürzte.

„Herrgott, Colin, kannst du mir nicht einmal etwas...", er grinste anzüglich, „... Entspannung gönnen?"

„Ich habe der Rothaarigen gesagt, sie soll dir Bescheid geben, wenn du fertig bist. Nicht, dass sie dich stören sollte." Colin grinste ebenso anzüglich zurück. Er fühlte sich so befreit, wie seit Tagen nicht mehr. „Los, sattel dein Pferd. Ich muss zum König."

Ferghus griff nach dem Zaumzeug und schob es über den Kopf seines Braunen.

„Erst trödelst du Wochen herum, um bloß nicht vor dem König zu Kreuze kriechen zu müssen, und nun kannst du gar nicht schnell genug an den Hof kommen, um dir den Unmut von Malcolm zuzuziehen?" Er schüttelte verständnislos den Kopf und griff nach dem Sattel. „Ausgerechnet wo ich gerade den Weg zwischen zwei äußerst willige Schenkel gefunden hatte.", brummte er resigniert.

„Warum hast du es so eilig, hä? Was willst du Malcolm überhaupt sagen, warum du die Kleine nicht bei dir hast? Hast du dir darüber schon einmal Gedanken gemacht? Malcolm wird wütend sein, vielleicht wird er dich sogar ablösen lassen!" Ferghus schwang sich auf den Rücken seines Pferdes.

„Das ist mir egal. Ich quittiere den Dienst, sobald ich in Inverness bin." Damit gab Colin seinem Pferd die Sporen und preschte voran.

„Du musst vollkommen verrückt sein, wenn du glaubst, dass Malcolm dich einfach so aus seinen Diensten entlässt!", rief er Colin hinterher, aber der war bereits ein gutes Stück voraus und hörte ihn nicht.

Kopfschüttelnd folgte Ferghus seinem Freund in die Nacht.

Rossalyn saß in ihrem Zelt und versuchte, einen klaren Gedanken zu fassen. Natürlich würde sie keinen von diesen groben Kerlen heiraten, die Mael 'seine Männer' nannte. Aber dass sie sich nicht mehr viel Zeit lassen konnte, sich einen Gemahl zu nehmen, wusste sie auch. Sie zweifelte nicht daran, dass sie wirklich Colins Kind trug. Beithid sah und wusste Dinge, die man nicht erklären konnte. Sie selbst sprach nie von einer 'Gabe' und wahrscheinlich empfand sie sie auch nicht als solche. Aber sie hatte sich noch nie in ihren

Voraussagen geirrt. Leider war Beithid kurz nachdem Rossalyn im Lager angekommen war, verschwunden, so dass sie sie nicht nach weiteren Ratschlägen hatte fragen können. Die Alte verschwand immer mal wieder für einige Zeit, nur um dann vollkommen unerwartet wieder aufzutauchen und ihre alte Hütte zu beziehen, so, als wäre sie nie fort gewesen. Aber ausgerechnet jetzt hätte Rossalyn so dringend den Rat der weisen Frau gebraucht! Aber hatte die Alte ihr im Grunde genommen nicht klar zu verstehen gegeben, was sie tun sollte? Tun musste?

Du musst deine Kinder schützen, hatte sie gesagt. *Für oder gegen die Liebe, für oder gegen die Vernunft.* Sich für Colin und die Liebe zu entscheiden, war zu spät. Und wenn sie in sich hineinhörte, ließ die Vernunft nur eine Entscheidung zu. Nach der Nacht mit Colin hatte sie es für unmöglich gehalten, jemals über eine andere Verbindung als mit Colin nachzudenken, aber ihre Schwangerschaft ließ ihr keinen großen Spielraum. Allein mit Aidan war es schon schwer genug, ständig herumzureisen, aber mit einem weiteren Kind - noch dazu einem Säugling - würde sie allein auf sich gestellt scheitern. Nur ein Gemahl konnte ihr ein wenig Sicherheit und Schutz geben, das war ihr klar.

„Angus liebt dich, Phiseag. Überlege es dir. Er ist ein guter Mann und wäre Aidan ein guter Vater.", waren Colins Worte gewesen und Rossalyn wusste, dass er

recht hatte. Angus liebte sie und Aidan, er war in den letzten Jahren immer da gewesen, wenn sie Hilfe oder Beistand gebraucht hatte. Er würde für sie und Aidan sein Leben geben, das wusste sie. Und er würde nie grob zu ihr sein oder etwas von ihr verlangen, das sie nicht wollte.

Rossalyn verschränkte die Hände vor dem Bauch und atmete tief ein. Sie schloss die Augen und hörte, wie beängstigend schnell ihr Herz klopfte. Colin, Angus... Liebe, Vernunft...

Entschlossen stand sie nach einer Weile auf. Es hatte keinen Sinn, die Augen vor der Wirklichkeit zu verschließen. Gegen die Liebe, für die Vernunft...

Colin ritt die Anhöhe hinauf, die vom Ufer des Ness zur Burg führte. Ferghus, der neben ihm ritt, hatte ihm in den letzten zwei Tagen unaufhörlich ins Gewissen geredet, hatte die Frauen im Allgemeinen und Rossalyn im Besonderen verflucht und sich schließlich in sein Schicksal ergeben. Mit einem verliebten Trottel könne man nicht vernünftig reden, war er nicht müde geworden, zu betonen, und ein verliebter Trottel sei harmlos im Vergleich zu Colin.

Sie ritten Seite an Seite in den Burghof und Colin warf einem herbeieilenden Stalljungen die Zügel seines Pferdes zu, während er vom Rücken seines Braunen sprang. Eilig stürmte er auf die Burg zu. Nachdem er einmal seinen Entschluss, sich dem König zu stellen, gefasst hatte, hatte er es eilig, das Gespräch hinter sich zu bringen. Ferghus konnte kaum Schritt mit ihm halten, aber er hatte das untrügliche Gefühl, dass seinem Freund großer Ärger ins Haus stand, und er wollte dabei sein, und versuchen, das Schlimmste zu verhindern, wenn Colin sich vor dem König um Kopf und Kragen redete.

Sie erreichten die große Halle und Colin bemerkte im Vorübergehen, dass hier offensichtlich ein paar neue Wandteppiche an den Wänden hingen. Während er sich noch wunderte, warum er eine solche Nebensächlichkeit bemerkte, hatte er schon den Audienzsaal erreicht und dem Wachposten, der mit grimmiger Miene die Tür bewachte, seinen Wunsch, den König zu sprechen, gemeldet. Der Mann wiederum winkte einen vorbeieilenden Diener herbei und beauftragte ihn, Colin dem Zeremonienmeister zu melden, der für die Vergabe von Audienzen zuständig war. Colin kannte zwar das Prozedere, aber nun wurde er doch ungeduldig. Er wollte sich so schnell wie möglich wieder auf den Weg machen und nach

Rossalyn suchen. Ferghus stand inzwischen neben ihm und schüttelte noch immer mit dem Kopf.

„Man könnte meinen, dein Schädel hätte sich in den letzten Tagen gelockert.", frotzelte Colin, um seine innere Anspannung etwas zu lindern.

„Mach' dir um meinen Kopf mal keine Sorgen, mein Freund. Der sitzt fest. Wie lange man das noch von deinem sagen kann, weiß ich dagegen nicht!"

Ferghus übertrieb wie immer maßlos, aber Colin wurde es doch zunehmend unbehaglich. Er hatte keine Ahnung, wie Malcolm sein Versagen ahnden würde. Sicherlich würde er es nicht nur dabei belassen, ihm das Lehen zu verweigern, das war ihm in den letzten Tagen klar geworden. Und wie er es aufnehmen würde, dass Colin seinen Dienst quittieren wollte, das wusste er auch nicht. Wenn Malcolm nur den leisesten Verdacht hegen würde, Colin könnte mit diesem Mael unter einer Decke stecken...

Aber das war absurd. Immerhin war er hier und stellte sich seinem König. Wenn er hätte die Seiten wechseln wollen, dann wäre er ja wohl kaum noch einmal zurückgekehrt.

Nach einer ganzen Weile öffnete sich die Tür und ein Diener bedeutete Colin, einzutreten. Als er Ferghus daran hindern wollte, ebenfalls den Raum zu betreten, schob dieser ihn einfach zur Seite. Den Protestlaut des Mannes ignorierend, traten sie vor ihren König und sanken auf ein Knie.

Malcolm betrachtete die beiden Männer eine ganze Weile schweigend, was Colins Unruhe noch verstärkte, aber weder hob er den Blick, noch rührte er sich.

„Steht auf und erzählt Eure Geschichte. Ich bin schon sehr gespannt, wie Ihr Euer Scheitern rechtfertigen wollt." Natürlich hatte man ihm bereits zugetragen, dass die beiden Männer alleine gekommen waren, ohne die Frau, deretwegen sie aufgebrochen waren.

„Mein König, wir...", begann Colin, hielt dann aber inne. „*Ich* trage alleine die Verantwortung..." Ferghus neben ihm schnaubte missbilligend, aber bevor er etwas sagen konnte, fuhr Colin fort.

„Ich habe den schlimmsten Fehler gemacht, den ein Soldat machen kann. Ich habe mich übertölpeln lassen."

„Übertölpeln? Ihr? Von einem Weib?" Ein amüsierter Unterton in der Stimme des Königs ließ Colin aufsehen. Tatsächlich flammte so etwas wie ein belustigter Ausdruck in Malcolms Augen auf. Irritiert blickte er zu Ferghus, aber der war ebenso verblüfft wie er selbst.

„Äh, mein König, nicht direkt von ihr, also von Lady MacDougal, sondern von einem Mann, der zu ihrem Schutz abgestellt war. Er ist uns von der Abtei, wo wir ihn zurückgelassen hatten, gefolgt, und dann hat er uns überrumpelt, ich meine, er hat mich überwältigt als

Ferghus gerade am Fluss war um zu angeln und dann..." Colin merkte selbst, dass er sich heillos verzettelte. Dabei hatte er sich vorher genau überlegt, was er dem König sagen wollte. Aber dessen eher heitere Reaktion auf die Tatsache, dass Rossalyn auf und davon war, hatte ihn vollkommen aus dem Konzept gebracht.

„Ich bitte Euch um Verzeihung, mein König, ich..." Aber Malcolm hob nur die Hand und unterbrach damit Colin, bevor der ihn um seine Entlassung aus dem königlichen Dienst bitten konnte.

„Schon gut, O'Shannaig! Ich sehe, Weibsbildern hinterher zu jagen ist nicht gerade Eure Stärke. Wie gut, dass ich inzwischen Genaueres über den Aufenthaltsort dieses MacAlpin Welpen weiß. Lady MacDougal danach zu befragen, erübrigt sich also."

Colin atmete erleichtert aus. Damit war Rossalyn vorerst nicht mehr in Gefahr. Das würde ihm genug Zeit lassen, nach ihr zu suchen.

„Ich habe stattdessen einen neuen Auftrag für Euch." „Mein König, ich... wollte Euch bitten..." Ein versteckter Ellbogenhieb in die Seite unterbrach seinen Redefluss und noch während er Ferghus einen wütenden Blick zuwarf, sprach Malcolm weiter.

„Ich möchte, dass Ihr nach Northumbria reitet und dort für Ordnung sorgt. Dieser William Walcher scheint mal wieder in der Laune, einen Streit mit Schottland vom

Zaun zu brechen. Dieser gottesfürchtige Bischof von Durham überlässt es leider seinen Leuten, das Earltum nach ihrem Gutdünken zu regieren, und die sind auf Streit und Überfälle in den südlichen Landesteilen meines Reiches aus! Wenn William in Kriegsführung so bewandert wäre wie in der Bibelkunde..." Malcolm griff nach einem Becher Wein, der auf einem Tablett neben seinem prachtvoll geschnitzten Hochstuhl stand. „Aber ich ergehe mich schon wieder in Nebensächlichkeiten. Fakt ist, es ist zu Überfällen und Plünderungen gekommen und ich kann das nicht dulden. Daher werdet Ihr morgen mit einigen meiner Männer nach Northumbria aufbrechen."

„Mein König, ich wollte Euch eigentlich bitten..." Colin setzte erneut an, seine Bitte vorzutragen, aber Malcolm runzelte enerviert die Augenbrauen.

„Schluss jetzt. Ich sehe Euch Euer Scheitern nach, da es ohnehin nur als zweite Option gedacht war, um an diesen größenwahnsinnigen Maelsnectan heranzukommen. In der Zwischenzeit hat Duff McCallum ihn wahrscheinlich längst gestellt und ist schon auf dem Weg hierher. Ihr reitet morgen los, haben wir uns verstanden? Ich brauche Euch dringend in Northumbria." Malcolm verengte seine Augen zu schmalen Schlitzen. „Ich erwarte von Euch, dass Ihr morgen in aller Frühe aufbrecht und gen Süden reitet, und das ist keine Bitte, sondern ein Befehl! Jedes

Zögern oder Infragestellen werte ich als offene Rebellion, O'Shannaig!"

Colin biss die Kiefer zusammen. Jetzt noch um die Entlassung aus den Diensten des Königs zu bitten kam einem Selbstmord gleich. Malcolm war wenig zimperlich in seinem Umgang mit Männern, die sich seinen Befehlen widersetzten.

„Habt Ihr noch etwas zu sagen?" Dem König war nicht entgangen, dass Colin mit der ihm übertragenen Aufgabe haderte. Bevor dieser sich aber noch weiter in Schwierigkeiten bringen konnte, stand Ferghus auf und verbeugte sich vor Malcolm.

„Majestät, wir danken Euch für Eure Nachsicht. Selbstverständlich werden wir morgen aufbrechen und Euer verlängerter Arm in Northumbria sein."

„Schön, ich wusste, dass ich mich auf euch beide verlassen kann." Wie in Trance stand auch Colin auf und verbeugte sich ebenfalls. E hatte die Hände zu Fäusten geballt, sagte aber nichts.

Sie hatten fast die Tür erreicht, als Malcolm ihnen hinterherrief: „Und macht Euch keine weiteren Gedanken darüber, dass Euch dieses Weib entwischt ist. Duff McCallum findet sie ganz sicher. Ich habe ihm versprochen, ihm Lady MacDougal zur Frau zu geben und ich habe das Gefühl, dass er es gar nicht erwarten kann, sie zum Weib zu bekommen. Ihn scheint irgendetwas mit ihr zu verbinden. Vielleicht will er wieder gut machen, dass er damals so... unglücklich ihre Hochzeit gestört hat...“

Es dauerte eine Weile, bis Colin die Tragweite dieser Eröffnung begriff. Als die Bedeutung der Worte schließlich in sein Bewusstsein drang, rauschte das Blut in seinen Ohren wie die zu Tal stürzenden Wassermassen des Eas a ' Chùil Àlainn in der Nähe der kleinen Stadt Kylesku in den Highlands, wo er einmal stationiert gewesen war.

Hatte er noch vor wenigen Augenblicken geglaubt, Rossalyn wäre vorerst in Sicherheit, musste er jetzt erkennen, dass sie in größerer Gefahr schwebte als jemals zuvor.

Diese Eröffnung des Königs ließ keine Zweifel zu. Duff McCallum war der Mann, der damals die Hochzeit gestört, Rossalyns Gemahl getötet und sie vergewaltigt hatte. Und den er seit ihrem Geständnis mehr hasste als irgendetwas anderes auf der Welt!

Rossalyn fand Angus und Aidan am Rande der Lichtung. Angus zeigte dem Jungen gerade, wie er mit

Colins Sgian Dubh umgehen musste. Er machte vor, wie Aidan es halten musste, erklärte, wie man es auf ein Ziel warf und, vor allem, wie Aidan es vermied, sich selbst an der scharfen Klinge zu verletzten.

Rossalyn ging das Herz auf als sie die beiden so einträchtig nebeneinander stehen sah. Aidan hatte vor Aufregung ganz rote Wangen und sein verschwitzter Haarschopf stand in alle Richtungen ab. Angus hingegen war die Ruhe selbst, der Fels in der Brandung. Er lachte ein wohltönendes Lachen als Aidan statt den anvisierten Baumstumpf einen dichten Dornenbusch traf und wütend mit dem Fuß aufstieß.

„Du musst noch etwas üben, Kleiner, aber das wird schon!", sagte Angus und befreite das Messer aus dem Busch. Die beiden wirkten so vertraut miteinander, dass man glauben könnte, sie wären Vater und Sohn!

Rossalyn wusste mit einem Mal, dass ihre Entscheidung richtig war und eine große innere Ruhe überkam sie. Sie trat zu den beiden und ging in die Hocke.

„Aidan, mein Schatz, geh doch zu deinem Onkel und frag ihn, ob du ihm und seinen Männern bei den Kampfübungen zuschauen kannst. Ich möchte kurz mit Angus reden." Als sie zu diesem aufsah, runzelte er besorgt die Stirn.

„Aber Ma, Angus zeigt mir gerade, wie ich mit dem Sgian Dubh von Colin kämpfen muss." Colin. Immer wieder schlich sich der Mann in ihre Gedanken.

„Das habe ich gesehen und bist auch schon sehr gut, aber jetzt muss ich mit Angus reden. Alleine. Es ist wichtig." Betrübt schaute Aidan zwischen dem großen Mann und seiner Mutter hin und her, aber als selbst Angus ihm nicht zu Hilfe kam, trollte er sich gehorsam.

„Lady Rossalyn, ist etwas nicht in Ordnung?" Besorgt musterte Angus die Frau vor ihm.

„Angus, ich... ich weiß, es ist etwas ungewöhnlich, wenn die Frau das fragt, aber..." Sie zögerte nun doch, die Worte auszusprechen, die ihr ganzes Leben verändern würden. Dann holte sie tief Luft und fuhr entschlossen fort: „Würdet Ihr mich heiraten?"

Angus stand wie vom Donner gerührt vor ihr. Rossalyn klopfte das Herz bis in den Hals.

„Äh, wie bitte?" Mehr brachte er nicht heraus. Er war sich nicht sicher, ob er sich nicht vielleicht verhört hatte. Und wenn nicht, ob Rossalyn vielleicht von Beithids Kräutern gekostet oder doch mehr unter den Strapazen der letzten Wochen gelitten hatte, als man ihr anmerkte, so dass ihr Geist verwirrt war.

„Angus, wäret Ihr bereit, mich zu heiraten?", wiederholte sie da, schon etwas leiser, weil sie fürchtete, Angus könnte ablehnen.

„Lady Rossalyn, äh, ich...", stammelte er, nun seinerseits verwirrt.

„Ich kann verstehen, dass Ihr... nun, wenn Ihr Bedenken

hättet, wegen..." Sie wurde rot als sie daran dachte, wie Angus reagiert hatte, als sie mit Colin zum Fluss gegangen war. Und wie verletzt er ausgesehen hatte, als sie erst Stunden später zurückgekehrt waren.

„Bevor Ihr antwortet, muss ich Euch einige Dinge erzählen, die Eure Entscheidung möglicherweise beeinflussen können." Als Angus etwas dazu sagen wollte, unterbrach Rossalyn ihn.

„Nein, Angus, Ihr habt ein Recht darauf, dass ich ehrlich bin. Solltet Ihr Euch entschließen, meinen Antrag anzunehmen, müsst Ihr wissen, was Ihr dafür bekommt." Rossalyn rang die Hände und holte Luft.

„Beithid hat mir gesagt, ich trüge ein Kind. Ihr wisst, wer der Vater ist. Es ist der Mann, den ich liebe, der aber nie für das Kind und mich da sein kann. Und die Gründe dafür kennt Ihr auch. Ich möchte Euch nichts vormachen. Ihr seid mir in all den Jahren, die Ihr mich nun schon begleitet, immer ein treuer Freund gewesen und mehr als das kann ich nie in Euch sehen. Aber ich finde, es sind schon Ehen geschlossen worden, die auf weniger als Freundschaft basierten. Ich weiß, dass ihr etwas für mich empfindet und ich werde alles dafür tun, diese Liebe nie zu enttäuschen."

Angus hatte sich während ihrer Worte nicht gerührt, nur zugehört. Als sie sich endlich traute, zu ihm aufzublicken, sah sie genau diese Liebe in seinen Augen. Ein warmes Gefühl überkam sie. Dieser Mann, der sie schon so lange bedingungslos liebte, war die richtige Wahl, auch wenn ihr Herz immer bei Colin sein würde. Vernunft gegen Liebe.

„Lady...Rossalyn, ich... ich weiß nicht...", stotterte er, aber dann nahm er ihre Hand und ließ sich auf ein Knie nieder.

„Ihr habt recht. Der Mann sollte die Frau fragen." Er küsste jeden einzelnen ihrer Finger.

„Möchtet Ihr mich heiraten? Ich verspreche, Euch und Aidan bis zu meinem letzten Atemzug zu beschützen." Er räusperte sich. „Und das Kind, das Ihr möglicherweise tragt, ebenso. Ich liebe Aidan wie meinen eigenen Sohn und ich werde auch dieses Kind lieben. Weil ich... Euch liebe."

Rossayln traten Tränen in die Augen.

„Und ich danke Euch für Eure Offenheit. Ich weiß, dass Ihr mich nicht so lieben könnt wie... also, dass dieser Platz in Eurem Herzen vergeben ist. Aber ich bin mit dem zufrieden, was Ihr zu geben bereit seid."

Er erhob sich und verlegen standen sie sich gegenüber. Die Situation war für beide so neu, so überraschend, dass weder Angus noch Rossalyn es wagten, sich näher zu kommen. Schließlich räusperte Rossalyn sich und fand als Erste die Sprache wieder.

„Dann sollten wir jetzt gehen und es Mael und Aidan sagen.

164

Colin hielt sich etwas abseits der Gruppe Reiter, mit denen er vor Tagen Inverness verlassen hatte. Wie von Malcolm gefordert, war er mit Ferghus und etwa zwei Dutzend Männern aufgebrochen, allerdings hatte er nie vorgehabt, nach Northumbria zu reiten. Er würde nur so lange mit dem Trupp Richtung Süden reiten, bis er etwa an die Stelle gelangte, wo er und Rossalyn sich getrennt hatten. Dann wollte er sich heimlich absetzen. Und er hatte auch schon einen Plan. Gegenüber Ferghus hatte er sich reumütig gegeben und hoffentlich glaubhaft versichert, er würde selbstverständlich nicht gegen den Befehl des Königs handeln. Für seine Privatangelegenheit wäre auch nach dem Einsatz in Northumbria noch Zeit. Zunächst hatte Ferghus sich abwartend verhalten, wohl um herauszufinden, wie ernst es Colin damit war. Aber nachdem sie tatsächlich am nächsten Tag aufgebrochen waren, hatte er sich mit jedem Schritt, den die Pferde in Richtung Süden machten, etwas mehr entspannt. Colin wusste, hätte Ferghus auch nur den leisesten Verdacht, er könne desertieren wollen, würde er ihm entweder die Hölle heiß machen oder, was noch schlimmer war, sich genötigt sehen, Colin zu folgen. Seit Jahren gingen sie durch dick und dünn und es gab keinen Zweifel, dass

165

Ferghus ihn nicht alleine reiten lassen würde. Aber das hier war seine Sache. Er konnte seinen Freund da nicht mit hineinziehen. Zumal er nicht vorhatte, jemals wieder an den Hof des Königs zurückzukehren. Unter diesen Umständen wäre das Selbstmord. Colin selbst war nicht wichtig genug, als dass Malcolm lange nach ihm suchen lassen würde. Er würde wütend sein und toben und vielleicht ein paar Männer losschicken, die ihn aufspüren sollten, aber in den Highlands wären er und Rossalyn eine ganze Weile sicher. Und wenn Malcolms Zorn erst verraucht war, würde Colin O'Shannaig nur noch ein Name am Hof sein. Sollte er aber jemals wieder auf Malcolm treffen, wäre das mit an Sicherheit grenzender Wahrscheinlichkeit sein Todesurteil. Malcolm durfte sich keine Schwäche erlauben, weder nach außen noch nach innen. Und einen Soldaten, der den ausdrücklichen Befehl seines Königs missachtete, nicht zu bestrafen, würde ihm als Schwäche ausgelegt werden.

Als Colin am Ende dieses Tages glaubte, sich der Stelle zu nähern, an der Rossalyn aus seinem Leben verschwunden war, gab er sich nach außen wie immer. Er scherzte mit Ferghus und den Männern, half ihnen, ein Lager aufzuschlagen und aß zusammen mit ihnen am Lagerfeuer das erlegte Wild. Ferghus sah ihm zwar kurz misstrauisch nach, als er hinter einigen Büschen verschwand um sich zu erleichtern, wandte sich aber

sofort wieder den Männern zu, als Colin zurückkehrte.
Nachdem die Wachen eingeteilt waren rollten sich die
Männer in ihre Brats und schnarchten nach einiger Zeit
zum Gotterbarmen. Auch Colin wickelte sich in den
wollenen Umhang, aber an Schlaf war nicht zu denken.
Er musste wach bleiben, sollte sein Plan gelingen.

Rossalyn reichte Angus ihre rechte Hand, er legte seine
darauf und der Priester, den Mael schnell aus einem
nahegelegenen Dorf hergeholt hatte, wickelte ein rotes
Band um die ihm dargebotenen Hände. Beithid, die
ebenso plötzlich wieder aufgetaucht wie sie zuvor
verschwunden war, stand neben ihm. Es beruhigte
Rossalyn sehr, dass die weise Frau die Zeremonie
verfolgte.
„Rossalyn, ich nehme dich zum Weib und verspreche,
dich zu lieben und dein Leben mit meinem eigenen zu
verteidigen, bis dieses Versprechen durch den Tod
erlischt.."
Rossalyn begann, ein wenig zu zittern. Beithid nickte
ihr beruhigend zu und auch Angus lächelte sie

erwartungsvoll an.

„Angus, ich nehme dich zum Mann, ich werde dir ein treues Weib sein und auf deinen Schutz vertrauen, bis dieses Versprechen durch den Tod erlischt." Sie hatte sich mit Angus auf diese Formel geeinigt, weil sie weder vor dem Christengott noch vor den Göttern ihrer Vorfahren lügen und von Liebe sprechen wollte.

Der Priester nickte dem Brautpaar zufrieden zu und verknotete das Tuch. Er sprach einen kurzen Segen, danach legte Beithid ihre Hand auf die verschlungenen Hände von Angus und Rossalyn und bat die Götter ebenfalls um ihren Segen für diese Verbindung. Rossalyns Herz klopfte zum Zerspringen als Angus sich zu ihr herunterbeugte, um sie zu küssen. Aber seine Lippen streiften ihre nur und sie entspannte sich ein wenig. Applaus und Hochrufe brandeten auf und die um sie versammelten Männer ihres Bruders begannen, ihnen zotige Sprüche zuzurufen. Angus drückte beruhigend ihre Hand, während er neben ihr her ging und sich dem vorbereiteten Festplatz in der Mitte der Lichtung zuwandte. Dort angekommen lösten sie mit ihren linken Händen den Knoten des Bandes, das ihre Hände zusammenhielt und Beithid nahm das rote Tuch an sich, um es in der Hütte, die man den frisch Vermählten für diese Nacht zur Verfügung gestellt hatte, aufzuhängen. Die Tage, die zwischen dem Antrag und der Trauung vergangen waren, hatten Rossalyn und

Beithid damit verbracht, eine liegende Acht als Symbol für die Unendlichkeit und die Namen von Rossalyn und Angus darauf zu sticken. Kurz vor der Trauung hatte Rossalyn dann ihren Namen darauf geschrieben, während Angus verlegen eine Katze darauf gemalt hatte. Er konnte nicht schreiben, aber die Katze war das Wappentier seines Clans und reichte in diesem Fall als Unterschrift aus.

Während Aidan wie ein kleiner Kobold um Angus und Rossalyn herumsprang und ein ums andere Mal glücklich ausrief: „Ich habe einen Vater, ich habe einen Vater.", sah Mael seine Schwester und seinen frisch gebackenen Schwager nachdenklich an. Es hatte ihn einige Mühe gekostet, die enttäuschten Bewerber um Rossalyns Hand zu besänftigen, aber schließlich hatten sie sich mit der Wahl seiner Schwester abfinden müssen. Er wusste noch nicht, wie er zukünftig mit Angus umgehen sollte, immerhin schwelte zwischen ihnen seit jener Nacht vor fast sechs Jahren ein offener Konflikt. Andererseits war Angus nicht nur ein ausgezeichneter Kämpfer sondern Rossalyn auch treu ergeben. Das machte ihn zu einem wertvollen Verbündeten. Als ihre Blicke sich trafen, prostete er Angus zu und nach einer Weile hob auch der den Becher zum Gruß.

Rossalyn hingegen war viel zu angespannt, um die Feier zu genießen. Ihre Gedanken waren bei dem, was nach dem fröhlichen Gelage kommen würde. Zwar hatte Colin ihr gezeigt, dass die körperliche Vereinigung etwas Aufregendes, Wunderbares sein konnte, aber das alles mit einem anderen Mann als mit Colin zu tun, erfüllte sie doch mit einigem Unbehagen. Plötzlich war Beithid an ihrer Seite und hielt ihr einen Becher hin.

„Hier ist, worum du mich gebeten hast, mein Kind. Dein Gemahl wird rücksichtsvoll sein und dir nicht weh tun. Aber das hier wird dir helfen, dich zu entspannen."

Sie nickte Rossalyn aufmunternd zu und schließlich leerte diese den Becher in einem Zug. Das Zeug schmeckte scheußlich, aber wenn es ihr half, sich Angus hinzugeben, würde sie einen ganzen Kübel davon trinken. Sie wusste, dass Angus nicht darauf bestehen würde, die Ehe mit ihr zu vollziehen, wenn sie Bedenken hätte, aber in dem Augenblick, in dem sie sich entschieden hatte, seine Frau zu werden, hatte sie sich geschworen, ihm auch in dieser Hinsicht zu gehören. Das Blut rauschte in ihren Ohren und das laute Gelächter und die anzüglichen Sprüche verkamen zu einem einzigen Summen und Vibrieren, das ihr Körper mehr fühlte als hörte.

Irgendwann sah Angus sie schließlich an und flüsterte ihr zu: „Es wird Zeit, dass wir uns zurückziehen."

Mit zittrigen Knien stand Rossalyn auf und ging neben

170

ihm her über die Lichtung bis zu der Hütte, die heute Nacht ihr Brautgemach sein würde. Die Menge war ihnen gefolgt und, wenn das möglich war, waren die Sprüche und Gesten noch rüder und zotiger geworden als ohnehin schon. Auf der Schwelle baute Angus sich drohend auf und wies die Männer mit ein paar deutlichen Worten in ihre Schranken. Und tatsächlich zogen sie sich nach einiger Zeit, wenn auch murrend und schimpfend, an das Feuer zurück. Sie würden so lange auf das Wohl des Brautpaares trinken, bis auch das letzte Fass Ale geleert und die letzte Wildschweinkeule vertilgt war.

Angus schloss die Tür hinter sich und die wenigen Kerzen, die Beithid wohlweislich angezündet hatte, warfen ein flackerndes Licht auf die Wände. Es gab kein Bett, aber an der Kopfseite der Hütte hatte man ihnen ein gemütliches Lager aus Fellen und Decken hergerichtet. Rossalyn schauderte bei dem Anblick. Angus war ihrem Blick gefolgt und registrierte ihre Reaktion.

„Rossalyn, du musst dich nicht fürchten. Ich werde heute Nacht hier bei der Tür schlafen."

Rossalyn sah ihn lange an, dann begann sie, die seitlichen Schnüre an ihrem Kleid aufzunesteln. Angus verfolgte jede ihrer Bewegungen und seine Augen weiteten sich voller Erstaunen, als sie sich das Kleid über den Kopf zog.

„Rossalyn..." Seine Stimme klang belegt, aber sie streifte sich auch das Unterkleid ab und trat einen Schritt auf ihn zu.

„Rossalyn, Ihr... du...", stammelte er, aber sie nahm nur seine Hand in ihre. Kurz zögerte sie, dann legte sie seine Hand auf ihre Brust.

„Als ich mich entschloss, deine Frau zu werden, beinhaltete das auch diesen Aspekt der Ehe, Angus." Zunächst vorsichtig, dann, als sie nicht zurückwich, immer mutiger, streichelte er ihre herrlichen Rundungen, strich unendlich zart über ihre Brustwarzen und nahm dann seinen Mund und seine Zunge zu Hilfe, um sie zu verwöhnen. Immer noch ungläubig hob er sie schließlich in seine Arme und trug sie den kurzen Weg bis zu ihrem Lager. Vorsichtig bettete er sie auf die weichen Felle und entledigte sich seiner Kleidung. Rossalyn betrachtete ihn verstohlen, und wenn er auch nicht ganz so muskulös wie Colin war, so bot er doch einen stattlichen Anblick. Er legte sich neben sie und betrachtete sie lange Zeit einfach nur. Dann begann er, ihren Körper mit seinen Händen zu erforschen und zu Rossalyns großer Erleichterung waren seine Berührungen ihr nicht unangenehm. Sie entfachten nur nicht das Feuer in ihr wie es Colins Liebkosungen getan hatten, aber da Angus sehr behutsam vorging, entspannte sie sich. Colin hatte ihr gezeigt, dass sie keine Angst vor der körperlichen Vereinigung haben musste. Colin! Angus hatte es nicht verdient, dass sie ausgerechnet in diesem Moment an ihn dachte, aber als sie die Augen schloss und sich vorstellte, es wäre Colin, der da seine Hände über ihren Körper gleiten ließ, reagierte ihr Körper augenblicklich. Angus nahm ihre Veränderung erstaunt zur Kenntnis und legte sich vorsichtig auf sie. Im Halbdunklen konnte er nicht sehen, dass eine einzelne Träne über Rossalyns Wange lief, als er in sie eindrang.

Später in der Nacht, als Angus sich zufrieden zur Seite gerollt hatte und sein regelmäßiger Atem verriet, dass er eingeschlafen war, erlaubte sie sich einen letzten Gedanken an Colin. Ihr Herz wurde schwer, als sie daran dachte, wie er sie in seinen Armen gehalten und geküsst hatte, aber sie musste diese Erinnerung in den hintersten Winkel ihres Bewusstseins verdrängen. Colin war eine Erinnerung, eine wunderschöne, aber Angus war jetzt ihr Ehemann. Er war die Gegenwart und die Zukunft. Er würde ihren Kindern ein liebevoller Vater und ihr ein rücksichtsvoller Gemahl sein. Das war mehr, als sie noch vor einigen Wochen vom Leben hatte erwarten können. Und das musste reichen. Als sie sein Gesicht betrachtete, vollkommen entspannt und mit einem Lächeln um die Lippen, wusste sie, dass sie die richtige Entscheidung getroffen hatte. Er hatte sie so lange schon bedingungslos geliebt und auf sie gewartet, dass sie es ihm schuldig war, ihm eine gute Frau zu sein. Und Geliebte. Und später die Mutter seiner Kinder.

Colin wickelte die Stoffstreifen, die die Geräusche seines Aufbruchs mindern sollten, von den Hufen seines Pferdes und saß auf. Es war noch dunkel, aber der Mond, der ab und zu durch die dahinjagenden Wolken schien, spendete genug Licht, um ohne Gefahr für sich und das Tier über den unebenen Weg reiten zu können, der ein Stück weit weg vom Lager nach Westen führte. Der aufkommende Sturm hatte ihm in die Karten gespielt, denn er überdeckte zuverlässig die nicht zu vermeidenden Geräusche, die sein Aufbruch mit sich brachte. Das Schnauben seines Braunen, das Klirren des Zaumzeugs oder das Knacken der Zweige unter den Hufen wurden überlagert vom zunächst nur leisen Säuseln des heranziehenden Sturmes, der langsam aber sicher an Stärke zunahm. Colin hatte sich etwas abseits an den Rand der Männer gelegt und erst eine späte Wache übernommen. Und da die Männer - im Gegensatz zu Ferghus - nichts von seinen ursprünglichen Plänen wussten, achteten sie auch nicht besonders auf ihn. Es galt also, besonders seinen Freund im Auge zu behalten, aber der schlief, erschöpft von der ersten Wache, bereits tief und fest nicht weit entfernt von ihm.

Colin lenkte sein Pferd vorsichtig durch ein bewaldetes Tal und erreichte schließlich den Ness. An seinem seichten Ufer führte ihn sein Weg zunächst wieder nach Süden, bevor er im Morgengrauen die Stelle erreichte, wo er und Rossalyn sich geliebt hatten. Sein Herz zog sich schmerzhaft zusammen bei der Erinnerung an jene Nacht, aber er hatte keine Zeit für romantische Gefühle. Rossalyn schwebte in höchster Gefahr und wenn Duff McCallum sie erst einmal in seiner Gewalt hatte, wollte Colin sich gar nicht vorstellen, was er mit ihr anstellen würde. Er hatte den Mann nur ein paar Mal gesehen, wenn sie zufällig gleichzeitig am Hofe des Königs weilten, aber sein Ruf als jemand, der mit Frauen nicht gerade zimperlich umging, war bis zu Colin vorgedrungen. Er schüttelte das Grauen ab, das ihn bei dem Gedanken daran, Rossalyn könne ihm hilflos ausgeliefert sein, erfasste und ritt zu der Stelle, an der sie sich getrennt hatten. Bisher hatte er weder von ihr noch von Duff und seinen Männern eine Spur gefunden, aber wenn er sich nicht täuschte, befand er sich in dem Gebiet, in dem ihr Bruder sich bevorzugt aufhielt. Wenn er sich möglichst auffällig benahm, würde er möglicherweise von dessen Männern entdeckt und als Soldat des Königs gefangen genommen werden. Die Aussicht auf ein Lösegeld war immer ein guter Grund, Malcolms Leute nicht sofort zu töten. Sein Plan war riskant, aber er wusste nicht, wie er sonst an Rossalyn herankommen sollte. Wenn sie sich tatsächlich bei Mael aufhielt, konnte er sie warnen, und das war alles, was er wollte. Und wenn nicht, wüsste ihr Bruder vielleicht, wo er sie finden konnte. Wie er Mael in diesem Fall überzeugen sollte, ihren Aufenthaltsort preiszugeben, wusste er noch nicht. Darüber konnte er sich immer noch Gedanken machen, wenn es soweit war. Und wenn sie nicht bereit war, ihn zu heiraten und mit ihm in die Highlands zu gehen, würde er das akzeptieren, aber wenigstens konnte sie sich dann vor Duff in Sicherheit bringen.

Für den Fall, dass er auf McCallum und seine Leute traf, würde er einfach behaupten, er wäre der mit einem Trupp Männer auf dem Weg nach Northumbria und voraus geritten, um den Weg auszukundschaften. Diese Version war nicht zu widerlegen, denn auch Duff McCallum wusste, dass es im Süden von Schottland immer wieder zu Scharmützeln mit den Männern des Earls von Northumbria kam.

Colin ritt den ganzen Tag lang kreuz und quer durch das Gebiet, das er als Maels Rückzugsort wähnte. Einmal sah er in der Ferne Ferghus und seine Männer vorbeireiten und verbarg sich hinter einem Gebüsch, aber die Reiter hatten es offenbar eilig und galoppierten in zügigem Tempo voran. Sein Plan war aufgegangen. Niemand, der sich nicht den Zorn des Königs zuziehen wollte, würde viel Zeit mit der Suche nach ihm vertrödeln. Malcolm wollte Ergebnisse in Northumbria, und das möglichst schnell. Und in dieser Sache war jeder sich selbst der Nächste. Ein Deserteur wie er war keine Verzögerung wert.

Als es dunkel wurde, schlug er sein einsames Lager auf, entfachte ein Feuer und legte sich zum Schein schlafen. Innerlich sträubte sich der erfahrenen Krieger in ihm, derart fahrlässig zu handeln, aber ihm war es gleich, ob Maels Männer ihn für unfähig oder dumm hielten. Wichtig war nur, dass sie ihn entdeckten!

Rossalyn war nun schon fast eine Woche mit Angus verheiratet und fand sich nur mühsam in ihre Rolle als seine Gemahlin ein. Tagsüber hatte sich nicht viel geändert. Sie verbrachte viel Zeit mit Beithid, half ihr, Kräuter zu sammeln und zu trocknen oder spielte mit Aidan, der allerdings kaum noch Augen für sie hatte. Er folgte Angus wie ein kleines Hündchen und dieser war sehr gerührt über die Anhänglichkeit des kleinen Jungen.

Nur die Nächte fielen ihr immer noch schwer. Angus liebte sie jede Nacht, überschüttete sie mit Zärtlichkeiten und fast schien es, als wolle er all die Zeit nachholen, die ihm ihr Körper versagt geblieben war. Rossalyn gab sich ihm hin, aber es gelang ihr nicht, Lust dabei zu empfinden, wenn er sie nahm. Er war stets rücksichtsvoll und drängte sie zu nichts, aber ihr Körper reagierte nicht so wie bei Colin. Sie behielt ihre Gefühle für sich und gab sich Mühe, Angus nicht merken zu lassen, dass sie einfach nichts empfand, auch wenn er sich alle Mühe gab, ihr höchsten Genuss zu bereiten. Sie war jedes Mal froh, wenn er fertig war. Dann quälte sie sich den Rest der Nacht mit ihrem schlechten Gewissen. So sehr sie sich auch bemühte, Colin zu vergessen, so sehr stand er doch jede Nacht zwischen ihr und Angus. Sie hatte das Gefühl, beide Männer zu betrügen. Colin, weil sie sich Angus hingab, und Angus, weil sie unaufhörlich an Colin dachte. Und so fand sie nicht die innerliche Ruhe, die sie sich so sehr erhofft hatte.

So zerrissen ging sie am Morgen nach einer weiteren Nacht voller Selbstvorwürfen zu Beithids Hütte. Sie musste die weise Frau um Rat bitten.

Die Szene, die sich ihren Augen bot, glich der, die sie am Tage ihrer Ankunft erlebt hatte. Beithid wiegte ihren Oberkörper hin und her und murmelte dabei geheimnisvolle Formeln, die nur sie und ihre Götter verstanden. Die Luft in der Hütte war wie so oft geschwängert vom Rauch irgendwelcher Kräuter, die die Alte ständig zu verbrennen schien, und auch dieses Mal bat Beithid Rossayln erst nach einer Weile, sich zu setzen.

„Beithid, ich...", begann Rossalyn, aber die Alte nahm liebevoll ihre Hand und drückte sie.

„Man kann nicht zwei Herren gleich gut dienen, mein Kind. Und man kann seinem Herzen nicht verbieten, zu lieben."

„Habe ich mich falsch entschieden, Beithid?" Rossalyns Stimme klang so unglücklich, dass die Alte ihr aufmunternd über die Wange strich.

„Was ist schon falsch und was ist richtig? Was für den einen gut ist, ist für den anderen schlecht. Wenn du an eine Weggabelung kommst, musst du dich über kurz oder lang für eine Richtung entscheiden. Gehst du nach links, wirst du nie erfahren, was der rechte Weg für dich bereitgehalten hätte. Gehst du nach rechts, ergeht es dir ebenso mit dem Linken."

„Dann..."

Aber Beithid unterbrach sie. „Dein Gemahl wird schon bald zu seinem Versprechen stehen müssen. Und du wirst wieder zwischen links und rechts entscheiden müssen, mein Kind. Aber ganz gleich, welche Richtung

du einschlägst, dein Weg ist noch nicht zu Ende."
Beithids Worte machten Rossalyn Angst. *Dein Weg ist noch nicht zu Ende!*
„Ich habe gesehen, welche Entscheidung du triffst. Deinen Weg haben die Götter vorgezeichnet und weder du noch ich können ihn ändern, ganz gleich, wie sehr du dir das wünschen würdest."
Eine Gänsehaut kroch Rossalyn den Rücken herauf und ihre Nackenhaare stellten sich auf. Ganz deutlich konnte sie die Bedrohung spüren, die von diesen Worten ausging.
„Aber am Ende deines Weges wirst du zuhause sein, mein Kind."
„Aber wo ist denn dieses Zuhause, Beithid? Ich fliehe seit Jahren vor Malcolm, war nie lange genug irgendwo, um Wurzeln zu schlagen. Also: wo kann ich zuhause sein?", flüsterte Rossalyn unter Tränen.
„Es gibt nur einen Ort, wo man zuhause sein kann, *Nighean.* Im Herzen eines anderen Menschen. Keine Burg, kein Dorf, kein Land kann dir Zuflucht sein, wenn dein Herz einsam ist." Kurz huschte ein Lächeln über das Gesicht der Alten, dann forderte sie Rossalyn beinahe barsch auf zu gehen. Rossalyn wusste, dass die weise Frau nichts weiter sagen oder erklären würde.
Am Ende wirst du zuhause sein. Trotz all der Angst, die Beithids Worte ihr gemacht hatten, klang das versöhnlich.

Nach einem weiteren Tag ohne besondere
Vorkommnisse schlug Colin am Abend wieder sein
Lager auf. Dieses Mal platzierte er sich sogar fast
mitten auf eine Lichtung. Herrgott, für wie dumm
würde man ihn halten, wenn man ihn entdeckte?
Niemand, der alleine unterwegs war und alle seine
Sinne beieinander hatte, würde sich derart unvorsichtig
verhalten! Aber wenn er nicht endlich von den
Männern dieses Mael aufgespürt wurde, konnte es
vielleicht schon für Rossalyn zu spät sein. Mit jedem
Tag, den er vertrödelte, wuchs die Gefahr, dass Duff
McCallum Mael und damit auch sie aufspürte!
Er entfachte ein Feuer, setzte sich pfeifend davor und
holte Haferkekse und getrockneten Fisch aus seinen
Satteltaschen. Er konnte das Zeug langsam nicht mehr
sehen, geschweige denn, essen, aber aufgrund seiner
Haltbarkeit war es der ideale Proviant für Soldaten und
Reisende. Frisches Wasser hatte er sich aus dem Fluss
geholt und schließlich wickelte er sich in sein Brat und
tat so, als ob er schliefe.
Er musste wohl tatsächlich eingeschlafen sein, denn als
er von dem Geräusch sich nähernder Schritte erwachte,
war der Mond bereits aufgegangen und tauchte die

Lichtung in fahles Licht. Wenn es nicht so ernst gewesen wäre, hätte er fast gelacht. Die Männer, die sich ihm näherten, waren so krampfhaft bemüht, keinen Laut zu verursachen und dabei in etwa so leise, wie eine Horde Wildschweine, dass sie im Normalfall keine Gelegenheit bekommen hätten, ihn zu überrumpeln. Es waren fünf, wenn er die Schritte richtig einordnete und ganz bestimmt keine von Duffs Leuten. Die waren bestens ausgebildet und gegen sie hätte er kaum eine Chance gehabt, wenn sie ihn hätten überraschen wollen. Aber von den Männern, die sich ihm jetzt näherten, wollte er sich überrumpeln lassen!

Er tat also weiterhin so, als ob er schliefe und schrak erst auf, als ein derber Fußtritt in die Seite ihn traf. Lautes Gegröle folgte. Himmel, waren diese Kerle dumm! Wenn sie Maels Männer waren, dann wären sie im Normalfall arglos in die Falle getappt, die die Männer des Königs ausgelegt hätten. Dann wären jetzt zwei Dutzend bis an die Zähne bewaffnete Männer aus dem Dickicht auf die Lichtung gestürmt und hätten sie festgesetzt. So viel also zur Truppe des MacAlpin!

Colin tat verdutzt und öffnete die Augen.

„Sieh' mal, Eòin, was ich hier gefunden habe?!" Soweit Colin das erkennen konnte, war der Mann eher untersetzt und ungepflegt.

„Du? Ich hab' ihn zuerst gesehen!" Ein zweiter Kerl baute sich vor Colin auf und trat ihm in die andere

Seite. Colin musste an sich halten, um nicht aufzuspringen und dem Kerl an die Gurgel zu gehen. Aber er wollte ja, dass sie ihn in Maels Lager brachten, also verhielt er sich ruhig und versuchte, ängstlich zu wirken.

„Steh' auf, du dusseliger Hundearsch!" Ein weiterer Tritt unterstütze Colin beim Erheben und als er schließlich stand, überragte er jeden der Männer um Haupteslänge. Es waren tatsächlich Fünf, einer ungepflegter als der andere und ganz offensichtlich waren sie angetrunken.

Ein klein wenig schien Colins imposante Statur sie zu beeindrucken, denn dieser Eòin leckte sich unsicher über die Lippen.

„Wer bist du und was willst du hier?"

„Ich will im Auftrag des Königs nach Northumbria." Das *im Auftrag des Königs* betonte er besonders, damit diese Ameisenhirne von selbst auf die Idee kämen, er könne ein wertvoller Gefangener sein.

„Ah, der gute Malcolm, dieser Thronräuber." Ein Faustschlag traf Colin in die Magengrube und er sackte vornüber.

„Und mit wem habe ich das Vergnügen?", keuchte er.

„Mit den Männern des rechtmäßigen Thronfolgers, du Schafshirn!" Eòin schien der Wortführer zu sein.

„Das ist Hochverrat!" Colin konnte nicht widerstehen, den Mann zu reizen.

Ein Tritt traf ihn in die Kniekehle und er fiel vornüber. Jetzt reichte es aber gleich! Lange würde er sich nicht mehr zurückhalten können! Selbst fünf Männer dieses Kalibers stellten keine allzu große Herausforderung für ihn dar!

„Sollen wir den gleich hier abstechen, Eòin?" Colin hörte, wie jemand ein Schwert aus der Scheide zog.

„Was habt ihr davon, mich hier zu töten?" Jetzt galt es! „Malcolm schätzt meine Dienste sehr und auch meine Familie wird bereit sein, ein Lösegeld für mich zu bezahlen. Natürlich nur, wenn ihr mich am Leben lasst." Colin war sich nicht sicher, welche Lüge schwerer wog, denn weder schätzte der König ihn besonders, noch hatte er eine Familie, die Lösegeld zahlen konnte! Aber alles, was zählte, war, dass diese Männer ihn zu Mael brachten.

Der Mann, den sie Eòin nannten, kratzte sich nachdenklich den Bart. Offensichtlich war er gerade überfordert.

„Ihr könntet mich zu eurem Anführer bringen und ihn entscheiden lassen. Tötet ihr mich und entgeht ihm das Lösegeld, könnte er euch dafür bestrafen." Colin gab sich Mühe, möglichst einfache Sätze zu bilden, denn ganz offensichtlich waren die Männer nicht die Hellsten.

„Vielleicht hat er recht, Eòin. Mael braucht immer Gold für Waffen und Verpflegung. Und vielleicht gibt's 'ne

Belohnung, wenn wir den Hurensohn zu ihm bringen."
Der Angesprochene zog die Stirn in Falten, als wöge er
das Für und Wider dieses Vorschlags ab. Colin verlor
langsam die Geduld. Waren die Kerle wirklich so
dumm? Wie hatte dieser Mael es dann geschafft, sich
so lange seiner Ergreifung zu entziehen?
„Also gut, fesselt ihn und verbindet ihm die Augen.
Und dann durchsucht seine Satteltaschen. Vielleicht hat
er ja was dabei, was wir gebrauchen können. Und falls
ihr was findet: kein Wort zu Mael!"
Colin atmete erleichtert auf.

Rossalyn betrachtet ihren noch schlafenden Gemahl.
Angus hatte sie bis tief in die Nacht hinein geliebt, aber
dieses Mal war etwas anders gewesen. Sie ahnte, dass
auch er inzwischen bemerkt haben musste, wie es um
sie stand. Zwar hatte sie ihn noch nie abgewiesen, wenn
er mit ihr schlafen wollte, und er gab sich jedes Mal
mehr Mühe, sie zu erregen, aber ihr Körper reagierte
einfach nicht so, wie ihr Kopf es ihm vorschreiben
wollte. Je mehr sie sich zwingen wollte, es zu genießen,
wenn er bei ihr lag, desto weniger konnte sie es. Und so

hatten seine Zärtlichkeiten in dieser Nacht eher resigniert gewirkt, melancholisch, so, als ob er Abschied von der Vorstellung genommen hätte, sie jemals glücklich machen zu können.

Wie hatte sie sich doch getäuscht! Sie hatte gedacht, die Ehe mit Angus würde sie zumindest zufrieden machen, wenn auch nicht glücklich. Aber mit jedem Tag, jeder Nacht, die sie Angus Frau war, belog sie sich. Und, was noch schlimmer war, ihn. Sie hatte ihn nach wie vor gern, und er liebte sie vielleicht sogar noch mehr als vor der Heirat, aber Colin stand mehr als jemals zuvor zwischen ihr und Angus. Und Angus war ein zu sensibler Mann, um das nicht zu bemerken. Und das tat ihr weh. Angus hatte so viel mehr verdient, als eine Frau, die bei jeder Berührung an einen anderen dachte. Rossalyn stand leise auf und zog sich an. Dann trat sie in die kühle Luft des anbrechenden Morgens und ging die wenigen Schritte bis zu Beithids Hütte. Als sie die Tür öffnete, fand sie den Raum einmal mehr verwaist vor. Die Alte war wie schon so oft verschwunden. Fröstelnd zog Rossalyn ihr Plaid enger um sich und setzte sich auf einen Baumstumpf ans heruntergebrannte Lagerfeuer. Sie brauchte dringend einen klaren Kopf. Sie war sich inzwischen fast sicher, ein Kind zu erwarten, nachdem ihre monatliche Blutung ausgeblieben war. Und dieses Kind wollte sie auf gar keinen Fall hier im Lager bekommen und groß ziehen. Die Männer, die Mael inzwischen um sich versammelt hatte, hatten so gar nichts mehr gemein mit den Männern der Morays, die ihn noch vor Jahren unterstützt hatten. Das hier war Lumpenpack, von der Gesellschaft ausgestoßene Verbrecher, die nur bei Mael blieben, weil er ihnen ein leidlich bequemes Leben bot. Und abgesehen davon, dass sie und Beithid die einzigen Frauen im Lager waren und Begehrlichkeiten bei den Männern weckten, waren sie auch kein Umgang für Aidan und das Kind, das sie erwartete.

Sie hatte nicht bemerkt, dass sich ihr jemand genähert hatte, und so traf es sie vollkommen unvorhergesehen, als sie gepackt und an den Haaren zu Beithids Hütte geschleift wurde. Da der Kerl ihr gleichzeitig den Mund zuhielt, konnte sie nur undeutliche Laute von sich geben. Sie trat und schlug um sich, so weit es die Umklammerung zuließ, aber es half ihr wenig, denn der Mann hielt sie eisern fest. Mit einer Hand stieß er die Tür zu Beithids Hütte auf und zerrte sie hinter sich her zu einem Fellbündel in einer Ecke.

„So, du kleine Hure, jetzt hole ich mir, was mir zusteht. Ich wollte dich heiraten, aber du hast ja diesen Ochsen vorgezogen, der dich jede Nacht beackert. Oh ja, man hört ihn durchs ganze Lager grunzen, wenn er dich besteigt!" Er schlug ihr so hart ins Gesicht, dass sie mit dem Kopf an die Holzwand schlug. Wie benommen rutschte sie langsam an der Wand zu Boden.

„Bist ein schönes Weib. Viel zu schade nur für einen!
Und kein Wort zu Mael oder deinem Gemahl,
verstanden?! Du möchtest doch nicht, dass dein Junge
einen Unfall hat, oder?" Hässlich grinsend öffnete er
seine Hose und präsentierte ihr sein steifes Glied.
Rossalyn war wie gelähmt. Ihr Kopf dröhnte und seine
Drohung tat ihr übriges. Aidan! Sie durfte sich nicht
wehren!
Er riss ihr Oberteil herunter und begann, ihre Brüste zu
kneten. Sofort war wieder die Erinnerung an diese
schreckliche Nacht da. Die Nacht, als sie das erste Mal
vergewaltigt worden war. Panik stieg in ihr auf als er
ihre Röcke hochschob.
Plötzlich flog die Tür aus den Angeln und eine große
Gestalt kam auf sie zu. Angus packte den Kerl
wutverzerrt an den Haaren und zog ihn von ihr
herunter. Dann schlug er wie ein Wahnsinniger auf den
Mann ein, bis dieser keinen Laut mehr von sich gab
und still und blutend auf dem Boden der Hütte lag.
Rossalyn lag wie erstarrt mit hochgeschobenen Röcken
da, die Brust entblößt und konnte weder weinen noch
schreien. Eine ganze Weile starrte Angus sie nur an.
„Holst du dir hier, was du bei mir vermisst, Weib?"
Seine Worte klangen bitter. Rossalyn war es, als hätte
er ihr ins Gesicht geschlagen. Sie räusperte sich,
schluckte, war aber nicht in der Lage, zu sprechen oder
sich zu bewegen.

Dann, vollkommen unvermittelt, warf Angus sich auf sie, öffnete seine Hose und drang ohne ein weiteres Wort in sie ein. Seine Stöße waren hart, keine Spur von Rücksichtnahme oder Zärtlichkeit. Sein Gesicht war wutverzerrt und doch lag auch ein Anflug von Verzweiflung in seinen Augen. Rossalyn lag nur da und ließ es über sich ergehen. Schließlich ergoss er sich mit einem letzten Knurren in sie und ohne ein weiteres Wort stand er auf und ließ sie einfach so liegen. Er packte den immer noch bewusstlosen Mann am Kragen und schleifte ihn hinter sich her aus der Hütte. Dann war Rossalyn allein.

Noch lange nachdem er die Hütte verlassen hatte, lag sie da und weinte. Sie hatte sich zusammengerollt und die Tränen wollten einfach nicht versiegen.

Sie gab Angus keine Schuld an dem, was passiert war. Sie wusste auch, dass er seine Worte nicht so gemeint hatte, aber sie trafen sie doch hart. Im Grunde hatte er ja recht. Jedes Mal, wenn er sie nahm, dachte sie an einen anderen. Den, der ihr als einziger geben konnte, wonach ihr Körper und ihre Seele verlangte.

Duff McCallum saß am Feuer und bearbeitete wütend ein Stück Holz mit seinem Messer. Es war wie verhext. In diesem dünnbesiedelten Gebiet einen Haufen Gesetzloser zu finden war in etwa so aussichtsreich wie jemals dieses Ungeheuer zu sehen zu bekommen, das angeblich im Loch Ness hauste. Man sagte, dass der Heilige Columban es vor Jahrhunderten nur durch das Schlagen des Kreuzzeichens und Aufsagens heiliger Worte davon abgehalten hatte, einen Mann zu fressen. Und seither hatte es niemand mehr gesehen. *Wer's glaubt,* dachte Duff. Er verließ sich lieber auf sein Schwert. Aber genauso unsichtbar wie diese Kreatur war offensichtlich dieser Mael.

Gerade als er sein Messer wütend in den Ast stach, kam einer seiner Männer im Galopp angeprescht. Er brachte sein Pferd mit einem kräftigen Zug am Zügel zum Stehen und ließ sich grinsend aus dem Sattel gleiten. „Herr, ich weiß, wo dieser Hundesohn sich versteckt!" Wer hätte gedacht, dass der Tag eine solche Wendung nehmen würde?!

„Das Tal mit der Lichtung, auf der die Bastarde hausen, liegt etwa einen Tagesritt von hier. Das Tal heißt Glen Affric und liegt nur wenige Meilen westlich des kleinen Dörfchens Cannaich. Der Durchgang zum Tal befindet sich fast unsichtbar hinter einer mannshohen, dichten Hecke und ist nur etwa fünfzig Fuß breit. "

Triumphierend grinsend baute der Mann sich vor Duff

auf. Dieser hatte vor Tagen einige seiner Männer
ausgeschickt, um sich umzusehen und Fingal war der
Letzte, der noch nicht zurückgekehrt war. Bis gerade.
Und noch dazu mit guten Neuigkeiten!
„Setz dich, Fingal, und dann berichte uns genau, was
du beobachtet hast. Wo genau befindet sich dieses
geheime Tal und wieviele Männer hat Mael?"

Als Rossalyn sich wieder so weit in der Gewalt hatte,
dass sie nicht mehr zitterte und auch wieder einen
klaren Gedanken fassen konnte, machte sie sich auf und
suchte Angus. Sie fand ihn abseits der Männer, gebeugt
auf einem Baumstamm sitzend, den Kopf zwischen den
Armen, die Fäuste in das dichte dunkelbraune Haar
gekrallt.
„Angus." Beim Klang ihrer Stimme versteift er sich,
drehte sich aber nicht zu ihr um. Sie setzte sich neben
ihn und eine ganze Weile saßen sie einfach nur
schweigend nebeneinander.
„Rossalyn, es... es tut mir leid.", sagte er schließlich mit
erstickter Stimme. „Ich bitte dich nicht um Verzeihung,
denn das, was ich gesagt und getan habe, kann man

nicht verzeihen." Er blickte sie traurig an und fast schien es so, als hätte er Tränen vergossen.

„Angus, es... ist auch meine Schuld. Ich habe..." Aber er unterbrach sie wütend.

„Niemals, Rossalyn, niemals ist es deine Schuld, hörst du?! Du hast nichts Falsches getan! Du hast mir von Anfang an gesagt, dass du mich nicht liebst, aber ich... ich hatte gehofft, mit der Zeit könntest du *ihn* vergessen!" Er fuhr sich über die Augen und holte tief Luft. „Meinst du, ich habe nicht bemerkt, dass du kein Vergnügen dabei hast, wenn ich... also wenn ich dich nehme?! Ich habe alles versucht, aber du liegst nur da und lässt es über dich ergehen. Weißt du, wie ich mich dabei fühle? Dich zu nehmen, ohne dass du Vergnügen dabei empfindest ist..." Erstickt brach er ab und Rossalyn nahm seine Hand in ihre.

„So ist es nicht, Angus. Es ist..."

„Erträglich?", höhnte er. „Ich liebe dich, Rossalyn! Wie soll ich da damit leben, dass du es nur erträgst, mit mir zu schlafen, weil du es für deine eheliche Pflicht hältst?" Angus schloss die Augen und ballte die Hände zu Fäusten. „Ich habe den Ausdruck in deinem Gesicht, das Leuchten in deinen Augen gesehen, als du mit ihm in dieser Nacht vom Fluss zurück kamst. Was würde ich dafür geben, einmal, nur ein einziges Mal, dieselben Gefühle in dir wecken zu können wie er?"

Entsetzt presste Rossalyn sich die Hand vor den Mund.

Sie hatte nicht gewusst, *wie sehr* sie Angus mit ihrem Verhalten verletzt hatte.

„Und was habe ich stattdessen getan?" Ein gequälter Ausdruck trat in seine Augen. „Das, was ich dir da gerade angetan habe, stellt mich auf eine Stufe mit dem Kerl, der dich damals..."

„Nein!" Rossalyn konnte es nicht länger ertragen, Angus so zu sehen. Seinen Worten zuzuhören, zu erleben, wie er sich selber für etwas bestrafte, an dem sie mindestens ebenso Schuld hatte, wie er.

„Angus, es ist nicht deine Schuld! Du bist nicht wie dieser Mann und du wirst niemals so sein! Mich trifft mindestens ebenso viel Schuld. Ich habe gedacht, nein, gehofft..." Rossalyn schluckte die aufkommenden Tränen tapfer hinunter.

„Bitte, Angus, ich möchte... lass uns von hier fort gehen und alles vergessen, was passiert ist. Wir müssen beide die Vergangenheit hinter uns lassen. Lass uns irgendwo von vorne anfangen. Bitte!" Sie sah ihn mit so viel Schmerz in den Augen an, dass er ihre Hand ergriff und sie sanft drückte.

„Ich möchte dir so viel mehr geben als das, was du zulässt, Rossalyn. Aber ich kämpfe gegen einen Geist, eine Erinnerung. Und ich habe inzwischen begriffen, dass ich dabei nicht gewinnen kann. Ich dachte, wenn Zeit vergeht... Aber mit jedem Tag, der vergeht, vermisst du ihn mehr. Ist es nicht so?"

Tränen traten ihr in die Augen. Sie hatte so viel Leid über ihn gebracht. Und auch über sich. Dabei hatte sie doch nur alles richtig machen wollen!

„Angus, ich möchte fort von hier. Weg von diesen Männern und... noch einmal ganz neu anfangen."

In diesem Augenblick ertönte lautes Grölen und Jubeln. Fünf Männer ihres Bruders ritten auf die Lichtung, ein Pferd im Schlepptau, auf dem ein gefesselter Mann mit verbundenen Augen saß. Als Rossalyn einen Blick auf den Mann werfen konnte, glaubte sie, ihr Herz bliebe stehen. Dabei raste ihr Puls und das Blut pulsierte durch ihre Adern. In ihren Ohren rauschte es und sie bekam eine Gänsehaut. Colin. Der Mann auf dem Pferd dort war Colin!

Als sie Angus ansah, wusste sie, dass auch er ihn erkannt hatte. Für einen kurzen Moment spiegelte sich all das in seinen Augen wieder, was ihn schon so lange quälte: seine unerfüllte Liebe zu Rossalyn und die Hoffnungslosigkeit, sie jemals zu erringen. Der stille Kampf mit Colin, den er Tag um Tag, Nacht um Nacht verlor. Dann war der Moment, der ihr einen Blick in seine Seele gewährt hatte, vorbei. Er stand auf und reichte Rossalyn die Hand.

„Komm, lass' uns zu ihm gehen."

Duff McCallum wies seine Männer an, ein Lager
aufzuschlagen obwohl es noch nicht einmal dunkel war.
Aber dennoch war es zu spät, jetzt noch anzugreifen.
Sie hatten sich dem Taleingang so weit genähert, dass
sie im Morgengrauen zuschlagen konnten. Er hatte
selber die Umgebung inspiziert und soweit er das
abschätzen konnte, gab es keine Möglichkeit, die
Männer einzukesseln. Dazu war das Tal zu groß. Es gab
ganz sicher nicht nur diesen einen Durchlass, und die
Berge ringsum waren wie ein schützendes Bollwerk.
Man müsste sie schon überqueren, um den Männern
einen möglichen Fluchtweg abzuschneiden und das war
zum einen wegen der geringen Anzahl der ihm zu
Verfügung stehenden Männer, zum anderen wegen der
dazu benötigten Zeit keine Option.
Also würden sie das Überraschungsmoment nutzen
müssen, wenn sie Erfolg haben wollten. Und da heute
Nacht kein Mond am Himmel stehen würde, weil
gerade Neumond herrschte, waren sie dazu verdammt,
bis zum Tagesanbruch zu warten. In der Dunkelheit
hätten Maels Männer einen entscheidenden Vorteil,
weil sie das Terrain kannten.
Duff hatte befohlen, kein Feuer zu machen. Zu groß

war die Gefahr, im letzten Moment von den Männern entdeckt zu werden, die schon morgen mit ihrem Blut schottischen Boden tränken würden! Er hatte nicht vor, irgendjemanden außer diese Mael am Leben zu lassen, und auch diesen Bastard hätte Duff nur zu gerne seinem König - ausgeweidet, mit dem Haupt auf einer Pike - vor die Füße gelegt. Aber seine Befehle lauteten anders und die Belohnung, die auf ihn wartete, war süß. Rossalyn! Seit er sie sich in jener Nacht genommen hatte, spukte sie durch seine Gedanken. Nicht ständig, aber doch immer wieder mal, wenn seine Lust auf ein Weib geradezu übermächtig wurde. Sie war so schön, ihr Körper so unschuldig gewesen, dass ihm auch noch heute bei dem Gedanken, ihr die Unschuld geraubt zu haben, das Blut in die Lenden schoss. Ihr Wimmern und das Blut, das zwischen ihren Brüsten hervor gequollen war, weil er ihr das Kleid hatte vom Leib schneiden müssen, erregte ihn immer noch auf geradezu unheimliche Art! Und schon bald würde sie seine Gemahlin sein, ihm auf Gedeih und Verderb ausgeliefert. Sie würde es dulden müssen, dass er sie nahm, wo und wann er wollte. Und er hatte schon ziemlich genaue Vorstellungen, wie er ihre Angst schüren konnte. Eine Angst, die ihn immer wieder mehr erregte als Hingabe! Aber zuerst würde er diesen Mael überwältigen, dann konnte er sich mit seiner Schwester befassen. Wahrscheinlich war sie bereits in Inverness.

Er kannte diesen O'Shannaig, der sie dorthin bringen sollte, nur flüchtig, aber er genoss den Ruf als äußerst kampferprobter, zuverlässiger Soldat seines Königs. Und so würde er auch dieses Mal bestimmt nicht versagen.

Duff hatte sich entschieden, mit vier anderen Männern die erste Wache zu übernehmen und daher setzte er sich etwas abseits auf einen der Findlinge, die hier herumlagen wie von Götterhand willkürlich in einem Würfelspiel verstreut, und beobachtete stillschweigend das geschäftige Treiben.

Im Lager herrschte eine unterschwellige Anspannung, fast Freude, dass es endlich zu einem Kampf kommen würde. Seine Männer waren Krieger, ausgebildet, um zu töten - oder getötet zu werden, wenn sie versagten. Daher war es nicht nötig, sie auf den kommenden Tag einzustimmen oder sie daran zu erinnern, ihre Schwerter auf mögliche Scharten zu kontrollieren, rostfrei zu halten und nach Bedarf sorgfältig einzuölen. Sie wussten auch so, dass ihr Überleben von einer gut funktionierenden Waffe abhing. Und so aßen sie, wortkarg und in Gedanken schon bei dem morgigen Tag, ihre Ration Shortbread und gepökeltes Fleisch, und versuchten dann, einige Stunden zu schlafen. Ihr Überleben hing nämlich nicht nur von scharfen Schwertern ab, sondern auch auch von geistiger Frische, die der Schlaf ihnen schenken würde.

Eòin sprang von seinem Pferd und ging auf Colin zu.
Der hatte die Hände auf dem Rücken gefesselt, so dass
er hart auf dem Boden der Lichtung aufschlug, als Eòin
ihn vom Pferd zog.

„Wir haben den Kerl da... gefunden!" Wieherndes
Lachen der Umstehenden ertönte. „Er behauptet, ein
Soldat im Dienst dieses arschleckenden Königs zu sein,
der auf deinem Thron sitzt, Mael! Dabei hat er sich
aufgeführt wie ein dummer Junge, der das erste Mal
Mutters Rockzipfel losgelassen hat. Wir konnten ihn
sozusagen gar nicht übersehen, bei dem Feuer, das er
entfacht hatte!" Wieder Gelächter. „Hätte gut und gerne
das Feuer zu Beltane sein können, so hell leuchtete der
Schein uns den Weg."

Mael, der sich inzwischen vor den Ankömmlingen
aufgebaut hatte, zog skeptisch die Augenbrauen
zusammen. Der Mann, der da gefesselt und
anscheinend hilflos vor ihm auf dem Boden lag, war
jeder Zoll weit ein Krieger! Seine starke
Oberkörpermuskulatur ließ auf einen geübten
Schwertkämpfer schließen und auch seine Haltung
drückte gelassene Überlegenheit aus. Zwar gab er sich
alle Mühe, sich unbeholfen aufzurichten, aber Mael

konnte er nicht täuschen. Was also bezweckte dieser Kerl mit dieser Maskerade? War er ein Spion des Königs, gesandt, um Maels Unterschlupf auszukundschaften?

Als er schließlich vor Mael stand, freilich ohne ihn zu sehen,weil seine Augen noch verbunden waren, überragte er diesen um mindestens anderthalb Köpfe.

„Nehmt ihm die Augenbinde ab.", befahl Mael und Colin blinzelte in das Dämmerlicht des schwindenden Tages. Sein Zeitgefühl hatte ihm bereits verraten, dass sie fast den ganzen Tag unterwegs gewesen waren, denn die einfältigen Kerle hatten immer wieder einmal angehalten und ihren Fang mit Ale und wahrscheinlich auch *Uisge Beatha* gefeiert. Jedenfalls ließ sich aufgrund der immer ausgelassener werdenden Stimmung dieser tumben Schafshirne darauf schließen.

„Was wollt Ihr hier?" Mael kniff die Augen zusammen und für einen Augenblick musterten sich die beiden Männer abschätzend. Maels Frage ließ erkennen, dass er Colin durchschaut hatte und Colin wiederum hatte keinen Grund mehr, sich weiter zu verstellen. Der Mann vor ihm war unzweifelhaft Rossalyns Bruder, also konnte er ohne Umschweife zur Sache kommen.

„Ist Eure Schwester hier?"

Verblüfft zog Mael die Augenbrauen hoch.

„Ihr kennt sie? Was wollt Ihr von Ihr?" Misstrauisch fixierte er sein Gegenüber. Zu seinem Erstaunen stand plötzlich Rossalyn an seiner Seite, nachdem sie sich einen Weg durch die umstehenden Männer gebahnt hatte.

„Colin!" Ihre Stimme war nicht mehr als ein ersticktes Flüstern. Tränen liefen ihr über die blassen Wangen und als Mael von dem Fremden zu seiner Schwester blickte, erkannte er, dass sie zitterte.

„Rossalyn! Ich... ich musste dich finden! Du bist in Gefahr!" Colin machte einen Schritt auf Rossalyn zu aber seine gefesselten Hände verhinderten, dass er sie in seine Arme ziehen konnte. Er war sich bewusst, dass alle ihn anstarrten und er wusste auch, dass, wenn er Rossalyn vor Duff warnte, er die Grenze zum Verrat überschritt, was Malcolm niemals tolerieren würde. Zu desertieren war eine Sache, aber den Feind zu warnen, so dass er sich seiner Gefangennahme entziehen konnte, war etwas ganz anderes. Das war Hochverrat und würde unweigerlich mit seiner Verurteilung zum Tode enden, sollte Malcolm jemals davon erfahren und seiner habhaft werden!

Mael hatte bislang wortlos der Situation zugesehen, jetzt sagte er: „Bindet den Mann los. Und dann bringt ihn in mein Zelt. Ich möchte mich mit ihm unterhalten."

Eòin und seine Kumpane murrten zwar, weil sich die Situation ganz anders entwickelte, als sie sich vorgestellt hatten, aber andererseits würden sie möglicherweise doch in den Genuss einer Belohnung kommen, wenn der Kerl Informationen hatte, die ihrem Anführer nützlich sein konnten. Also lösten sie seine Fesseln und stießen ihn rüde in Richtung Maels Zelt. Rossalyn war mit Angus und Mael bereits anwesend, als Colin in das Zelt gestoßen wurde.

„Angus." Er nickte Angus, der mit vor der Brust verschränkten Armen neben Rossalyn stand und eine unbewegte Miene zur Schau trug, zum Gruß zu und wandte sich sofort an Rossalyn.

„*Phiseag*, bitte hör' mir zu." Der Kosename ließ sie zusammenzucken und Bilder, wie sie in seinen Armen lag und sie sich liebten, schoben sich vor ihr inneres Auge. Sie wagte nicht, zu Angus hinüberzusehen und auch nicht, Colin mehr als ein kurzes Nicken zukommen zu lassen. Aber der war viel zu erleichtert, sie gefunden zu haben und auch viel zu sehr mit seinen eigenen Gedanken rund um die Frau, die da blass und zitternd vor ihm stand beschäftigt, um sich darüber zu wundern.

„Also, wer seid Ihr und was habt Ihr mit meiner Schwester zu schaffen? Und warum ist sie in Gefahr?" Mael hatte sich auf einem klapprigen Holzstuhl niedergelassen und deutete auf ein paar Felle, die den Boden mangels weiterer Sitzgelegenheit bedeckten. Das hatte er absichtlich so arrangiert, denn jeder, der ihn wegen einer Unterredung in seinem Zelt aufsuchte, sollte sich seiner Stellung als Anführer und Thronerbe sofort bewusst werden. Wenn auch die Vorstellung, das wackelige Ding, auf dem er saß, wäre sein Thron, und das schäbige Zelt sein Palast, selbst für seinen Geschmack etwas lächerlich war. Aber in Ermangelung einer prächtigen Burg und eines geschnitzten vergoldeten Throns musste er mit dem vorlieb nehmen, was ihm momentan zur Verfügung stand. Und das war ein Hocker und ein Zelt!

Ohne auf Maels Frage zu antworten, ging Colin auf Rossalyn zu und nahm sie in die Arme. Wie gut und richtig sich das anfühlte!

„*Phiseag*, der Mann, der deinen Gemahl getötet hat, hat den Auftrag, deinen Bruder gefangen zu nehmen und ihn an den Hof zu bringen."

Rossalyn erlaubte sich einen schwachen Moment und genoss die Umarmung des geliebten Mannes. Das Gefühl, wieder in seinen starken Armen zu sein, die alle Gefahren einer grausamen Welt um sie herum ausschlossen, und seinen Herzschlag zu spüren, war so überwältigend, dass sie für einen Augenblick ihren Bruder und Angus vergaß. Aber dann löste sie sich energisch von Colin. Angus stand immer noch mit verschlossener Miene neben ihr und ließ nicht erkennen, wie sehr ihn das Auftauchen ausgerechnet dieses Mannes aufwühlte. Aber Rossalyn ahnte, was in ihm vorging und sie war es ihm schuldig, ihren

Gefühlen nicht vor seinen Augen nachzugeben.
„Dass ich gesucht werde ist nun wahrlich keine
Überraschung. Und auch nicht, dass meine Schwester
ebenfalls auf der Wunschliste Eures Königs steht!"
Aber Colin nahm keine Notiz von Mael, hatte nur
Augen für die geliebte Frau. „Er... Malcolm hat ihm
versprochen...", es fiel ihm schwer, ihr das zu sagen,
„... Malcolm hat ihm deine Hand versprochen, wenn er
deinen Bruder nach Inverness gebracht hat. Ich war
inzwischen beim König und habe ihm die Lüge
aufgetischt, dass du mir entkommen konntest, aber
Malcolm ist überzeugt, dass Duff dich auch so findet.
Und wenn du bei deinem Bruder bleibst, wird genau
das geschehen!"
Mael zog verwirrt die Stirn in Falten. Der Kerl hatte
also Rossalyn entkommen lassen statt sie wie
vorgesehen, seinem König auszuliefern. Und nun war
er hier aufgetaucht, um sie zu warnen. Das ließ auch für
den unbedarftesten Betrachter wenig
Deutungsmöglichkeiten zu. Entweder hatte Rossalyn
ihn für ihre Freilassung bezahlt, was bedeuten würde,
dass sie in Ermangelung irgendeiner größeren
Barschaft oder Schmuck mit ihren Körper die Schuld
beglichen hatte. Da das aber wiederum nicht erklärte,
warum der Kerl sie, nachdem er sich mit ihr vergnügt
hatte, gesucht hatte, um sie vor diesem Duff zu warnen,
kam nur noch eine andere Möglichkeit in Betracht: er

liebte Rossalyn!

Rossalyn reagierte auf diese Eröffnung allerdings ganz anders als von Colin erwartet. Sie ergriff Angus Hand und drückte sie.

„Colin, ich danke dir dafür, dass du mich warnen willst, aber..."

„Du verstehst nicht, *Phiseag*! Wahrscheinlich bleibt uns nicht mehr viel Zeit, von hier zu fliehen! Ich bitte dich, komm mit mir und heirate mich! Ich habe mich einem Befehl des Königs widersetzt, um dich zu warnen. Ich kann also nicht zurück an den Hof. Wir könnten in die Highlands gehen. Ich kann mir dort einen neuen Arbeitgeber suchen. Die Lairds dort brauchen immer..."

Ein ersticktes Aufschluchzen unterbrach ihn. Die Traurigkeit und der Schmerz in Rossalyns Augen berührten ihn, wenn er auch nicht verstand, warum sie so reagierte. Wollte sie ihn vielleicht gar nicht heiraten? Hatte sie ihm womöglich ihre Liebe nur vorgegaukelt, um ihn dazu zu bringen, sie gehen zu lassen?

„Colin, ich... bin... mit Angus verheiratet." Ihre Worte drangen zunächst nicht bis in seinen Verstand durch. Er sah von ihr zu Angus, dann wieder zurück, und als er endlich begriff, was sie gesagt hatte, durchzuckte ihn ein so brennender körperlicher Schmerz, wie ihn selbst die zahlreichen Verletzungen, die er in zahllosen Kämpfen erlitten hatte, nicht hatten hervorrufen können. Sein Herz weigerte sich für eine endlos lang erscheinende Zeit, Blut durch seinen Körper zu pumpen, und als es seinen Dienst wieder aufnahm, wünschte Colin, es hätte es nicht getan. Alles wäre besser gewesen als die Erkenntnis, dass Rossalyn ihn gar nicht heiraten konnte, auch wenn sie gewollt hätte. Aber hätte sie gewollt? Angesichts der kurzen Zeit, die zwischen ihrem Abschied und dem Wiedersehen am heutigen Tag vergangen war, hatte sie sich verdächtig schnell für einen anderen Mann entschieden! Er selbst hatte ihr zwar geraten, sich eine Heirat mit Angus zu überlegen, aber dass sie das so schnell in die Tat umsetzen würde...

Rossalyn stand unglücklich neben ihrem Gemahl. Er hatte bislang noch keinen Ton gesagt, stand nur schweigend da und sie spürte, dass er mit sich und seinen Gefühlen rang. Colin ging es ebenfalls nicht besser, sie sah den Schmerz in seinen Augen, aber auch er sagte kein weiteres Wort. Selbst Mael schwieg, was die Situation noch unerträglicher machte.

„Colin, du selbst hast mir geraten...", begann sie leise. Colin hatte sich äußerlich wieder vollkommen in der Gewalt. Er verschloss stolz seine Gefühle in seinem Herzen, wollte nicht, dass die anderen Männer seinen Schmerz bemerkten, und unterbrach sie.

„Ich weiß, Rossalyn und vielleicht ist es besser so. Das ändert aber nichts daran, dass du... ihr... von hier fliehen müsst. Und zwar schnell!" Er wandte sich an

Mael. „Nicht, dass Ihr glaubt, ich hätte irgendeine Sympathie für Euch oder Eure Sache. Aber so, wie die Dinge nun einmal stehen, habe ich keine andere Wahl, als auch Euch zu warnen. Also macht das Beste daraus." Damit drehte er sich um und verließ unbehelligt das Zelt. Eòin und die anderen warteten draußen, aber sie wagten nicht, ihn aufzuhalten. Solange Mael ihn gehen ließ, konnten sie sich nicht einmischen.

Rossalyn stand wie erstarrt zwischen ihrem Bruder und ihrem Gemahl. Sie konnte keinen klaren Gedanken fassen, nicht einmal die Eröffnung, dass ihr Vergewaltiger hinter ihr her war, schreckte sie in diesem Augenblick. Alles, was sie denken und fühlen konnte, war, dass sie Colin liebte und ihn doch erneut gehen lassen musste. Angus war ihr Mann, und sie seine angetraute Gemahlin, *bis dieses Versprechen durch den Tod erlischt.*

Und sie würde Colin auch nichts von dem Kind erzählen, das sie erwartete. Es würde nichts an ihrer Situation ändern. Es würde es Colin nur schwerer machen, sich mit der Situation abzufinden, wenn er nicht nur auf ihre Liebe sondern auch noch auf sein Kind verzichten müsste. Nein, es war besser, er kannte die Gründe für ihre Entscheidung, Angus zu heiraten, nicht. Auch wenn es weh tat, dass er womöglich annehmen könnte, er würde ihr nichts bedeuten. Sie hatte ihren Weg gewählt und musste ihn nun gehen. Gegen die Liebe. Für die Vernunft. *Was für den einen gut ist, ist für den anderen schlecht,* hatte Beithid gesagt. *Wenn du an eine Weggabelung kommst, musst du dich über kurz oder lang für eine Richtung entscheiden.* Und sie hatte sich entschieden. Für Angus, gegen Colin. Und nie hatte sie eine Entscheidung mehr bereut, als diese. Aber auch wenn sie sich noch so sehr wünschen würde, dass es anders wäre: Sie war Angus' Frau, nicht Colins. Und damit würde sie leben müssen.

Mael überlegte indessen, was nun zu tun war. Dieser Colin hatte seine Schwester warnen wollen und damit auch ihn alarmiert. Wenn es stimmte, was er sagte, waren ihm die Häscher des Königs so nah auf den Fersen wie nie zuvor. Er musste mit seinen Männern schleunigst weiterziehen, wenn er nicht entdeckt werden wollte. Er würde die Nacht nutzen und sich mit einigen seiner engsten Vertrauten beraten.

Colin dagegen ging, verfolgt von Eòin und einigen anderen Männern, über die Lichtung und setzte sich auf einen Baumstumpf. Er musste einen klaren Kopf bekommen und den Schmerz, der in seinen Eingeweiden tobte, verdrängen. Rossalyn war in Gefahr und ihr Wohlergehen stand für ihn an erster Stelle, auch wenn sie Angus Frau war. Natürlich stand es außer Frage, dass es nun an Angus war, mit ihr zu fliehen, aber er würde erst beruhigt sein, wenn sie dieses Lager verlassen hatte.

„Colin, Colin!" Aidan rannte auf ihn zu und kam kurz vor ihm zum Stehen. „Weißt du schon, dass ich jetzt einen Vater habe?" Der Junge sagte das mit einer solchen Freude, dass es Colin fast zerriss.

„Aye, ich habe schon gehört, dass deine Ma Angus geheiratet hat."

Aidan war noch zu jung, um den unterschwelligen Schmerz zu hören, der in Colins Stimme mitschwang. „Bleibst du jetzt auch bei uns?" Fragend sah er den Mann vor ihm an.

„Nay, Aidan. Ich... musste deiner Ma nur etwas Wichtiges sagen, deshalb bin ich hergekommen."

„Hast du das Einhorn noch?" Fast musste Colin lächeln, so sprunghaft wechselte Aidan die Themen.

„Natürlich. Du hast doch gesagt, dass ich gut darauf aufpassen soll, damit es mich immer an dich und deine Ma erinnert."

„Mmm, ich hab' dein Sgian Dubh auch noch. Angus und ich üben fast jeden Tag damit. Werfen und zustechen."

Colin strich dem Jungen über das zerzauste Haar. Wie gerne hätte er selbst Aidan beigebracht, mit dem Messer umzugehen. Deutlicher hätte er das Gefühl, von Rossalyns und Aidans Leben ausgeschlossen zu sein, nicht empfinden können als hier auf diesem Baumstumpf mit dem kleinen Jungen vor sich, dessen

208

Augen bei der Erwähnung seines 'Vaters' so gestrahlt hatten.

„Aidan!" Rossalyns Stimme ließ beide in Richtung der Frau blicken, die jetzt auf sie zutrat. „Aidan, geh' doch bitte zu Angus und pack deine Sachen. Wir brechen im Morgengrauen auf." Sie wuschelte Aidans dunkle Locken und übersah die beleidigte Miene, die er zog.

„Aber warum müssen wir denn schon wieder gehen? Wir sind doch gerade erst hierher gekommen?", schmollte der Junge.

„Weil...", *mein Weg noch nicht zu Ende ist,* hatte Beithid gesagt, „... weil..." Hilflos sah sie Colin an.

„Ihr müsst gehen, weil die Männer des Königs auf dem Weg hierher sind." Er hatte d*ie Männer des Königs* gesagt, nicht *meines Königs.*

Aidan schien einen Augenblick zu überlegen, dann nickte er ergeben.

„Na gut, aber wenn ich den jemals treffe, dann sage ich ihm, dass ich ihn nicht leiden kann." Er stampfte mit dem Fuß auf. „Immer müssen wir seinetwegen irgendwo weg, egal, wie schön es da ist." Dann wandte er sich an Colin. „Kommst du mit uns?"

Colin schluckte. Als er Rossalyn ansah, schimmerten Tränen in ihren Augen.

„Nay, Aidan. Ich gehe..." *Ja, wohin gehe ich,* dachte Colin, „... ich kann nicht mitkommen. Du und Angus müssen ab jetzt auf deine Ma aufpassen." Er hatte leichtfertigerweise nie daran gedacht, dass Rossalyn bereits verheiratet sein könnte und er alleine seinen Weg gehen musste. Die Highlands waren immer noch eine Option. Oder England. Oder der Kontinent, die Normandie, Bretagne...

„Aye, mach' ich, Colin. Ich hab' ja dein Sgian Dubh. Damit spieße ich jeden auf, der meiner Ma wehtun will!" Wenn es doch nur so einfach wäre!

Nachdem Aidan sich davon getrollt hatte, standen Colin und Rossalyn noch eine Weile schweigend und befangen beieinander. Es hätte so viel gegeben, was sie dem anderen hätten sagen wollen, und doch fand keiner den Mut, anzufangen. Schließlich stand Colin auf und schlang seine Arme um Rossalyn. Mit dem Wissen, dass es ein Abschied für immer war, klammerte sie sich wie eine Ertrinkende an ihn. Wie lange sie so dastanden, hätten sie nicht zu sagen vermocht, aber nach einer Weile rückte Rossalyn von Colin ab.

„Ich muss jetzt gehen."

„Ich weiß, *Phiseag.*" Er küsste sie zärtlich auf die Stirn, dann trat er einen Schritt zurück.

„Ich werde im Morgengrauen aufbrechen, Rossalyn. Und du und Angus sollten das auch tun." Seine Stimme klang belegt und es schwang Resignation und Traurigkeit in ihr.

„Das werden wir, Colin. Und... danke. Für alles."

Damit drehte sie sich um und ging davon.

Keiner von beiden hatte bemerkt, dass Angus sie eine ganze Weile schweigend beobachtet hatte. Nun drehte auch er sich um. Der Schmerz in seiner Brust legte sich wie ein Panzer um sein Herz. Rossalyn würde mit ihm gehen, daran zweifelte er nicht. Sie war keine Frau, die leichtfertig ihren einmal gegebenen Schwur brach. Aber sie würde an seiner Seite niemals das Glück finden, das er sich so sehr für sie wünschte. Und deshalb gab es nur eines, was er für sie tun konnte, tun würde.

Mit dem ersten Licht des anbrechenden Tages machten sich Duff und seine Männer auf, ihre Mission zu erfüllen. Jeder wusste, was er zu tun hatte, und so bewegten sie sich beinahe lautlos auf den Eingang zu, der direkt in das Tal führte. Die Wachposten waren schnell und ohne Mühe überwältigt, was Duff nachdenklich stimmte. Entweder war das eine Falle, oder die Männer, die dieser Bastard um sich geschart hatte, waren einfältige Tölpel. Je näher sie dem Lager kamen, tendiere er zur zweiten Möglichkeit. Es gab keine weiteren Wachposten und als er seine Männer halten ließ, um die Lage zu sondieren, konnte er auch erkennen, warum man so fahrlässig bei der Bewachung des Lagers war. Die Kerle waren im Aufbruch begriffen und hatten anscheinend andere Sorgen, als weitere Wachen abzustellen. Duff grinste in sich hinein. Dieser Mael war noch dümmer, als er gedacht hatte. Ein Wunder, dass er nicht schon viel eher aufgespürt und gefangen genommen worden war!

Dann stutzte er. Da kam gerade eine Frau aus einem der Zelte. Eine sehr schöne, ihm sehr bekannte Frau! Nur: was machte sie hier? Sie sollte schon längst in Inverness sein, so hatte er jedenfalls den König verstanden. Er kniff die Augen zusammen. Und der Mann, der sie dort hätte abliefern sollen, war ebenfalls hier! Er hatte diesen O'Shannaig zwar nur wenige Male gesehen, aber es gab keinen Zweifel, er war es! Und er bewegte sich vollkommen unbehelligt in dem Lager. Was nur einen Schluss zuließ: er paktierte mit den Rebellen! Kurz überlegte Duff,was er nun tun sollte, aber dann hatte er sich entschieden. Er winkte einen seiner Männer herbei und gab im Flüsterton seine Befehle. Kurz darauf hob er die Hand zum Zeichen des Angriffs.

Rossalyn war gerade dabei, die Satteltaschen festzuzurren, als Kampfgeschrei sie aufschreckte. Es war noch dämmrig, so dass sie nicht sofort erkennen konnte, was auf der anderen Seite der Lichtung vor sich ging. Da kam auch schon Angus auf sie zugerannt. Er hatte Aidan auf dem Arm und rief ihr zu: „Versteck dich. Nimm Aidan und lauf' zu der Grube im Wald, die Mael für solche Fälle hat ausheben lassen." Er stellte Aidan neben sie auf die Füße während die Kampfgeräusche immer näher kamen. Dann zog er sie unvermittelt an sich. „Ich sehe zu, dass ich Colin finde und zu dir schicke. Geh' mit ihm. Ich liebe dich, aber... Es tut mir leid. Alles!" Dann ließ er sie los und ohne sich noch einmal umzudrehen rannte er davon.

Rossalyn fasste Aidan an der Hand und zog das verängstigte Kind hinter sich her in Richtung des Waldsaumes.

Colin fluchte, als er die Männer des Königs erkannte. Ein stetiger Strom schwer bewaffneter Soldaten schwappte auf die Lichtung und begann systematisch, Maels unerfahrene und schlecht bewaffnete Männer abzuschlachten. Colin griff instinktiv an seinen Schwertgurt, aber da, wo er sein sollte, war nichts. Kein Gurt und damit auch nicht sein Schwert Fragarach. Verdammt! Er hatte ganz vergessen, dass Eòin und die Männer es ihm angenommen hatten, als sie ihn gefangen genommen hatten. Gehetzt sah er sich um, und gerade, als er einem bereits gefallenen Mann dessen rostiges Schwert entreißen wollte, trat Angus an seine Seite. „Hier." Er reichte Colin sein Schwert und nickte ihm zu. „Sie wartet auf Euch. Haltet Euch am Waldrand in westliche Richtung. Sie versteckt sich mit dem Jungen in einer Grube, direkt hinter einer umgestürzten Kiefer." Noch bevor Colin etwas sagen konnte, stürzten sich zwei von Duffs Männern auf sie und schlugen mit wuchtigen Schlägen auf sie ein. Anerkennend stellte Colin fest, dass Angus ein gut ausgebildeter Schwertkämpfer war, denn er parierte den Angriff umsichtig und hieb seinerseits auf den Mann ein, der ihn angegriffen hatte. Auch Colin gelang es, seinen Gegner zurückzudrängen, aber inzwischen waren sie von feindlichen Soldaten umringt und das Kampfgetümmel war in vollem Gang. Schweiß rann ihm in die Augen, aber sich auch nur einen Moment der Unaufmerksamkeit zu erlauben, würde den sicheren Tod bedeuten. Auch Angus ermüdete langsam, was man seinen immer schleppender werdenden Schritten und dem angestrengten Atmen entnehmen konnte. Aber schließlich gelang ihm der entscheidende Stoß in die Brust seines Gegners und der kippte wie gefällt nach hinten. Dadurch abgelenkt entging Colin seinerseits nur knapp dem Schwert des Mannes, der nun schon geraume Zeit auf ihn einschlug und konnte sich erst im letzten Augenblick durch einen Ausfallschritt in

Sicherheit bringen. Als er in Angus' Richtung blickte, stockte ihm für einen Wimpernschlag der Atem. Angus hatte sich blitzschnell zu ihm umgedreht und riss sein Schwert hoch. Dann machte er einen schnellen Schritt auf ihn zu.

Rossalyn hatte die Grube fast erreicht, da riss Aidan sich los. Sie griff nach ihm, aber er rannte bereits den Weg zurück. „Aidan!" Panisch lief sie hinter ihm her, aber als sie ihn erreicht hatte, wehrte er sich heftig gegen sie.

„Ich muss Angus helfen. Er ist doch jetzt mein Vater!", heulte er als sie ihn festhielt. „Und Colin. Der ist mein Freund! Und ich bin schon groß. Ich kann kämpfen!" Tränen liefen ihm über die Wangen. Rossalyn zog ihn an sich. Sie teilte seine Sorgen um die beiden Männer. Und plötzlich ergaben Beithids Worte Sinn: *Dein Gemahl wird schon bald zu seinem Versprechen stehen müssen... Ich verspreche, dein Leben mit meinem eigenen zu verteidigen!* Ihr Herz klopfte wild in ihrer Brust, aber es war nicht die Zeit, lange zu überlegen. Sie musste an Aidan denken! „Komm Aidan. Angus und Colin wird nichts passieren." Ihre Worte klangen in

ihren eigenen Ohren hohl, aber sie musste darauf
vertrauen, dass beide gute Kämpfer waren. Sie wollte
gerade mit Aidan, der sich immer noch sträubte, den
Weg zurück gehen, als sie Schritte hinter sich hörte.

„Vorsicht!", rief Angus und versetzte Colin mit der
Schulter einen Stoß, so dass er nach hinten taumelte. Im
gleichen Augenblick traf Angus' Schwert den Mann,
der mit erhobener Waffe hinter Colin gestanden hatte
und ihn zweifellos getroffen hätte, wenn Angus ihn
nicht zur Seite gestoßen hätte. Bevor Colin reagieren
konnte, bohrte sich Angus' Schwert in die linke
Schulter des Angreifers, gleichzeitig aber rammte der
Kerl ihm sein Schwert mit letzter Kraft in Brust. Beide
Männer stürzten taumelnd vor Colin auf den Boden.
Inzwischen war der Kampf etwas abgeebbt, denn kaum
noch einer von Maels Männern stand auf den Füßen
und kämpfte. Der Boden der Lichtung war durchtränkt
von dem Blut unzähliger Männer. Viele waren bereits
tot, einige wälzten sich unbeachtet und sterbend hin
und her, während um sie herum weiter gekämpft wurde.

216

Colin kniet sich neben Angus hin und zerriss die Tunika an der Stelle, die bereits von Blut durchtränkt war. Aber Angus hielt seine Hand fest. „Es hat keinen Sinn. Geht zu ihr. Es ist an Euch, sie in Sicherheit zu bringen." Er röchelte und ein Schwall Blut ergoss sich aus seinem Mund. „Sie war im Herzen immer nur Eure Frau." Er hustete und sein Blick trübte sich. Colin wusste, dass das Vorboten des nahenden Todes waren. Er blickte sich um, aber im Augenblick schien sich niemand um sie zu kümmern. Mit letzter Kraft packte Angus Colin am Kragen und zog ihn zu sich herunter. „Ich... habe... Sagt Ihr, es tut mir leid. Ich... liebe sie, aber..." Angus Körper wurde von einem Zittern erfasst. „Ihr habt meinen Segen. Geht zu ihr. Seid ihr ein besserer Mann als ich..." Sein Atem wurde schwächer. Der Kampflärm dröhnte in Colins Ohren. Weit weg und doch so nah. Ihm blieb keine andere Wahl als Angus sich selbst zu überlassen. Er musste Rossalyn finden und in Sicherheit bringen!

Rossalyn erstarrte, als sie die Stimmer erkannte, die sie nie in ihrem Leben wieder vergessen würde.

„Na na na, liebste Lady Rossalyn! Habe ich mich doch nicht geirrt als ich Euch vorhin auf der Lichtung sah. Dabei dachte ich, Ihr wärt längst in Inverness."

Sie war stehen geblieben, denn sie wusste auch ohne sich umzudrehen, wer hinter ihr stand. Und, dass es zu spät war, zu fliehen.

„Kommt, dreht Euch ruhig um. Ich möchte sehen, ob meine Braut noch genauso schön ist wie vor... lasst mich überlegen... ist es sechs Jahre her? Wie in dieser Nacht, als ich Euren Körper bewundern durfte? Und mehr noch... genießen durfte?" Sie brauchte ihn nicht anzusehen um zu wissen, dass er ein hässliches Grinsen aufgesetzt hatte. Rossalyn atmete noch einmal tief durch, dann drehte sie sich zu Duff McCallum um.

„Ma, wer ist das?" Aidan hatte sich an sie geklammert und sah mit verweinten Augen zu Duff hinüber.

„Oh, und wer bist du?" Es schien, als würde Duff erst jetzt das Kind bemerken, das sich an Rossalyn schmiegte. Er musterte Aidan, trat noch einen Schritt näher und bückte sich zu ihm hinunter.

„Wie alt bist du?", fragte er interessiert und als Aidan die fünf Finger seiner rechten Hand hochhielt und zur Bekräftigung „Fünf." hinterher schob, blickte er von ihm zu Rossalyn und wieder zurück. Dann glitt ein erkennendes Lächeln über sein Gesicht und er erhob sich.

„Da sieh mal einer an! Solltet Ihr geschafft haben, was

meine zwei Weiber vor Euch nicht zustande gebracht haben?" Rossalyn schloss betroffen die Augen. Sie könnte zwar leugnen, dass Duff Aidans Vater war, aber die Ähnlichkeit zwischen den beiden war so verblüffend, dass sie ihn niemals vom Gegenteil überzeugen könnte. Also schwieg sie.

„Wenn das kein Glückstag ist! Ich bekomme nicht nur ein Weib, sondern auch noch einen Sohn und Erben gleich dazu!" Er strich Rossalyn eine Haarsträhne aus dem Gesicht, aber als sie zurückzuckte, packte er grob ihr Kinn.

„Es ist besser, du gewöhnst dich gleich daran, dass ich dich anfasse wo und wann ich will, liebste Rossalyn!" Dann presste er seine Lippen auf ihre und zwängte seine Zunge in ihren Mund. Sie wollte ihn von sich stoßen, aber da versteifte er sich und ließ von ihr ab.

„Lasst Eure Finger von ihr, McCallum!" Colin! Duff spürte die kalte Stahlklinge eines Schwertes im Nacken und trat vorsichtig einen Schritt von Rossalyn zurück. Er drehte dem Mann hinter ihm immer noch den Rücken zu als er mutmaßte: „O'Shannaig, nehme ich mal an?!"

„Richtig. Und jetzt legt Ihr Euer Schwert auf den Boden und dreht Euch ganz langsam um."

Duff tat wie ihm geheißen, zog sein Schwert aus dem Gürtel und legte es auf den Boden. Rossalyn war inzwischen ebenfalls mit Aidan ein Stück zurückgewichen, aber als Duff sich gerade wieder aufrichten wollte, riss Aidan sich los und lief auf Colin zu.

„Colin!", rief er und im gleichen Augenblick zog Duff sein Sgian Dubh aus dem Stiefel und griff nach dem Jungen. Blitzschnell zog er ihn an sich und hielt ihm das Messer an den Hals. Rossalyn schrie auf und Colin fluchte in sich hinein.

„Wie schnell sich doch die Umstände ändern, O'Shannaig!" Böse lächelte er sein Gegenüber an. Langsam bückte er sich und hob sein Schwert wieder auf, ohne das Messer von Aidans Kehle zu nehmen. Dessen Augen waren panisch aufgerissen und er schluckte heftig. „Ma.", weinte er und Rossalyn schloss die Augen.

Colin legte nun seinerseits das Schwert auf den Boden und ob die Hände.

„Lasst den Jungen zu seiner Mutter gehen, McCallum."

„Das werde ich, aber erst geht Ihr wieder zurück und ergebt Euch meinen Männern. Die haben Befehl, Euch nicht zu töten. Ich denke, König Malcolm freut sich bestimmt sehr, wenn ich ihm einen weiteren Verräter präsentiere. Er hegt schon lange den Verdacht, dass jemand aus dem Palast mit den Rebellen paktiert."

Colin ging langsam rückwärts. Er kam nur wenige Schritte weit, da wurden ihm bereits die Hände grob auf dem Rücken gebunden. Einer von Duffs Männern packte ihn an der Schulter und stieß ihn in Richtung der Lichtung, wo Duffs Soldaten bereits ihren Sieg feierten. Es schien, als habe außer ihm einzig Mael das Massaker überlebt, denn soweit man sehen konnte, war die Lichtung übersät von Männern, die mit abgeschlagenen Gliedmaßen oder sogar kopflos in ihrem eigenen Blut lagen. Einige der Toten gehörten wohl zu Duffs Männern, aber der Großteil waren Maels Leute. Mael selbst blutete aus einer Kopfwunde und ein Auge war fast zugeschwollen. Überrascht blickte er auf, als man Colin neben ihn auf den Boden stieß. „Wo sind Rossalyn und Aidan?", fragte er leise, aber noch bevor Colin antworten konnte, beendete ein kräftiger Stoß mit einem Schwertknauf das Gespräch. Mael sackte bewusstlos zusammen. Colin starrte auf den Waldrand. Er hatte versagt. Rossalyn erlebte den schlimmsten Albtraum und er hatte es nicht verhindern können.

„Lasst Aidan los. Ich tue, was Ihr sagt. Aber lasst mein Kind aus dem Spiel." Rossalyns Herz klopfte ihr bis in den Hals, aber sie meinte, was sie sagte. Sie würde alles, alles!, tun, was Duff von ihr verlangte, wenn er nur Aidan nichts antat. „Er... ist... auch Euer Sohn.", fügte sie leise hinzu. Sie hoffte, einen menschlichen Zug in ihm wecken zu können, denn seinem eigenen Sohn würde er doch wohl nichts antun. Sicher war sie sich bei diesem Mann nicht, aber sie wollte es zumindest versuchen.

„Dann sind wir also bald eine kleine, glückliche Familie!" Seine Stimme war gefährlich leise an ihrem Ohr. „Es hängt alles nur von deinem Entgegenkommen ab, süße Rossalyn." Er ließ das Messer sinken und stieß Aidan von sich. „Lauf zu meinen Männern, Junge. Ich habe mit deiner Mutter... zu reden." Aber Aidan rührte sich nicht, sondern sah nur mit flammendem Blick den Mann an, der nun seine Mutter am Arm packte und mit sich zog.

„Nun geh schon!" Ungeduldig fuhr Duff ihn an, aber Aidan rührte sich erst, als Rossalyn ihm zunickte.

„Geh, Aidan. Ich komme gleich nach."

Duff wartete bis er sicher sein konnte, dass sich seine Männer um den Jungen kümmern würden, dann wandte er sich an Rossalyn.

„Ich denke, in Anbetracht der Tatsache, dass wir schon bald verheiratet sein werden..."

„Ich bin bereits verheiratet." Fest sah sie ihm in die Augen. Duff zog die Augenbrauen zusammen.

„Mit diesem O'Shannaig?" Wenn das so wäre, dann

müsste er seinen Plan, ihn König Malcolm auszuliefern, noch einmal überdenken. Schließlich konnte Rossalyn nur seine Frau werden, wenn sie nicht bereits verheiratet war. In diesem Fall würde er den Mann doch töten müssen..

„Nein. Mein Gemahl ist Angus MacPhearson." Bei dem Gedanken an Angus griff eine kalte Faust nach ihrem Herzen. *Ich verspreche, dein Leben mit meinem eigenen zu verteidigen...*

„Er ist einer der Männer meines Bruders."

„Oh, dann tut es mir leid, dass ich dich schon wieder zur Witwe gemacht habe, liebste Rossalyn. Ist wohl mein Schicksal, deine Ehemänner zu töten." Er lachte böse auf. „Keiner der Männer deines Bruders lebt mehr!" Rossalyn wich entsetzt zurück, bis sie mit dem Rücken an einen Baumstamm stieß. Duff hatte sie nicht aus den Augen gelassen, jetzt lächelte er aufreizend lässig.

„Komm schon, ich werde dich nicht noch einmal mit Gewalt nehmen. Ich denke, dieses Mal wirst du freiwillig deine Beine für mich breit machen!" Er fasste sie an den Armen und zog sie von dem Baum weg. Dann blieb er mit verschränkten Armen vor ihr stehen.

„Zieh dich aus." Rossalyn schloss die Augen. Verzweifelt versuchte sie, die Bilder zu verdrängen, die sich vor ihr inneres Auge schoben. Der keuchende Mann auf ihr, in ihr, das Blut...

„Mach schon, ich möchte sehen, was ich mir da ins Haus hole."

Ohne die Augen zu öffnen, begann sie, die Verschnürung an ihrem Kleid zu lösen. Mit zitternden Fingern schob sie schließlich das Oberteil herunter und stieg aus dem Überkleid. Tränen liefen ihr über die Wangen als sie kurz darauf auch ihr Unterkleid auszog. Ich muss tun, was er sagt. Er darf Aidan nichts antun!, war alles, was sie denken konnte. Seine großen, schwieligen Hände legten sich auf ihre Brüste, strichen langsam die lange Narbe hinab, die er ihr zugefügt hatte und erreichten schließlich ihre Scham.

„Mach die Augen auf!" Sein Flüstern klang bedrohlich und Rossalyn tat, was er ihr befohlen hatte. Dann stieß er einen Finger so grob in sie hinein, dass sie aufkeuchte. Zufrieden sah er den Schmerz und die Verzweiflung in ihren Augen. Er hatte nicht vor, sie heute schon zu nehmen. Er wollte ihr nur Angst machen. Und den Genuss für sich selber hinauszögern. Unvermittelt ließ er von ihr ab.

„Zieh dich wieder an. Es wird Zeit, dass wir aufbrechen." Fast schroff wandte er sich von ihr ab und ging in Richtung seiner Leute davon. Verwirrt aber auch erleichtert schlüpfte Rossalyn wieder in Ihr Kleid. Sie wusste, dass sie nur einen Aufschub bekommen hatte.

Colin zerrte an seinen Fesseln als Duff endlich aus dem Wald heraustrat. Von Rossalyn war nichts zu sehen, und bei der Vorstellung, was er womöglich mit ihr angestellt hatte, kochte das Blut in Colins Adern. Duff trat auf ihn zu und musterte ihn.

„O'Shannaig! Falls Ihr Euch irgendwelche Hoffnungen auf meine Braut gemacht habt: vergesst es! Sie gehört mir und in weniger als zwei Wochen wird sie nicht nur mein Weib sein, sie wird auch mein Bett teilen und meine Kinder bekommen." Als Colin vor ihm ausspuckte, fügte er böse grinsend hinzu: „Und es gibt nichts, was Ihr dagegen unternehmen könnt."

Beide drehten sich zu Rossalyn um, als sie aus dem Wald trat. Colin musterte sie besorgt. Ihre Haare waren zerzaust und sie war sehr blass, aber abgesehen davon schien sie sehr gefasst zu sein. Duff zog sie zu sich heran. „Und wer weiß, vielleicht kann ich Malcolm dazu überreden, uns zur Hochzeit Euren Kopf als Geschenk zu überreichen." Zufrieden stellte er fest, dass Rossalyn sich neben ihm versteifte. Das entwickelte sich ganz nach seinem Geschmack. Offensichtlich hatte er einen weiteren wunden Punkt bei seiner zukünftigen Gemahlin gefunden. Er zog sie mit sich fort und Colin blieb nichts anderes übrig, als ihnen nachzusehen. Rossalyn war eine starke Frau, das wusste er. Und sie würde alles tun, um Aidan zu beschützen, aber wie lange konnte sie das durchhalten, ohne daran zu zerbrechen?

In diesem Augenblick zerriss ein kindliches Aufschluchzen seine Gedanken.

„Ma! Da liegt..." Als Colin sich umdrehte, zog Rossalyn den Jungen gerade von einem der Gefallenen weg. Sie zitterte und starrte ebenfalls auf den toten Körper. Mit Gewalt hinderte sie Aidan daran, noch einmal hinzusehen. Sie presste seinen kleinen Kopf an ihre Hüfte während sie die andere Hand entsetzt vor den Mund schlug.

Sie hatten Angus entdeckt.

Als Duff darauf aufmerksam wurde, ging er zu ihnen.

„Ist das... war das dein Gemahl?", fragte er kalt. Aber Rossalyn brachte keinen Ton heraus.

„Mein Vater! Angus ist mein Vater!", heulte Aidan und wollte sich aus der Umklammerung seiner Mutter befreien.

Duff packte ihn und zog ihn zu Rossalyns Entsetzen zu dem Leichnam. „Ich bin jetzt dein Vater, Junge!" Er hielt Aidan im Nacken gepackt und zwang ihn, hinzusehen.

„Das passiert mit Männern, die sich dem König

widersetzen, merk dir das gut!" Dann ließ er ihn los und ging zu seinen Männern, um ihnen seine Befehle zu erteilen.

Rossalyn kniete neben Angus nieder und berührte sanft seine eingefallene, wächserne Wange.

„Es tut mir leid. Verzeih mir." Sie nahm seine große Hand in ihre und hauchte einen Kuss darauf, bevor sie Aidan wegzog. Blind vor Tränen und innerlich wie versteinert folgte sie Duff und stieg widerstandslos auf ihr Pferd, als er zum Aufbruch drängte.

Das Herz einer liebenden Mutter entscheidet immer richtig, mein Kind, hatte Beithid gesagt.

Kurz blickte sie zu Colin hinüber. Er saß mit gefesselten Händen auf dem Rücken seines Pferdes, umringt von Duffs Männern. Neben ihm ritt Mael, sichtlich gezeichnet von der Behandlung, die man ihm hatte angedeihen lassen. Als sich ihre Blicke trafen, sah jeder des anderen Schmerz und die Hoffnungslosigkeit. Rossalyn schaute zuerst weg, mit Tränen in den Augen.

Am Ende wirst du zuhause sein.

Sie waren bereits drei Tage ohne besondere Zwischenfälle unterwegs. Allerdings wurde die Stimmung unter Duffs Männern immer explosiver, denn in einem unterschieden sie sich nicht wesentlich von Maels Männern: sie verfolgten Rossalyn mit begehrlichen Blicken. Die eindeutigen, obszönen Gesten, die sie in ihrer Gegenwart machten, wenn Duff gerade nicht hinsah, wurden immer eindeutiger. Bevor sie heute ihr Lager aufschlugen, hatte Duff den Wortführer unter seinen Männern zu sich beordert, und auch wenn Rossalyn nicht verstand, was er ihm sagte, so mussten es doch eindeutige Worte gewesen sein. Untermauert hatte Duff sie durch einen heftigen Faustschlag ins Gesicht des grobschlächtigen Kerls, der Rossalyn am unverfrorendsten angegangen war. Gleichzeitig hatte er zu ihr herüber gesehen und seine Blicke waren eindeutig gewesen. Er würde seinen Anspruch auf sie möglichst schnell mit Taten untermauern müssen, das war ihr klar.

Rossalyn hatte keine Möglichkeit gefunden, mit Colin oder ihrem Bruder zu sprechen. Duffs Männer waren aufmerksam und unterbanden jeden Versuch, sich den beiden zu nähern. Auch Aidan wurde gut bewacht. Tagsüber saß er apathisch vor Duff im Sattel. Er hatte seit dem Überfall kein Wort mehr gesprochen und Rossalyn sorgte sich um ihn. Aber Duff ließ sie nur am Abend für ein paar Augenblicke unter seiner Aufsicht mit ihm sprechen konnte. Und immer blieb Aidan stumm, ganz gleich, wie sehr sie sich auch bemühte, ihn aufzuheitern.

Sie hatte bemerkt, dass Duff sie seit Tagen mit zunehmendem Verlangen beobachtete. Sie ahnte, dass ihre Schonfrist bald zu Ende sein würde und als Duff an diesem Abend aufstand und auf sie zukam, wusste sie, dass es soweit war. Er hatte dieses grausame Glitzern in den Augen, das er schon in jener verhängnisvollen Nacht gezeigt hatte.

„Steh auf!", forderte er sie auf. Rossalyn versuchte, das Zittern, das sie ergriffen hatte, zu verstecken, aber es gelang ihr nicht. Dennoch tat sie, was er verlangte.

Duff rief in die Runde: „Nochmal für alle: Die Lady gehört mir!" Dann packte er sie grob am Ellenbogen und zog sie am Arm zu Colin. Dicht vor ihm blieb er stehen.

„Ich denke, es ist an der Zeit, dass ich mir nehme, was mir gehört." Er fuhr mit dem Finger an ihrem Ausschnitt entlang. Aufreizend langsam legte er eine Hand auf ihre Brust und kniff durch den Stoff zu. Rossalyn atmete scharf ein und Colin sprang trotz der gefesselten Hände auf. Sofort bekam er von seinem Bewacher einen heftigen Faustschlag in die Magengrube. Er keuchte und sackte vornüber.

„Sag ihm, dass du nichts dagegen hast!", forderte Duff Rossalyn mit einem herausfordernden Lächeln auf. Als sie nicht sofort antwortete, deutete er mit seinem Kinn auf Aidan, der bereits schlief. Neben ihm saß einer von seinen Männern und kratzte sich grinsend und ohne die Augen von Rossalyn zu lassen, den Dreck unter den Nägeln weg. Dabei kam er mit dem Messer Aidans Hals so nah, dass sie diese Geste nicht missdeuten konnte.

In rascher Folge sah Colin Hass, Abscheu, Verzweiflung und dann tiefe Resignation in Rossalyns blauen Augen wechseln. Dann senkte sie rasch den Blick.

Duff hatte alles mit vor der Brust verschränkten Armen beobachtet. Als sie schließlich nickte, grinste er zufrieden und deutete mit dem Kinn Richtung Waldsaum.

„Dann wollen wir keine Zeit verlieren, liebste Rossalyn. Ich weiß dein Entgegenkommen zu schätzen. Ich bin schon sehr gespannt, ob du mir immer noch so viel Vergnügen mit deinem Körper bereiten kannst wie beim ersten Mal." Er warf Colin einen letzten Blick zu und registrierte zufrieden, dass der die Kiefer zusammenbiss, um sich zu beherrschen.

Dann folgte er Rossalyn in die Richtung, die er ihr angedeutet hatte.

Das Spiel, das Duff mit ihr am Tag ihrer Ergreifung gespielt hatte, wiederholt sich. Nur, dass er sie dieses Mal erst aufforderte, sich wieder anzuziehen, nachdem er bekommen hatte, was er wollte.

Rossalyn rollte sich danach auf ihrem Plaid zusammen und spürte dem Schmerz nach, der sich in ihrem Körper ausbreitete. Sie legte behutsam die Hände auf ihren immer noch flachen Bauch und hoffte, dass das Kind in ihr die Grausamkeiten unbeschadet überstanden hatte. Duff hatte sie nicht geschont, hatte seine Lust an ihr abreagiert wie schon beim ersten Mal und Rossalyn wurde von einer tiefen Verzweiflung erfasst. Sie musste stark sein, für Aidan und das Kind, das sie erwartete, aber sie wusste auch, dass ihre Kräfte begrenzt waren.

Colin kämpfte gegen die Übelkeit und die Wut an, die ihn innerlich zerfraß. Er hatte den Ausdruck in Rossalyns Augen gesehen, als sie hinter Duff den Wald wieder verlassen hatte. In ihren Augen stand die gleiche Apathie, der gleiche Ausdruck, den er bei ihr das erste Mal in jener Nacht gesehen hatte, als sie - von Albträumen geplagt - in seinen Armen gelegen hatte. Er verfluchte seine hilflose Lage, gleichzeitig wusste er, dass sie sich nicht helfen lassen würde, so lange Aidan in der Gewalt dieser Männer war. Er fand keinen Schlaf, denn so sehr er sich anstrengte, eine Lösung zu finden, umso mehr verzweifelte er. Wenn sie erst Inverness erreicht hätten, würde er sehr wahrscheinlich zum Tode verurteilt werden, da machte er sich nichts vor. Und Mael würde ihr auch nicht helfen können, ihm drohte das gleiche Schicksal.

Es war schon spät in der Nacht und der Mann, der ihn bewachen sollte, döste mit hängendem Kopf ein Stück weit entfernt, als Colin eine Bewegung im Unterholz wahrnahm. Es war nur das leichte Zittern eines Blattes, aber Colin wusste mit dem Instinkt eines ausgebildeten Kämpfers, dass dort jemand war. Er drehte sich vorsichtig auf die Seite und starrte in die Dunkelheit. Eine Weile passierte nichts, aber Colin ließ sich nicht täuschen. Und tatsächlich hörte er kurz darauf den leisen Ruf eines Waldkauzes. Das Erkennungszeichen, das er und Ferghus vor langer Zeit vereinbart hatten! Ungläubig schaute er zu der Stelle, an der er die Bewegung ausgemacht hatte. Sein Bewacher bewegte sich plötzlich und gähnte laut. Dann stand er auf und kratzte sich ausgiebig sein Gemächt, bevor er sich reckte und in die entgegengesetzte Richtung davonging, um sich an einem Busch zu erleichtern.

„Ferghus?", flüsterte Colin ungläubig in die Dunkelheit. Das Gesicht seines Freundes erschien für einen kurzen Moment zwischen den Blättern.

„Du vollkommen bescheuerter, schafsärschiger Schwachkopf!", fluchte Ferghus so leise, dass Colin

Mühe hatte, ihn zu verstehen.

„Du bist so ein hirnverbrannter liebeskranker Trottel...“

„Was machst du hier?“, unterbrach Colin ihn.

„Ich versuche, deinen gottverdammten Arsch zu retten!“

Colin robbte vorsichtig ein Stück näher an den Busch.

„Wie hast du mich gefunden? Du solltest längst in Northumbria sein!“

„Ja, und *du* auch!“, schimpfte Ferghus. „Aber stattdessen läufst du dieser Frau hinterher wie ein brünftiger...“

„Ich liebe sie.“ Diese schlichte Feststellung ließ Ferghus verstummen. Dann räusperte er sich leise.

„Schluss jetzt. Wir haben nicht viel Zeit. Ich weiß noch nicht wie, aber ich werde dich hier rausholen.“

„Vergiss es. Sie bewachen mich zu aufmerksam. McCallums Männer sind gut ausgebildet, sie lassen sich nicht so leicht ablenken.“ Colin überlegte fieberhaft. Selbst wenn Ferghus es schaffen würde, ihn zu befreien: Er würde Rossalyn nicht alleine lassen. Auch wenn er ihr nicht helfen konnte, so wusste er doch, dass ihr seine Anwesenheit half, ihr Schicksal zu ertragen. Das sagten ihm die verstohlenen Blicke, die sie ihm hin und wieder zuwarf.

„Ich werde das Lager nicht ohne Rossalyn verlassen. Und sie geht nicht ohne Aidan. Solange McCallum ihn hat, wird sie alles tun, was er von ihr verlangt.“ Er überlegte. „Aber wenn du es schaffen kannst, Aidan von hier wegzubringen..." Vorsichtig schaute er sich nach dem Mann um, der ihn bewachen sollte, aber der kramte in seinen Satteltaschen nach irgendetwas.

„Wie viele Männer hast du bei dir?"

Empörtes Schnauben war die Antwort. „Was meinst du denn, wie viele Soldaten des Königs bereit wären, seinen Befehl zu ignorieren um deinen gottverdammten Arsch zu retten?"

„Also bist du alleine.", stellte Colin lapidar fest.

„Ich folge deiner Spur, seit du dich nachts von unserem Lager entfernt hast, um dieser... äh, um ihr zu folgen. Da brauche ich keine lärmenden Volltrottel im Schlepptau. War schon so schwierig genug, dich aufzuspüren." Ein unwilliges Brummen folgte seinen Worten.

Colins Bewacher hatte offenbar gefunden, was er gesucht hatte, denn er schlenderte wieder in Richtung seines Schützlings, einen Kanten Brot in der Hand, auf dem er lustlos herumkaute.

„Versuch, Aidan zu befreien. Auf ihn passen sie manchmal nicht so gut auf wie auf mich. Ist wohl unter ihrer Würde, einen kleinen Jungen zu bewachen. Aidan wird mit dir kommen, er kennt dich. Wenn du ihn hast, gib mir ein Zeichen." Colin tat so, als bewege er sich im Schlaf und rollte sich unauffällig wieder näher an den schmatzenden Kerl heran.

Die restlichen Stunden bis zum Tagesanbruch
verbrachte er damit, jeden einzelnen in Frage
kommenden Gott um Gelingen seines Planes
anzuflehen. Vorsichtshalber auch den Gott der neuen
Königin. Er konnte jeden Beistand gebrauchen, wenn
sein Plan gelingen sollte. Wenn Ferghus Aidan erst
einmal in Sicherheit gebracht hatte, konnte er
versuchen, sich und Rossalyn zu befreien. Mit Ferghus
Hilfe hätte er eine Chance, wenn auch nur eine sehr
geringe. Aber aufgeben war keine Option. Es war
weniger sein eigenes Leben, um das er fürchtete,
sollten sie tatsächlich Inverness erreichen. Es war
Rossalyns Schicksal, das ihr dann drohte, was ihm
Angst machte.

Die folgenden zwei Nächte waren das reinste
Martyrium für Rossalyn. Kaum hatten sie ihr Lager
aufgeschlagen, bedeutete Duff ihr, ihm zu folgen. Dann
führte er sie ein Stück weit in den Wald hinein, oder
auch nur hinter einen Felsen, und bediente sich ihres
Körpers. Längst war sie in eine tröstende Apathie
verfallen, ließ ihn ohne sich zu wehren tun, was er

wollte und doch starb mit jedem Mal, das er sie nahm, ein wenig mehr Lebensmut in ihr. Wenn Aidan nicht gewesen wäre, hätte sie längst einen Weg gefunden, ihrem Leben ein Ende zu setzen. Aber sie durfte ihn nicht im Stich lassen, durfte nicht zulassen, dass er diesem grausamen Mann auf Gedeih und Verderb ausgeliefert war. Und so ertrug sie es, wenn Duff die widerlichsten Dinge von ihr verlangte, überließ ihm ihren Körper, während ihre Seele sich an einen anderen Ort, in ein anderes Leben flüchtete. Längst war sie davon überzeugt, dass Beithid mit 'Zuhause sein' das Jenseits gemeint hatte. Jenen Ort, den die meisten Menschen fürchteten, der aber für sie alle Schrecken verloren hatte. Nichts war schlimmer, als jede Nacht dem Mann zu Willen sein zu müssen, den sie mehr hasste als alles andere auf der Welt.

Fast noch schlimmer als ihre Pein war es aber, dass Colin alles mitbekam. Duff achtete jedes Mal, wenn er sie mit sich nahm, darauf, dass Colin es auch bemerkte. Der Schmerz in Colins Augen traf sie fast mehr als jede Grobheit, die Duff ihr antat. Aber weder sie noch Colin konnten an der Situation etwas ändern und so ergab Rossalyn sich in ihr Schicksal.

Morgen am Mittag würden sie Inverness erreichen und Ferghus war es immer noch nicht gelungen, Aidan zu befreien. Unruhig wälzte Colin sich hin und her. Wenn sie erst einmal in Inverness Castle wären, würde es keine Möglichkeit mehr geben, Rossalyn vor diesem Kerl zu beschützen, der sie schon jetzt jede Nacht quälte. Colin hatte sich damit abgefunden, dass er seinen eigenen Kopf nicht würde retten können, aber er würde beruhigter sterben, wenn er Rossalyn und Aidan in Sicherheit wüsste.

Der Ruf eines Waldkäuzchens übertönte leise die nächtlichen Geräusche der schnarchenden Männer und das Prasseln des Feuers. Colin schaute in der Dunkelheit in die Richtung, aus der der Laut gekommen war.

„Hey, ich muss mal pinkeln.", wandte er sich an den Mann, der heute für seine Bewachung abgestellt war.

„Dann mach dir in die Hose, du gottverfluchter Bastard." Der Kerl hatte schon den ganzen Tag über Zahnschmerzen geklagt und kaute jetzt missmutig auf einem Stück Weidenrinde herum, das die Schmerzen lindern sollte.

„Wenn ich morgen vor den König treten muss, dann möchte ich nicht so stinken wie du. Also beweg' deinen Arsch und lass mich pinkeln. Du kannst auch gerne mitkommen." Colin setzte alles auf eine Karte. „Komm schon. Von mir aus binde mir einen Strick um, damit ich nicht abhauen kann." Der Mann schien abzuwägen, wie groß das Risiko war, dass Colin flüchten konnte. Dann richtete er sich brummend auf und band Colin tatsächlich einen Strick um die gefesselten Hände. Der verdrehte seufzend die Augen.

„Herrgott, willst du mir vielleicht beim Pinkeln zur Hand gehen?" Damit hob er seine auf dem Rücken gebundenen Hände ein wenig an. „Wie soll ich denn die Hose aufkriegen?"

Der Kerl fluchte so laut, dass Colin schon Angst hatte, er würde damit die schlafenden Männer wecken. Aber dann löste er doch die Fesseln, ließ Colins rechte Hand frei und band stattdessen seine Linke wieder mit einem langen Strick auf den Rücken. So hatte Colin etwas Spielraum, sich dem Busch zu nähern, hinter dem er Ferghus vermutete.

„Wenn du jetzt tatsächlich pinkelst...", zischte es aus dem Gestrüpp, als Colin sich vor dem Busch aufbaute.

„Wenn das deine einzige Sorge ist..." Colin tat so, als ob er seine Hose öffnete.

„Was ist mit dem Jungen? Morgen sind wir in Inverness, dann ist es zu spät.", raunte er Ferghus zu.

„Du hattest recht. McCallums Männer sind wirklich gut ausgebildete Soldaten. Sie lassen den Jungen nur wenige Minuten am Tag tatsächlich aus den Augen. Ich habe sie reden hören. Weil er nicht spricht, halten sie ihn für... äh, zurückgeblieben."

Colin schnaubte unwirsch, aber Ferghus fuhr schon fort. „Im Durcheinander des morgendlichen Aufbruchs schieben sie ihn immer an die Seite, damit er nicht im Weg steht. Das ist die einzige Chance. Ich werde es morgen früh versuchen." Colin überdachte den Plan. Er war nicht besonders gut, aber leider gab es in Anbetracht der Tatsache, dass es morgen ihr letzter Aufbruch sein würde, bevor sie Inverness erreichten, keine Alternative.

„Wenn du mir vielleicht etwas dabei helfen könntest, indem du ihre Aufmerksamkeit ablenkst..."

Colin grinste. „Wenn das Waldkäuzchen ruft, verspreche ich dir ein Schauspiel, an das du dich noch lange erinnern wirst!"

„Was ist mit dir, Colin. Ich könnte..."

„Ich bleibe bei ihr bis zum Schluss. Ich bin erst beruhigt, wenn Aidan in Sicherheit ist. Dann kann Duff sie nicht mehr erpressen."

„Hey, wie lange dauert das denn noch, O'Shannaig? Oder scheißt du dir bereits vor lauter Angst die Seele aus dem Leib?!"

„Ich komme ja schon." Colin tat so, als ob er seine Hose wieder schloss.

„Du weißt, dass das deine letzte Chance ist, Malcolms Urteil zu entgehen?" Ferghus klang plötzlich besorgt.

„Ich weiß, mein Freund. Aber ich kann nicht mein Leben gegen ihres tauschen. Ich möchte ihr in die

Augen sehen, wenn ich ihr sage, dass Aidan in Sicherheit ist." Damit drehte Colin sich um und ging wieder zurück zu seinem Schlafplatz.

Gespannt wartete Colin darauf, dass sich das erste Tageslicht am Himmel zeigte. Allmählich erwachten die Männer und begannen damit, das Lager abzubrechen. Einige gingen, um sich zu erleichtern, Andere packten ihre Brats in die Satteltaschen und wieder Andere saßen noch am Feuer und aßen ihren allmorgendlichen Haferbrei. Colin lauschte angestrengt, und als er den verabredeten Laut vernahm, erhob er sich.

„He, wo willst du hin?", knurrte sein Bewacher ihn an, der wegen seiner Zahnschmerzen noch schlechter gelaunt war als am Abend zuvor. Colin drehte sich zu ihm um und rammte ihm ohne Vorwarnung seine Schulter in die Brust. Für einen kurzen Augenblick sah der Mann ihn ungläubig an, dann stürzte er sich mit einem unheilvollen Grollen auf Colin. Innerhalb kürzester Zeit hatte sich um die beiden ein Kreis aus Duffs Männern gebildet, die laut grölend zusahen, wie

Colin von dem wütenden Kerl zusammengeschlagen wurde. Er hatte keine Chance gegen den bulligen Kerl, mit den Händen auf dem Rücken gefesselt, aber er hielt sich tapfer und sorgte durch gezielte Tritte und Anspucken immer wieder dafür, dass die Schlägerei in Gang blieb. Schließlich aber krümmte er sich schwer getroffen unter den Schmähungen von Duffs Männern am Boden. Er hatte ordentlich einstecken müssen und hoffte nur, dass Ferghus genug Zeit gehabt hatte, mit Aidan zu verschwinden. Er spuckte Blut und wenn er sich nicht täuschte, war mindestens eine Rippe gebrochen, aber als er die Aufregung am anderen Ende des Lagers und den Ruf: „Der Junge ist weg!" vernahm, waren alle Schmerzen vergessen.

Duff ließ seine Männer antreten und ordnete wutschnaubend an, nach Aidan zu suchen. Er selbst packte Rossalyn, die vor Angst erstarrt am Rande der Lichtung stand und zog sie vor sich auf sein Pferd. Dann deutete er auf Colin und rief den Männern etwas zu, das Colin nicht verstand und gab seinem Pferd die Sporen. Zwei seiner Männer begleitete ihn, als er mit Rossalyn in Richtung Inverness davon ritt.

Das war ganz und gar nicht das, was Colin geplant hatte. Er hatte Rossalyn sagen wollen, dass Aidan in Sicherheit war, und so konnte er nur hoffen, dass sie die gleichen Schlüsse zog wie offensichtlich Duff McCallum. Seine Eile, sie nach Inverness zu bringen, hing ganz offensichtlich mit der Vermutung zusammen, Colin hätte das Ganze angezettelt um Rossalyn und Aidan zu befreien. Und um wenigstens Rossalyn in seiner Gewalt zu behalten, musste er sie so schnell wie möglich zum König bringen.

Colin wurde gepackt und dieses Mal so fest verschnürt, dass seine verletzte Rippe ihn vor Schmerzen fast umbrachte. Aber wenn er ohnehin sterben musste, wieso dann nicht gleich hier?

Seine Gedanken kreisten unablässig um Rossalyn und Aidan, so dass er von dem Ritt kaum etwas mitbekam. Die Sonne ging fast schon unter, als vor ihnen endlich Inverness Castle auftauchte. Majestätisch erhob sich der Bau über dem Ness, trutzig und doch wunderschön. Colin wurde es fast wehmütig ums Herz, denn er würde nie wieder Gelegenheit haben, diesen Anblick zu genießen. Wenn er das nächste Mal die Burg verließ, dann konnte er von Glück sagen, wenn nur sein Kopf auf einer Pike steckte, während sein Körper den Raben zum Fraß vor die Burgmauern geworfen würde. Im weitaus ungünstigeren Fall würden seine Eingeweide und Extremitäten in alle Himmelsrichtungen verstreut auf gierige Abnehmer warten.

Die Wachleute an den Toren ließen sie unbehelligt passieren. Colin bemerkte die teils mitleidigen, teils neugierigen Blicke, die man ihnen zuwarf. Sicherlich kam es nicht alle Tage vor, dass ein hochverdienter

Soldat des Königs so zugerichtet und gefesselt vorgeführt wurde. Das sorgte für Spekulationen. Kaum hatte man Colin vom Pferd gezerrt, da kam auch schon ein Mann in königlicher Livree über den Hof geeilt.

„Der König wünscht, dass O'Shannaig unverzüglich zu ihm gebracht wird."

Knurrend stieß Colins Bewacher ihn durch das Eingangsportal und dann in die kühle Halle. Suchend sah er sich um, bis er Colin weiter in Richtung eines Mannes schob, der die Tür zum Audienzzimmer des Königs bewachte.

„Der König will ihn sehen." Damit gab er Colin einen Stoß gegen die verletzte Rippe, so dass dieser aufkeuchte. Mit einem ausdruckslosen Nicken übernahm der Mann Colin und zerrte ihn durch den von Kerzen und Fackeln erhellten Raum. Vor dem König, der etwas erhöht auf einer Empore stand, trat er ihm von hinten in die Kniekehlen, so dass Colin vor Malcolm zusammensackte. Bevor er das Haupt senkte, erkannte Colin den Mann, der an der Seite des Königs stand und ihn mit einem hässlich überlegenen Grinsen ansah. Duff McCallum hatte also keine Zeit verloren, dem König vorab seine Version der Geschehnisse zu erzählen. Sei es drum, dachte Colin. An seinem Verhalten gab es nichts zu beschönigen. Er hatte sich dem Befehl seines Königs widersetzt und die Frau, die er hätte zum König bringen sollen, nicht nur freiwillig gehen lassen, er hatte sie hinterher auch noch vor den Männern des Königs gewarnt. Und wenn das immer noch nicht reichte, um sein Schicksal zu besiegeln, dann würde die Tatsache, dass man ihn in Maels Lager erwischt hatte, den Rest erledigen.

Eine lange Zeit sagte niemand etwas. Duff McCallum schien langsam ungeduldig zu werden, denn er scharrte mit den Füßen, aber ein Seitenblick Malcolms brachte ihn dazu, an sich zu halten.

„Sicherlich ahnt Ihr, was McCallum mir über Euch erzählt hat.", begann Malcolm nach einer Weile das Gespräch. „Habt Ihr dazu etwas zu sagen?"

Colin sah dem König direkt in die Augen.

„Aye...ich..." Er hielt inne. Den König würde seine Rechtfertigung nicht interessieren. „Nay."

„Dann stimmt es also, dass er Euch im Lager dieses Aufrührers angetroffen und gefangen genommen hat?"

„Aye, mein König." Colins Stimme klang fest.

„*Mein König*?!", donnerte Malcolm. „Bin ich wirklich *Euer König*?! Wie könnt Ihr es wagen, immer noch zu leugnen, dass ihr mit diesen Bastarden kooperiert?"

„Ich war nicht dort, um mich mit ihnen zu verbünden."

Malcolm musterte ihn aus zusammengekniffenen Augen.

„Nay? Warum wart Ihr dann dort? Hattet Ihr Euch vielleicht auf dem Weg nach Northumbria, wohin ich Euch schickte, verlaufen?" Seine Stimme troff nun vor

244

Hohn. Colin wusste, dass der wahre Grund, warum er im Lager der Aufständischen gewesen war, keine Rolle spielte. Und darüber hinaus hatte er die Männer ja tatsächlich gewarnt, wenn das auch vielleicht nicht sein vordergründiges Bestreben gewesen war. Also schwieg er.

Malcolm hatte sich inzwischen gesetzt. Jetzt lehnte er sich in seinem Stuhl zurück.

„Ich werde den Kronrat hinzuziehen, aber seid gewiss, ich sorge dafür, dass das Urteil über Euch einstimmig fallen wird. Auf Hochverrat steht der Tod!" Damit winkte er einen Wachsoldaten herbei, der Colin hochriss und mit sich fortzog. Er würde die Zeit bis zur Urteilsvollstreckung im Kerker verbringen, so viel war gewiss.

Dann wandte Malcolm sich an Duff.

„Ich bin sehr zufrieden mit Euch, McCallum. Ihr habt mir und damit der Krone einen unschätzbaren Dienst erwiesen. Ich werde darüber nachdenken, wie ich mich noch erkenntlich zeigen kann, aber jetzt lasst Lady Rossalyn holen. Ich möchte Eure Braut gerne kennenlernen."

Rossalyn ging unruhig in dem Raum auf und ab, den man ihr nach ihrer Ankunft zugewiesen hatte. Zu sehr war sie in Gedanken mit den Ereignissen des vergangenen Morgens beschäftigt, als dass sie sich hätte auf irgendetwas anderes konzentrieren können. Man hatte ihr ein Bad bereitet und ihr ein sauberes Gewand zurechtgelegt, und sie hatte wie fremdbestimmt alles über sich ergehen lassen. Aber richtig wahrgenommen hatte sie weder die Frauen, die sich um sie kümmerten, noch ihre Umgebung.

Sie fragte sich, ob vielleicht Colin etwas mit Aidans Verschwinden zu tun hatte. Immerhin hatte er eine Schlägerei angezettelt, genau im richtigen Augenblick. Aber warum hatte er es dann nicht gleich so arrangiert, dass er ebenfalls geflohen war?

Oder hatte Duff ihr mit der ganzen Geschichte vor Augen halten wollen, wie schnell er ihr Aidan wegnehmen konnte, wenn sie nicht tat, was er sagte? Das war sogar ziemlich wahrscheinlich, denn so weit sie verstanden hatte, würde ihre die Trauung schon in ein paar Tagen stattfinden und Duff wünschte sich ganz sicher keine widerspenstige Braut. Je länger sie überlegte, umso wahrscheinlicher schien ihr diese Möglichkeit. Wie hätte Colin alleine auch so etwas bewerkstelligen sollen? Nein, es musste so sein, wie sie vermutete: Duff hatte Aidan irgendwohin gebracht, wo er ihn und damit auch sie unter Kontrolle hatte.

So in Gedanken versunken bemerkte sie das junge Mädchen erst, als es sich verlegen räusperte.

„Mylady, der König wünscht Euch zu sehen." Dann knickste sie und hielt die Tür auf. Rossalyn folgte ihr an den zwei Wachen vorbei, die ihre Tür flankierten und ließ sich zum Audienzsaal des Königs bringen. Unterwegs versuchte sie, ihre aufkommende Panik und die widerstreitenden Gefühle unter Kontrolle zu bekommen, die sie mit jedem Schritt in Richtung der Tür befielen, hinter der sich ihr Schicksal entschied. Es war immer noch möglich, dass Malcolm sie ebenfalls zum Tode verurteilte oder sie in die Verbannung schickte, was sie einer Heirat mit Duff deutlich vorgezogen hätte. Wenn da nicht Aidan gewesen wäre. Duff hatte unterwegs mehrmals deutlich gemacht, dass er vorhatte, seinen Sohn nach seinem Gutdünken zu erziehen. Und er hatte Aidan sogar einmal geschlagen, als der nicht sofort einem Befehl von ihm Folge geleistet hatte. Nein, sie musste stark sein, für Aidan. Und wenn es die einzige Möglichkeit war, in seiner Nähe zu sein, dann würde sie Duff McCallum eben heiraten. Mehr als er ihr bisher schon genommen hatte, konnte er ihr nicht mehr nehmen.

Mit diesem Gedanken betrat sie hoch erhobenen Hauptes den Raum, an dessen Ende sie nicht nur Malcolm sondern auch Duff erkannte. Sie blieb vor dem König stehen, aber bevor Malcolm etwas zu ihr sagen konnte, öffnete sich eine in der Täfelung der Wände versteckte Seitentür und eine Frau betrat den Raum. Ihre vornehme Haltung, ihr Aussehen und ihre kostbare Kleidung ließen darauf schließen, dass es sich nur um die Königin handeln konnte.

Die beiden Männer drehten sich zu ihr um und Duff sank sofort auf ein Knie, während Malcolm deutlich unwirscher reagierte.

„Margareta, was wollt Ihr hier? Ich habe ein Gespräch zu führen, das..." Aber die Königin ließ sich nicht beirren, sondern nahm auf einem zweiten Stuhl neben ihren Gemahl Platz und unterbrach ihn.

„Ihr wisst doch, wie neugierig ich auf die Frau bin, die bald Lady McCallum sein wird und die immer noch die Prinzessin von Moray ist. Ist es nicht so?", fragte sie mit undurchdringlicher Miene.

Sie hatte der Frau vor ihr dabei direkt in die Augen gesehen und Rossalyn wusste, dass ihre Antwort über ihr Schicksal entscheiden würde. Sie befeuchtete ihre Lippen und schluckte.

„Ich trage von Geburt an den Titel einer Prinzessin von Moray, ebenso wie Ihr durch Geburt eine englische Prinzessin seid, Eure Majestät. Das ist kein Verdienst. Aber nun sind wir beide am Hofe des schottischen Königs. Ihr als seine Gemahlin, ich als seine Gefangene." Margareta zog die erstaunt die Augenbrauen hoch während Malcolm abfällig schnaubte und Duff hörbar die Luft einsog.

„Ihr seid keine Gefangene, Lady Rossalyn. Ihr seid die Braut eines meiner verdientesten Ritter!" Malcolms Miene ließ nicht erkennen, was er dachte.

„Für mich ist das dasselbe." Ruhig schaute Rossalyn erst Malcolm, dann die Königin an.

Duff machte einen Schritt auf sie zu und packte ihren Arm. „Noch ein Wort!", zischte er ihr zu und Rossalyn schwieg.

„Dann seid Ihr also nicht bereit, Duff McCallum zu heiraten?", erkundigte sich Malcolm mit aufgesetzter Freundlichkeit.

„Natürlich ist sie das, mein König. Ich hatte noch keine Gelegenheit, Euch zu erzählen, dass wir bereits einen Sohn zusammen haben." Rossalyn zuckte bei der Erwähnung Aidans zusammen. Sie war sich sicher, dass das ein versteckter Hinweis darauf war, ihn besser nicht weiter zu reizen.

„Mit unserer Hochzeit wächst also zusammen, was zusammen gehört, nicht wahr, liebste Rossalyn?" Die unausgesprochene Drohung hinter seinen freundlich gesprochenen Worten war unüberhörbar.

„Stimmt das? Habt Ihr wirklich einen Sohn zusammen?", fragte Malcolm verblüfft nach. Das also verband Duff McCallum mit ihr! Er hätte nicht gedacht, dass Duff diese Frau *so gut* kannte!

„Aye, es stimmt. Dieser Mann ist der Vater meines

Sohnes. Aidan." Sie zitterte, als sie seinen Namen aussprach. Wo war er jetzt? Hatte er Angst? Wie ging es ihm? Er hatte in den letzten Wochen so viel Schlimmes miterleben müssen, dass er seit einiger Zeit kein Wort mehr sprach. Tränen traten in ihre Augen, ohne dass sie das verhindern konnte.

„Dann ist es abgemacht! Die Hochzeit findet in drei Tagen statt. Ich lasse alles für das Fest vorbereiten. Ihr sollt eine schöne Feier haben, McCallum. Das bin ich Euch schließlich schuldig!" Damit entließ er Duff und Rossalyn und wandte sich seiner Gemahlin zu, die den beiden Davoneilenden nachdenklich nachsah. Sie war zu sehr Mutter und liebende Ehefrau, um nicht zu bemerken, was offensichtlich keiner der Männer gespürt hatte. Sie würde Lady Rossalyn einen Besuch abstatten um herauszufinden, was diese Frau so quälte.

Rossalyn saß auf dem breiten Bett in ihrem Gemach und strich versonnen über die weichen Felle, die auf den blütenweißen Laken ausgebreitet waren. Es duftete frisch nach Kräutern und Heidekraut, mit denen man die Binsen versetzt hatte, die den Boden bedeckten, und

Rossalyn musste unwillkürlich daran denken, wie oft sie sich in den vergangenen Jahren solch einen Luxus nur für eine Nacht gewünscht hatte. Wie hatte ihr Leben sich doch verändert! Wenn sie erst mit Duff verheiratet war, würde ihr unzweifelhaft all das zur Verfügung stehen, denn so viel sie mitbekommen hatte, verfügte er über ausgedehnte Ländereien weiter im Süden und war damit auch ein vermögender Mann. Nur der Preis, den sie für diesen Luxus zahlen musste, war hoch. Hätte sie die Wahl gehabt, würde sie jede Erdkuhle, jede verlauste Decke und jeden Regenguss unter freiem Himmel einem weichen Bett vorziehen, so lange sie es mit diesem Mann teilen musste. Aber sie hatte keine Wahl.

Als es leise an ihrer Tür klopfte, dachte sie zunächst, dass das Mädchen, das man zu ihrer Bedienung abgestellt hatte, ihr den Trank bringen würde, um den sie gebeten hatte. Umso überraschter war sie, als sie die Königin erkannte, die den Raum betrat.

Sofort stand sie auf und sank in einen tiefen Knicks.

„Ihr beugt Euer Knie vor mir, Rossalyn? Vor der in Euren Augen unrechtmäßigen Königin von Schottland?" Ein leichtes Lächeln umspielte ihre Mundwinkel als sie näher kam.

„Ich erbiete Euch den Respekt, den Ihr verdient, Eure Majestät."

„Und Ihr habt kein Problem damit, dass ich die

Gemahlin des Mannes bin, der Euch seit Jahren zwingt, mit Eurem Kind durch ganz Schottland vor ihm zu fliehen?"

„Ich erweise Euch den Respekt, den Ihr als Frau verdient, Mylady. Als Frau, die ein ähnliches Schicksal hatte wie ich." Es war allgemein bekannt, dass die Königin nur an den schottischen Hof gekommen war, weil sie bei der Flucht vor Herzog Wilhelm, der es als erster Normanne auf den englischen Thron abgesehen hatte, aus England geflohen war. Margareta war damals etwas jünger gewesen als Rossalyn heute, aber das spielte keine Rolle. Rossalyn konnte sehr gut nachfühlen, wie Margareta damals zumute gewesen sein musste.

„Bitte erhebt Euch, Rossalyn. Darf ich mich setzen?" Rossalyn krauste angesichts dieser Frage die Stirn.

„Es ist Euer Palast, Majestät. Ihr könnt hier tun und lassen, was Ihr wollt. Es bedarf keiner Erlaubnis von mir, wenn Ihr Euch setzen wollt."

Margareta musterte sie lange, dann nahm sie Rossalyns Hände und zog sie neben sich auf das Bett.

„Ihr seid nicht die Frau, als die man Euch bei Hofe immer hinstellt. Die kalte Rebellin, die rücksichtslos zusammen mit ihrem Bruder nach dem Thron meines Gemahls greift." Sie blickte Rossalyn an und die kam nicht umhin, sich ein kleines Lächeln zu erlauben.

„Das erzählt man sich bei Hofe? Nun, es gab einmal

eine Zeit, für die diese Beschreibung stimmte. Aber..."
Sie verstummte, weil sie soeben zugegeben hatte, mit
Mael gegen den König paktiert zu haben. Aber
Margareta schien nicht im mindesten schockiert zu
sein.

„Aber...?"

„Seit Aidan geboren wurde, habe ich eine andere Sicht
auf die Dinge. Meine... Prioritäten haben sich
verschoben. Der Kampf um die Krone dieses Landes ist
nicht mehr meiner."

„Dann erkennt Ihr also den Anspruch meines Gemahls
auf den Thron an?" Überrascht sah Margareta sie an.

„Ich wünsche mir einen König, der dem Land Frieden
und Wohlstand bringt, so dass meine Kinder sorglos
aufwachsen können. Ist Euer Gemahl so ein König?"
Margareta antwortete nicht sofort. Nachdenklich
musterte sie die biblische Szene, die auf einem
Wandteppich abgebildet war. Sie zeigte das Bildnis von
König Herodes, der den Befehl gegeben hatte, alle
Knaben in Jerusalem zu töten, weil er Angst hatte, der
neu geborene König der Juden, Jesus von Nazareth,
könnte ihm den Thron streitig machen.

„Ich denke, mein Gemahl ist kein besserer oder
schlechterer König als seine Vorgänger. Alle haben sie
im Namen der Krone...", sie sah Rossalyn an und
lächelte ebenfalls, „... oder auch aus männlichem Stolz
heraus, gemordet. Ganz gleich, ob sie MacAlpins oder

aus dem Hause Dunkeld waren. Die Entscheidung darüber, wer oder was gut oder böse ist, trifft allein Gott."

„Mylady?" Ungläubig sah Rossalyn die Königin an. Aber die winkte nur ab.

„Wenn mein Gemahl mich hören könnte, stünde ich morgen vor Gericht, und nicht Euer Bruder und dieser O'Shannaig."

Rossalyn zuckte zusammen, als sie Colins Namen hörte. Morgen also. Im Grunde genommen war diese sogenannte Anhörung eine Farce. Sie wusste so gut wie jeder andere, dass das Urteil bereits feststand.

„Fürchtet Ihr um Euren Bruder? Es tut mir leid, Rossalyn, aber ich denke, Ihr wisst so gut wie ich, wie das Urteil lauten wird."

„Mein Bruder hat all das getan, was man ihm vorwirft. Er ist alt genug, die Konsequenzen zu tragen."

Margareta zog die Augenbrauen zusammen.

„Dann ist es dieser O'Shannaig, um den Ihr Euch sorgt?" Ungläubig sah die Königin Rossalyn an.

„Er ist der Einzige, der keines der Verbrechen, die man ihm morgen zur Last legen wird, begangen hat."

Rossalyns Stimme klang fest.

Irritiert rückte Margareta ein Stück zur Seite.

„War er denn nicht im Lager Eures Bruders, als man ihn aufgriff?"

„Aye, er war dort, aber ich versichere Euch, er hat nie,

254

niemals!, mit meinem Bruder gegen Eurem Gemahl intrigiert. Es stimmt, dass er dort war, aber nur, um mich vor Duff McCallum zu warnen. Er..." Rossalyn biss sich auf die Lippe. Durfte sie der Königin vertrauen? Andererseits hatte sie nichts zu verlieren.

„Ich bin nicht Eure Anklägerin, Rossalyn. Ich habe gleich gespürt, dass hinter der Geschichte mehr steckt. Eure Verzweiflung, die Bitterkeit in Euch..." Sie nahm wieder Rossalyns Hand in ihre.

„Ihr liebt ihn?" Die Frage war gleichzeitig eine Feststellung.

„Aye, ich liebe ihn. Und ich würde lieber mit ihm sterben, als Duff McCallum zu heiraten." Sie hatte sich entschieden. Sie würde Margareta alles erzählen. Am Ende würde sie sich das Wort der Königin geben lassen, als Mutter, nicht als Regentin, dass diese sich um Aidan kümmern würde. Und dann würde es für sie nur noch eines zu tun geben.

Colin saß in einer Ecke seines Kerkers und brütete vor sich hin. Das überlegene Grinsen dieses Bastards Duff

McCallum ging ihm nicht aus dem Sinn. Leider hatte er Rossalyn nicht mehr gesehen, seit sie das Lager mit ihm verlassen hatte, und er sorgte sich sehr um sie. Wahrscheinlich würde dieses Monster die Hochzeit nicht auf die lange Bank schieben, womöglich waren sie bereits verheiratet. Nein, nüchtern betrachtet konnte selbst ein so zielstrebiger Mann wie Duff eine Heirat nicht in so kurzer Zeit organisieren. Zumal der König es sich nicht nehmen lassen würde, ihm zum Dank ein großes Fest auszurichten. Ein verzweifeltes Knurren drang aus seiner Kehle. Er konnte nichts, aber auch gar nichts tun, um das zu verhindern! Hätte er sich doch darauf einlassen sollen, von Ferghus befreit zu werden? Wenn er wenigstens die Möglichkeit hätte, Rossalyn zu sagen, dass Aidan in Sicherheit war!

Er sah kaum hin, als sich Schritte näherten.

„Lasst mich in Ruhe mit Eurem stinkenden Wasser und dem verschimmelten Brot. Der König sieht es bestimmt nicht gerne, wenn Ihr mich vor meiner Hinrichtung vergiftet. Dann wäre er um ein sehr vergnügliches Schauspiel...“

„Colin!“ Das war *ihre* Stimme. Himmel! War er schon so verrückt, dass er Stimmen hörte?

„Colin, *mo ghràidh,* ich bin es, Rossalyn.“ Die Tür wurde aufgeschlossen und dann stand sie tatsächlich vor ihm. Er sprang so rasch auf, dass die Kette um seinen Fuß rasselte und die gebrochene Rippe schmerzte, aber er bemerkte den Schmerz nicht einmal. „Rossalyn, was machst du denn hier?" Er riss sie in seine Arme, erwartete keine Antwort, denn wie von selbst pressten sich seine Lippen auf ihre. Sie schlang ihre Arme um seinen Hals und erwiderte diesen Kuss voller Liebe. Er war bittersüß, voller Versprechen, die beide doch nie würden erfüllen können, voller Hingabe, aber auch mit dem Bewusstsein, dass ihnen nicht viel Zeit blieb. Und so schob sie Colin auch nach einem kurzen Augenblick von sich.

„Bitte hör mir zu, wir haben nicht viel Zeit. Die Königin hat mir dieses Treffen ermöglicht, nachdem ich ihr alles erzählt habe."

„Du hast ihr...?" Sie legte ihm einen Finger auf die Lippen.

„Ich bin hier, weil ich dir etwas sagen muss, Liebster. Ich wollte es dir zuerst verschweigen weil... nachdem du deine Tochter verloren hattest, wollte ich nicht, dass du... also, ich dachte, ich würde mit Angus fortgehen, und dich nie wiedersehen, und da wollte ich nicht, dass du..."

Colin küsste sie wieder. „Rossalyn, egal, was es ist, es spielt keine Rolle mehr..."

„Doch, Colin. Ich... bekomme ein Kind. Dein Kind!" Ungläubig schob er sie ein Stück weit von sich. Ihr schönes Gesicht war tränenüberströmt, aber sie lächelte.

„Ich möchte, dass du das weißt, wenn du... also...“ Sie brachte es nicht fertig, über das zu reden, was ihm bevorstand. Aber Colin nahm ihr Gesicht in seine Hände und küsste jede einzelne Träne fort. Seine Augen strahlten vor lauter Liebe für diese tapfere Frau.

„Sag es ruhig, *mo ghràidh*. Wenn ich sterbe, dann mit einem Lächeln auf den Lippen, das schwöre ich dir. Du hast mir gerade das schönste Geschenk gemacht, dass ich jemals bekommen habe.“ Er grinste schief um ihr ihre Befangenheit zu nehmen. „Außer vielleicht dem Einhorn, das Aidan mir gegeben hat.“ Dann fiel ihm etwas ein. „Aber ich habe auch eine gute Nachricht für dich, *Phiseag*.“ Als sie ihn fragend ansah, strich er ihr eine vorwitzige Strähne aus der Stirn.

„Aidan ist in Sicherheit. Ferghus hat ihn aus dem Lager weggebracht. Leider weiß ich nicht, wohin, aber ganz sicher wird er dir so schnell wie möglich eine Nachricht zukommen lassen. Duff kann ihm nichts mehr tun.“ Rossalyn brauchte einen kurzen Augenblick, um zu realisieren, was Colin gesagt hatte. Dann weiteten sich ihre Augen.

„Colin, das ist... ist das wirklich wahr?“

„Schluss jetzt. Ich riskiere hier Kopf und Kragen, nur weil die Königin mich darum gebeten hat, aber nun ist eure Zeit zu Ende. Verabschiedet euch voneinander.“, rasselte die Stimme des Aufsehers durch die Tür. Colin küsste sie noch einmal voller Sehnsucht, dann gab er sie bedauernd frei.

„Ich liebe dich, *mo ghràidh.*", flüsterte Rossalyn.

„Und ich dich, *Phiseag.* Pass gut auf unser Kind auf. Und... erzähl ihm von mir."

„Das werde ich, Liebster. Ich..." Dann erstarb ihre Stimme und sie drehte sich ohne ein weiteres Wort um. Colin sollte nicht sehen, dass sie weinte. Um ihn, um ihre Liebe und die Zukunft, die sie sich so sehr gewünscht hätte. Aber sie war sich mehr denn je sicher, dass das, was sie tun würde, die richtige Entscheidung war.

Rossayln hatte kein Auge zugetan, zu aufgewühlt war sie von der Begegnung mit Colin gewesen. Margareta hatte es ihr, nachdem sie sich alles von der Seele geredet hatte, ermöglicht, Colin noch einmal zu sehen. Ganz Königin hatte sie den Wärter angewiesen, sie zu Colin zu bringen. Dieser hatte zwar zunächst gezögert, aber Rossalyn musste zugeben, dass diese gütige Frau auch ziemlich furchteinflößend sein konnte.

Rossalyn sprang mit dem ersten Licht des Tages aus dem Bett. Gleich darauf musste sie sich am Bettpfosten festhalten, denn ihr wurde schwarz vor Augen. Und dann musste sie sich auch noch übergeben. Nun würde sie ihre Schwangerschaft nicht mehr lange geheim halten können. Aber das war auch gar nicht nötig. Sie hatte der Königin alles erzählt, was diese wissen wollte und ihr das Versprechen abgenommen, sich um Aidan und das ungeborene Kind zu kümmern, wenn es auf der Welt war. Aber auch wenn Margareta nach dieser ungewöhnlichen Bitte sehr wahrscheinlich ahnte, dass Rossalyn etwas im Schilde führte, so hatte sie doch versprochen, Aidan und seine Schwester oder seinen Bruder an den Hof zu holen und unter ihren Schutz zustellen.

Schnell wusch Rossalyn sich und zog sich das Gewand über, das man ihr für diesen Tag bereit gelegt hatte. Ein tiefblaues Obergewand aus feinster Wolle, verziert mit silbernen Borten und Ranken, hing über einem Stuhl, dazu ein Untergewand aus weißem Leinen, ebenfalls mit silbernen Fäden bestickt. Das Blau des Oberkleides passte vorzüglich zu der Farbe ihrer Augen und Rossalyn ahnte, dass die Königin dieses Gewand persönlich für sie herausgesucht hatte. Sie würde heute der Farce beiwohnen, die der König Prozess nannte, und weil die Königin um ihre Gefühle für Colin wusste, wollte sie sicherlich, dass Rossalyn noch einmal so hübsch wie möglich aussah. Für ihn. Für Colin.

Duff hatte ihr gestern noch eine Nachricht zukommen

lassen, dass er sie an seiner Seite wünschte, wenn er der Anhörung Colins beiwohnen würde.

Rossalyn war inzwischen ganz ruhig, fast heiter. Es war so viel leichter, wenn man einmal einen Entschluss gefasst hatte. Und sie fragte sich auch nicht mehr, ob sie das Richtige tat oder nicht.

Wenn du an eine Weggabelung kommst, musst du dich über kurz oder lang für eine Richtung entscheiden, hatte Beithid zu ihr gesagt. Und sie hatte sich entschieden. Und fühlte sich dabei so gut wie schon lange nicht mehr. Und am Ende würde sie zuhause sein, auch das hatte Beithid gesagt. Und sie wusste jetzt, wo das war.

Es gibt nur einen Ort, wo man zuhause sein kann, Nighean. Im Herzen eines anderen Menschen.

Und ihr Zuhause war bei Colin.

Die Tür wurde aufgestoßen und Duff betrat den Raum. Rossalyn wunderte sich über sich selbst, denn auch sein Anblick machte ihr keine Angst mehr.

„Du siehst gut aus, Weib. Es gefällt mir, wenn du dich für mich hübsch machst." Selbstgefällig griff er nach ihrem Arm.

„Aber jetzt müssen wir uns beeilen, sonst sind unsere Plätze besetzt." Er zog sie mit sich auf den Flur.

„Ich bitte Euch, ganz sicher hat der König doch für seinen treuesten Untertanen einen Platz reserviert?"

Irritiert sah Duff sie an. Er war diesen Sarkasmus von

ihr nicht gewohnt. Überhaupt schien sie heute irgendwie anders, entspannter zu sein. Keine Spur mehr von der Angst, die ihn so sehr reizte.

„Zähme deine Zunge, Weib! Sonst gebe ich dir heute Abend etwas, an dem du dir die Zähne ausbeißt." Er lächelte sein unverhohlen grausames Lächeln. „Nicht, dass du es nicht bereuen würdest, wenn du dabei die Zähne einsetzt!"

Aber Rossalyn setzte nur eine unverbindliche Miene auf und folgte ihm.

Der Raum, in dem die Anhörung stattfinden sollte, war kleiner als der Audienzsaal. Rossayln schätzte, dass nur etwa dreißig oder vierzig Leute hinein passten, aber tatsächlich hatte man für sie und Duff Plätze in der ersten Reihe vorgesehen. Sie vermutete, dass Duff dahinter steckte. Er wollte, dass sie es hautnah mitbekam, wenn Mael und Colin vorgeführt und verurteilt wurden. Er wollte sie leiden sehen.

Als Malcolm den Raum betrat, erhoben sich die Anwesenden und sanken auf ein Knie. Nur Rossalyn blieb sitzen und sah Malcolm herausfordernd an. Sie spürte, wie Duff neben ihr erstarrte. Der König, an dessen Seite Margareta ging, blieb kurz irritiert stehen und warf ihr einen unheilvollen Blick zu. Dann aber setzte er sich, ohne den Vorfall zu kommentieren und auch die Anderen nahmen wieder Platz, allerdings war hier und dort aus ihren Reihen ein bösartiges Tuscheln und Zischen zu hören, das eindeutig Rossalyn galt.

Auf ein Zeichen von ihm öffnete sich die Tür und Mael und Colin wurden herein gebracht.

Rossalyns Herz zog sich schmerzhaft zusammen als sie Colin genauer betrachtete. Gestern, im Dunkel des Gefängnisses, hatte sie nicht erkannt, wie schwer verletzt er wirklich war. Er konnte sich kaum aufrecht halten, sein rechtes Auge war zugeschwollen und seine Tunika blutverkrustet. Aber er hatte den Kopf stolz in die Höhe gereckt, als er an den Reihen der Zuschauer vorbei auf den König zuschritt. Mael hinter ihm machte Rossalyn noch mehr Angst. Sie hatte ihren Bruder noch nie so gesehen. Es waren nicht seine Verletzungen, die ihr als erstes auffielen, es war seine Haltung. Er wirkte gebrochen und sah viel älter aus, als er war. Seine Augen waren trüb und hatten jeden Anflug von Stolz verloren. Rossalyn schluckte den Kloß herunter, der in ihrer Kehle hochstieg und wartete ab, was nun geschehen würde.

„Ich habe mich mit dem Kronrat beraten und man legte mir nahe, Euch anzuhören, bevor das Urteil gesprochen wird.", begann Malcolm.

„Nun, was habt Ihr zu Eurer Verteidigung zu sagen? Maelsnectan von Coemgain?"

Gespannte Stille herrschte. Man hatte einen aufmüpfigen Jungspund erwartet, aber der Mann, der da vor Malcolm kniete, war nur ein bedauernswerter

Fehlgeleiteter, beschloss man in diesem Augenblick. „Ich habe Eure Herrschaft nicht anerkannt und werde es auch nicht tun. Aber für meine Schwester bitte ich um Milde." Unruhe entstand im Saal. Dann drehte Mael sich zu Rossalyn um.

„Und ich bitte meine Schwester, mir zu verzeihen. Sie unterstützt meinen Kampf schon lange nicht mehr, aber wegen mir mussten sie und mein Neffe immer wieder vor Euch fliehen. Weil ich Angst hatte, dass sie mich verrät, wenn Ihr sie aufgreift." Lautes Gemurmel entstand und Rossalyn traten Tränen in die Augen. Das war nicht ihr Bruder, der da vor ihr kniete, und im Augenblick wusste sie nicht, ob ihr der kämpferische Mael nicht lieber gewesen wäre. Sie schloss die Augen und ihre Lippen formten lautlos, um was Mael sie gebeten hatte.

Dann wandte Malcolm sich an Colin.

„Und was habt Ihr zu sagen, O'Shannaig?"

Colin hatte Mühe, das Gleichgewicht zu halten, weil seine Hände auf dem Rücken gefesselt waren und er sich vor Schmerzen krümmte, aber dennoch hob er den Kopf und sah seinen König offen an.

„Es stimmt, dass ich im Lager des Mannes gewesen bin, der hier an meiner Seite kniet und den Ihr schon so lange unschädlich zu machen versucht." Ein Raunen ging durch die Reihen. Selbst die, die bis zuletzt von Colins Unschuld überzeugt gewesen waren, zweifelten nun angesichts dieser Worte.

Malcolm ließ sich nicht anmerken, ob ihn dieses nun öffentlich wiederholte Geständnis überraschte oder nicht.

„Und, habt Ihr den Mann neben Euch vor Duff McCallum gewarnt oder nicht?" Die Stimme des Königs war gefährlich ruhig.

„Mein König, ich..."

„Und habt Ihr Euch meinem Befehl widersetzt, als ich Euch nach Northumbria schickte, nur um den Verräter in diesem Unterschlupf aufzusuchen und ihn zu warnen?"

„Mein König, ich...", begann Colin noch einmal, aber Malcolm hob die Hand und gebot ihm so, zu schweigen.

„Mich interessieren Eure Ausflüchte nicht, O'Shannaig. Ich bestätige das Urteil, das der Kronrat und ich für solche Fälle vorgesehen haben." Im Saal herrschte nun Totenstille.

„Ihr werdet morgen bei Sonnenaufgang durch das Schwert gerichtet." Hochrufe brachen aus, aber vereinzelt wurde auch gemurrt. Man hatte auf ein schönes Hängen, Ausweiden und Vierteilen gehofft, aber offensichtlich hatte Malcolm es sich anders überlegt.

Als Malcolm sich erhob und sich anschickte den Raum zu verlassen, stand auch Rossalyn auf, blieb aber stehen, während alle anderen Anwesenden Kopf und Knie beugten.

„Ich möchte noch etwas sagen." Rossalyn war bewusst, dass das ein Affront gegen Malcolm war. Niemand durfte sprechen, wenn der König einen nicht zuvor dazu aufgefordert hatte.

Dieses Mal tolerierte Malcolm diese Unverschämtheit nicht. Er kam drohend auf sie zu, aber Rossalyn ließ sich nicht einschüchtern.

„Lady Rossalyn, ich habe bis jetzt über Eure Unverschämtheit hinweg gesehen. Aber Ihr macht es mir schwer, Euch zu *übersehen!*"

„Ich wüsste nicht, was daran unverschämt sein sollte, wenn ich Euch nicht die Ehre erweise, die ich mir für einen Mann vorbehalte, den ich respektieren kann."

Entsetztes Keuchen erfüllte den Saal und auch Colin blickte sie fassungslos an.

„Was wollt Ihr damit sagen?" Malcolm hatte sich drohend vor ihr aufgebaut und herrschte sie nun an.

„Dass ich mein Knie vor keinem Mann beuge, König oder nicht, der sein Urteil schon gefällt hat, bevor er alle Einzelheiten des Geschehens kennt." Rossalyn sprach ganz ruhig, und das schien sowohl Malcolm als auch Duff aus der Ruhe zu bringen.

„Schweig, Weib!", herrschte Duff sie an, aber sie lächelte nur. „Und ich werde auch keinen Mann heiraten, der mich vergewaltigt hat und mein

Einverständnis erpresst, indem er mir damit droht, meinem Kind, das auch seines ist, etwas anzutun, sollte ich mich weigern." Duff wurde vor Zorn ganz rot im Gesicht, während Malcolm sie mit neuem Interesse musterte.

„Stimmt das, McCallum?", fragte er ruhig.

„Mein König ich... sie hat freiwillig...", stotterte er, aber Rossalyn fiel ihm ins Wort.

„So freiwillig, dass Ihr mir das Kleid vom Leib schneiden musstet?" Sie wandte sich wieder an den König. „Wollt Ihr die Narbe sehen, die ich seit jener Nacht vor sechs Jahren habe?"

„Äh...", verlegen sah Malcolm zu Margareta, die an seiner Seite stand und ihrerseits das Geschehen mit Interesse verfolgte.

„Und ich erweise auch keinem Mann die Ehre, der genau diesen Mann belohnt, während Colin O'Shannaig gerichtet werden soll für etwas, was er nur tat, um mich vor Duff McCallum zu beschützen!" Sie hatte die zahlreichen Zuschauer vergessen, die immer noch die Bänke säumten und sich dieses Schauspiel auf gar keinen Fall entgehen lassen wollten. Und Rossalyn war noch lange nicht fertig. Sie hatte beschlossen, alles dafür zu tun, dass Colin nicht hingerichtet werden würde. Zwei Männer hatten wegen ihr bereits ihr Leben lassen müssen. Sie wollte dieser Liste nicht auch noch einen dritten hinzufügen.

„Ich sehe in Euch nicht den König, den ich mir für Schottland wünschen würde! Ich hatte die Hoffnung, Ihr wäret anders als Eure und meine Vorfahren, damit das Morden im Namen der Krone endlich ein Ende hat. Mein Stiefgroßvater Macbeth tötete Euren Vater woraufhin Ihr ihn und meinen leiblichen Vater ermordet habt. Oder jedenfalls den Befehl dazu gegeben habt. Und zuvor musste schon mein leiblicher Großvater qualvoll in einer Scheune sterben, verbrannt mit fünfzig seiner Männer. Ich kann nicht sagen, ob Macbeth oder Euer Großvater dafür verantwortlich sind, und im Grunde genommen ist das auch ganz egal. Sie alle töteten im Namen der Krone, die jetzt auf Eurem Haupt sitzt. So viel Schuld, so viele Tote auf beiden Seiten. Ich hatte die törichte Hoffnung, Ihr wäret ein König der mutig genug ist, diesem Morden und Sterben ein Ende zu setzen, indem er Gerechtigkeit walten lässt." Sie befeuchtete ihre Lippen, bevor sie fortfuhr.

„Stattdessen lerne ich Euch als einen Mann kennen, den die Wahrheit nicht interessiert und der sich nicht einmal die Gründe anhört, warum einer seiner Männer, der immer treu zu ihm gestanden hat, so handelte, *wie* er gehandelt hat." Sie holte Luft und ignorierte, dass Malcolm sie völlig entgeistert anstarrte.

„Stattdessen belohnt Ihr den Mann, der es vor sechs Jahren vorzog, mich zu vergewaltigen, statt meinen Bruder zu ergreifen, wie Ihr es ihm befohlen habt. Irre ich mich, oder hat er damit genauso Euren Befehl missachtet wie der Mann, der nun deswegen sterben soll? Warum belohnt Ihr den Einen für etwas, für das Ihr den Anderen zum Tode verurteilt?" Inzwischen liefen Rossalyn Tränen über die Wangen.und sie zitterte vor Anspannung.

„Stimmt das, McCallum?", wandte Malcolm sich an Duff..

„Äh, nay, Majestät. Ich..."

„Doch, es stimmt!", ließ sich nun Maels Stimme hören. „McCallum hatte mich bereits so weit in die Enge getrieben, dass es ein Leichtes gewesen wäre, mich zu überwältigen. Aber dann sah er meine Schwester und stürzte sich auf sie. Ich nutzte den Moment und floh... Ohne ihr zu helfen.Und dafür schäme ich mich heute zutiefst." Mael hatte den Blick gesenkt, aber seine Stimme war laut und deutlich. Dann sah er Rossalyn an. „Und auch dafür entschuldige ich mich, Schwester. Ich habe unendliches Leid über dich gebracht und meine Feigheit verfolgt mich bis heute. Ich habe es dir nie gesagt, aber ich schickte dich immer wieder weg, weil ich es nicht ertragen konnte, durch dich und Aidan immer wieder daran erinnert zu werden, wie feige ich damals gewesen bin."

„Mael..." Rossalyn trat einen Schritt auf ihn zu und legte ihm ihre Hand auf die Schulter.

„Mael, wie könnte ich dir nicht verzeihen, denn durch

diese schreckliche Tat habe ich Aidan bekommen. Er ist mein Sonnenschein, der Grund, warum ich noch lebe und...", sie sah Malcolm an, „...und ich sterbe lieber, als den Mann zu heiraten, der aus ihm sein Abbild zu formen versucht!"

Rossalyn blickte Margareta an. „Ich habe die Königin gebeten, sich seiner anzunehmen, wenn Ihr Euer Urteil über mich fällt, denn mein Bruder und ich sind die Einzigen, die eine Anklage wegen Hochverrats verdienen. Und wenn Ihr mich jetzt zum Tode verurteilt, dann sterbe ich mit erhobenem Haupt, so wie der Mann, den ihr ebenfalls hinrichten lasst und der das alles aus Liebe zu mir tat. Ich bitte Euch nicht um Gnade für mein Leben, nur bitte ich Euch, die Geburt des Kindes abzuwarten, das ich unter dem Herzen trage. Es kann nichts dafür, dass seine Eltern unglücklicherweise darauf vertrauten, dass der König des Landes, das wir alle so lieben, ein gerechter, vorurteilsfreier Mann ist."

Der Tumult, der daraufhin ausbrach, überraschte selbst Rossalyn. Jemand packte sie am Arm und zog sie mit sich, gleichzeitig zerrte man auch Colin und Mael aus dem Raum, während die anwesenden Mitglieder des Hochadels sie beschimpften. Einige brachen in Hochrufe auf den König aus, wieder andere bespuckten sie, aber alles, was sie wahrnahm, war Colins entsetztes Gesicht. Sie lächelte ihm zu, wollte stark erscheinen, aber stattdessen hatte sie Angst. Schreckliche Angst. „Ich liebe dich, *mo ghràidh*.", flüsterte sie ihm hinterher, als er aus ihrem Blickfeld entschwand.

Man brachte Rossalyn nicht wieder zurück in das Gemach, das sie bis dahin bewohnt hatte. Stattdessen sperrte man sie nun ebenfalls in eine dunkle, feuchte Gefängniszelle. Da saß sie nun und konnte an nichts anderes denken, als an Aidan und Colin. Sie hoffte, wenigstens ihren Sohn noch einmal sehen zu können, bevor man sie hinrichtete. Zwar würde es noch einige Monate dauern, bis ihr Kind geboren wurde, aber es war ganz und gar nicht sicher, dass man ihr erlaubte, die Zeit bis dahin in einem Kloster zu verbringen. Oder überhaupt auch nur, bis zur Geburt am Leben zu bleiben. Und dass man ihr gestattete, Aidan zu sehen, war ebenfalls nicht sicher. Ihr einziger Trost war es, dass Margareta sich um ihn kümmern würde, wenn sie... nun, wenn sie tot war. Dieser Aussicht musste sie sich stellen. Sie hatte das Risiko gekannt, das sie einging, als sie Colin verteidigte. Aber es fühlte sich immer noch richtig an, was sie getan hatte. Auch wenn sie ein anderes Ergebnis vorgezogen hätte.

Rossalyn verlor hier in der vollkommenen Dunkelheit jegliches Zeitgefühl. Wenn sie davon ausging, dass man ihr einmal am Tag etwas zu essen brachte, dann mochten wohl inzwischen zwei Tage vergangen sein. Dann wäre Colin bereits tot. Sie hatte keine Schritte oder andere Geräusche gehört, die darauf schließen ließen, dass man ihn fortgebracht hatte, aber andererseits wusste sie noch nicht einmal genau, in welchen Teil des Kerkers man sie gebracht hatte. Also war es gut möglich, dass sie hier gar nichts von dem mitbekommen würde, was draußen vor sich ging.

Sie erschrak, als die Tür mit einem lauten Knarren geöffnet wurde. Bisher hatte man ihr ihr Essen immer durch eine schmale Öffnung in Augenhöhe gereicht, aber nun betrat jemand die Zelle. Rossalyn blinzelte gegen die plötzliche Helligkeit an, die die Fackel in den dunklen Raum brachte.

„Komm schon, der König will dich sehen." Der untersetzte Wärter, den sie schon vor ein paar Tagen vor Colins Zelle gesehen hatte, bedeutete ihr, ihm zu folgen. Ein wenig schämte sie sich für ihr Aussehen. Sie hatte sich seit Tagen nicht mehr gewaschen und ihr Haar hing ihr strähnig ins Gesicht. Ihr einstmals schönes Kleid war schmutzig und zerknittert, aber sie hatte keine Wahl. Im übrigen war es lächerlich, sich um sein Aussehen zu sorgen, wenn man dem Tod ins Auge sehen musste.

Zu ihrer großen Überraschung führte man sie aber nicht direkt zu Malcolm, sondern in ihr einstiges Gemach. Dort hatte man einen Badezuber aufgestellt und das Wasser duftete herrlich nach Rosen. Auf einem kleinen Tischchen stand ein Becher mit Wein und eine Platte mit kaltem Fleisch und Käse. Rossalyn lief das Wasser im Mund zusammen und sie verdrängte den Gedanken, dass das ihre Henkersmahlzeit sein könnte.

Das Mädchen, das ihr schon vor ein paar Tagen zur Hand gegangen war, kam schüchtern herein und half ihr, sich auszuziehen und ihre Haare in dem Zuber zu waschen. Unter normalen Umständen hätte sie es genossen, sich so verwöhnen zu lassen, aber die Ungewissheit, was Malcolm nun entschieden hatte, vergällte ihr die Freude. Immerhin sah sie nach einiger Zeit präsentabel aus. Das Kleid, das man ihr dieses Mal herausgelegt hatte, war aus grauer Wolle, mit dezenter Stickerei am Halsausschnitt und am Saum und Rossalyn fühlte sich so gleich viel sicherer.

So schritt sie fast erleichtert, dass die quälende Ungewissheit über ihr Schicksal in wenigen Augenblicken ein Ende haben würde, hinter dem Mädchen her zu einem Raum, den sie noch nicht kannte. Die Tür wurde geöffnet und Rossalyn trat gefasst ein.

Erstaunt sah sie sich um. Das hier war ganz sicher kein offizieller Empfangsraum. Der Raum war klein und gemütlich, der Boden war mit Flechtmatten bedeckt und in dem kleinen Kamin brannte ein wärmendes Feuer. An der gegenüberliegenden Wand stand ein Schreibtisch, auf dem sorgfältig aufgeschichtete Pergamente lagen. Davor standen zwei prachtvoll mit Schnitzereien verzierte Stühle.

Rossalyn stand unsicher mitten im Raum. Sie hatte gedacht, Malcolm würde sie in den Saal bringen lassen, in dem auch die Anhörung stattgefunden hatte. Oder sogar in den riesigen Audienzsaal, aber das hier war ein sehr... privater Raum.

Als sie hörte, wie sich die Tür in ihrem Rücken öffnete, versteifte sie sich.

„Rossalyn." Das war die Stimme der Königin.

Überrascht drehte sie sich um.

„Majestät, ich dachte..." Dann besann sie sich und versank in einen tiefen Kniefall.

„Bitte Rossalyn, erhebt Euch. Ich habe Euch herbringen lassen, weil ich mit Euch reden möchte, bevor Ihr meinem Gemahl gegenüber tretet." Sie deutete auf einen Stuhl und Rossalyn setzte sich. Allerdings nur auf die Kante, weil ihr nun doch ein wenig unwohl war.

„Man sagt, ich hätte einen mäßigenden Einfluss auf den König.", begann Margareta.

„Ich habe mich wirklich bemüht...", sie lächelte

Rossalyn an.

„Ich danke Euch, Mylady, aber...“

„Ihr dankt mir, bevor Ihr wisst, was ich Euch zu sagen habe?“

„Ich danke Euch unabhängig von dem Ergebnis, Mylady. Dafür, dass Ihr Euch für mich eingesetzt habt.“

„Warum habt Ihr das getan? Ich meine, warum habt Ihr den König mit Eurer Rede so erzürnt? Warum habt Ihr nicht einfach nur diesen Colin O'Shannaig verteidigt, ohne meinen Gemahl vor all diesen hohen Würdenträgern anzugreifen?“

„Weil... mir hat einmal eine weise alte Frau prophezeit, dass... nun, dass mein Lebensweg lang und schmerzvoll sein würde, ich aber am Ende mein Zuhause finden würde. Ich habe mein Zuhause gefunden. Es ist bei Colin, ganz gleich, wo er ist. Ich hatte gehofft, wenigstens sein Leben retten zu können, aber es scheint, als hätte ich versagt.“ Unbewusst griff Rossalyn sich ans Herz, weil es zu stechen begonnen hatte. „Aber ich habe darüber hinaus jedes Wort so gemeint, Majestät. Und ich werde keines davon zurücknehmen!“

Nachdenklich goss Margareta sich etwas Wein ein und nahm einen Schluck, bevor sie fragte: „Rossalyn, sagt mir: Könntet Ihr Euch dazu durchringen, meinem Gemahl zu schwören, dass Ihr nie wieder etwas unternehmt, das gegen ihn oder seinen Anspruch auf den Thron gerichtet ist?"

„Das kann ich guten Gewissens, Mylady. Ich habe der Gier nach Macht schon lange abgeschworen." Tränen traten in ihre Augen. „Seit mein Sohn geboren wurde, hat sich viel für mich geändert."

„Und wärt Ihr auch gewillt, Euren Sohn, wenn er alt genug ist, an unseren Hof zu schicken, um ihn zu einem Ritter des Königs ausbilden zu lassen? Und auch das Kind, das Ihr tragt, sollte es ein Junge werden?" Erstaunt und gleichzeitig verwirrt sah Rossalyn die Frau an, die ihr gegenüber an dem Tisch saß. Die Königin hatte doch versprochen, sich um Aidan zu kümmern? Also würde er doch ohnehin am Hof erzogen...

„Ich verstehe nicht...."

„Denkt darüber nach, Rossalyn, über alles. Ich bringe Euch jetzt zum König." Damit stand sie auf und beide Frauen gingen schweigend durch die dunklen Flure bis sie vor dem Raum standen, den Rossalyn schon kannte. Ein livrierter Diener öffnete die Tür und verbeugte sich tief, als die Königin an ihm vorbei ging.

Malcolm saß schon auf der etwas erhöhten Empore und diktierte einem Schreiber etwas, sah aber auf, als die beiden Frauen den Raum betraten. Margareta ging zu ihm und setzte sich auf den freien Stuhl an seiner Seite. Unsicher blieb Rossalyn stehen, aber dann entschied sie sich, den König nicht noch einmal zu erzürnen. Sie wollte nicht, dass sich Malcolms Zorn womöglich wegen ihrer Halsstarrigkeit auf Aidan übertrug, und versank in einen tiefen Knicks.

„So geläutert, Lady Rossalyn? Hattet Ihr nicht gesagt, Ihr beugt Euer Knie vor keinem Mann, den die Wahrheit nicht interessiert?", spottete der König, aber seine Stimme klang hart.

Rossalyn hielt es für besser, nichts darauf zu sagen und schwieg.

„Erhebt Euch. Habt Ihr Eure Stimme verloren? Ich erinnere mich noch ziemlich gut daran, dass Ihr sehr laut und sehr unverschämt sprechen könnt, meine Liebe." Wieder war keine Emotion in seiner Stimme zu erkennen.

„Wenn Ihr die Wahrheit als Unverschämtheit bezeichnet, dann stimme ich Euch zu. Laut wurde ich nur, weil ich... nun, es ist nicht leicht mitansehen zu müssen, wie der Mann, den man liebt, zu Unrecht verurteilt wird." Rossalyn sprach ruhig und gefasst. Sie wollte den König nicht schon wieder gegen sich aufbringen, aber sie wollte auch nicht lügen.

„Ihr sagtet bereits, dass Colin O'Shannaig Gründe dafür hatte, so zu handeln, wie er es tat. Bleibt die Tatsache, dass er sich meinem Befehl widersetzt hat und Euch und Euren Bruder vor Duff McCallum gewarnt hat!" Seine Stimme war lauter geworden und nun legte Margareta für einen kurzen Augenblick ihre Hand auf seinen Arm.

„Mit Verlaub, Majestät, Colin war in dem Lager meines Bruders um *mich* zu warnen. Und zwar nicht vor Euch, sondern vor dem Mann, dem ich die schlimmsten Stunden meines Lebens verdanke!"

Malcolm musterte sie eine Weile, aber Rossalyn hielt seinem Blick stand.

„Sei es drum, Ihr habt Euren Standpunkt laut und deutlich, und vor allem vor all diesen hohen Würdenträgern meines Hofes!, kund getan. Ich kann Euch also nicht ungestraft davonkommen lassen, Lady Rossalyn."

„Das ist mir bewusst, Majestät." Rossalyn hatte nun doch die Augen gesenkt und hielt den Atem an.

„Wenn Ihr einen letzten Wunsch hättet, was würdet Ihr Euch wünschen, Mylady?" Malcolm hatte sich wieder beruhigt und lehnte sich in seinem Stuhl zurück.

„Einen... letzten Wunsch?" Rossalyns Herz pochte. Das hieß also...

Aber was sollte sie sich wünschen? Dass es schnell vorbei sein würde? Colin noch einmal zu sehen? Doch der war vermutlich schon tot.

„Aidan.", sagte sie dann mit erstickter Stimme. „Ich würde mir wünschen, meinen Sohn noch einmal zu sehen. Und...", ihre Stimme zitterte und Tränen liefen ihr jetzt unaufhörlich die Wangen hinab, „... ich würde ihm sagen, wie sehr ich ihn liebe und ihn bitten... mir

zu verzeihen, dass er nun ohne mich aufwachsen muss, weil... ich aus Liebe tat, was mich nun das Leben kostet. Und ich würde ihn bitten, Euch zu verzeihen für das Urteil, das Ihr über mich fällen werdet. Ich möchte nicht, dass sein Hass auf Euch so groß ist, dass das Morden im Namen der Krone immer weiter geht."
Eine Weile herrschte Stille.

„Und würdet Ihr nicht auch den Mann noch einmal sehen wollen, für den Ihr all das getan habt?" Das war die Stimme der Königin.

Rossalyn blickte auf. Durch den Tränenschleier vor ihren Augen sah sie die Königin lächeln.

„Ich werde ihn wiedersehen, Mylady. Ich glaube ganz fest daran. Wenn ich... auch da bin, wo er jetzt ist... zuhause." Rossalyn versagte die Stimme.

Margareta legte Malcolm erneut die Hand auf den Arm.

„Ich glaube, jetzt ist es gut, mein Gemahl. Ihr hattet Eure kleine Rache und jetzt beweist ihr und mir, dass die Vorwürfe, die sie Euch gemacht hat, nicht stimmen." Sie nickte erst dem König, dann Rossalyn zu.

Malcolm sah die junge Frau, die da vor ihm stand, noch eine Weile stumm an. Nichts erinnerte mehr an die unverschämte, kampfbereite Prinzessin von Moray. Vor ihm stand eine liebende Frau und Mutter, ängstlich im Hinblick auf das Urteil, das sie gleich aus seinem Mund erwartete, aber auch gefasst und mit sich selbst im

Reinen. Er
winkte einem Diener zu und der öffnete die Tür, durch
die Rossalyn wenige Augenblicke zuvor eingetreten
war. „Ma,
Ma!" Ein kleiner, dunkelhaariger Blitz schoss auf sie zu
und klammerte sich schluchzend an ihre Beine.
Ungläubig schaute Rossalyn von Aidan zum König,
dann zur Königin.
„Aidan, *mo ghraìdh bheag*, wo kommst du denn her?"
Sie kniete neben ihrem Sohn nieder, drückte und küsste
ihn, schluchzte und lachte gleichzeitig.
„Ferghus hat mich hierher gebracht. Aber vorher hat er
mich geklaut!" Jetzt wurde es ihm doch zuviel, dass
seine Mutter ihn mit so vielen feuchten Küssen
bedachte. Er wischte sich über die Wangen.
„Bäh, lass das. Ich bin groß, da macht man so was
nicht!"
Rossalyn strich ihm über das dichte Haar, das wie
immer zerzaust in alle Richtungen stand.
„Ma, weißt du was toll ist?"
„Was denn, mein Liebling?" Sie konnte sich an seinem
Gesicht nicht sattsehen und versuchte, sich seine Züge
einzuprägen um sie immer vor Augen zu haben, wenn...
„Also, ich find' das Reisen ja nicht so gut, aber der
da...", er zeigte mit dem Finger auf Malcolm und
Rossalyn erstarrte vor Schreck ob dieser respektlosen
Geste, „... also der König da sagt, wir müssen nochmal

weg. Aber dann müssen wir nie wieder weg!"

Rossalyn sah fragend zu Malcolm und Margareta. Der König betrachtete die Szene wie ein interessierter Zuschauer während Margareta lächelte.

„Ich verstehe nicht..."

„Und Ma, der da...", nicht schon wieder, betete Rossalyn, aber Aidan ließ sich nicht beirren, „...sagt, Colin kommt mit. Also wenn er will."

Rossalyns Herz klopfte wie wild. Was hatte Aidan da gesagt? Bestimmt hatte der Junge sich verhört?

„Aidan, das hast du falsch verstanden..."

„Nein, hat er nicht, *Phiseag!*" Unbemerkt war Colin hinter sie getreten. In der Freude, Aidan wiederzusehen hatte sie gar nicht bemerkt, dass noch eine weitere Person eingetreten war.

„Colin!" Rossalyn sprang auf und umarmte den geliebten Mann so fest, dass er aufstöhnte.

„Meine Rippe, Liebes. Nicht, dass ich doch noch zu Tode komme. Dem Schwert entkommen, durch das Weib gerichtet!" Er grinste sein schiefes Grinsen und küsste sie sanft auf den Scheitel.

Rossalyn wandte sich an Malcolm.

„Ich verstehe nicht, Majestät..."

„Nun, Ihr seid ein aufmüpfiges, stolzes Weib, Eure Worte treffen besser als der schärfste Dolch. Die Königin hat mir vorgehalten, dass Ihr in manchen Dingen recht habt, Lady Rossalyn. Ihr und Euer Bruder seid die Letzten, die einen, wenn auch weit hergeholten, Anspruch auf meinen Thron geltend machen könnten." Er zeigte auf Aidan. „Und natürlich Euer Sohn und die Kinder, die Ihr noch bekommen werdet." Dann lehnte er sich etwas vor und winkte Aidan zu sich.

„Wir haben uns etwas unterhalten, Lady Rossalyn, und Euer Sohn hat mir versprochen in meine Dienst zu treten und einer meiner Ritter zu werden, wenn er alt genug dazu ist, nicht wahr, Aidan?"

„Aye, Ma, das werde ich. Er... der König ist nämlich eigentlich ganz nett."

Jetzt konnte Malcolm sich ein Grinsen nicht mehr verkneifen.

„Die Mitglieder deiner Familie haben mir schon viele Eigenschaften angedichtet, Junge, aber... *ganz nett* war bisher noch nie dabei!"

„Bist du aber, König." Aidan versuchte einen tiefen Diener, der allerdings etwas schief geriet.

„Und nun zu euch beiden." Malcolm wandte seine Aufmerksamkeit wieder Colin und Rossalyn zu.

„Ich habe mir Eure Worte zu Herzen genommen und einige meiner Männer zu Colin O'Shannaigs Gesinnung befragt. Und da mir niemand bestätigen konnte, dass er jemals etwas gegen mich oder die Krone unternommen hat - was im übrigen auch Euer Bruder bestätigte - habe ich mich entschlossen, das Todesurteil, sagen wir, so lange außer Kraft zu setzen, wie Ihr außer Landes seid."

Rossalyn sah verständnislos von Colin zu Malcolm und dann zur Königin.

„Verbannung." Colin half ihr dabei, die Worte des Königs zu entschlüsseln.

„Verbannung?"

„Aye, ich verbanne Euch und Colin aus Schottland. Solltet Ihr je wieder einen Fuß in dieses Land setzten, werden alle Urteile an Euch vollstreckt, so, wie sie vor Tagen gefallen sind." Er sah Rossalyn an und winkte beiläufig mit der rechten Hand. „Oh, Lady Rossalyn, Ihr seid übrigens auch zum Tode verurteilt worden."

Rossalyn wurden die Knie weich und Colin stützte sie.

„Aber..." Sie konnte nur flüstern, so trocken war ihr Mund.

„Ich verbanne Euch und Colin O'Shannaig aus Schottland. Ihr dürft erst dann wieder zurückkehren, wenn ich es Euch ausdrücklich erlaube." Er lehnte sich zufrieden in seinem Stuhl zurück.

„Eine Eskorte wird Euch bis an die Landesgrenze begleiten. Ich will sicher sein, dass Ihr dieses Weib vor sich selber und mich vor ihr schützt, indem Ihr sie außer Landes bringt, O'Shannaig! Ihr reist in zwei Tagen ab." Dann winkte er mit der rechten Hand dem Diener, der daraufhin die Tür öffnete. Die Unterredung war beendet.

Colin legte einen Arm um Rossalyn, nahm Aidan an die andere Hand und ging zur Tür. Es kam einem Wunder gleich, dass die Sache so ausgegangen war und er wollte lieber heute als morgen den Hof verlassen. Nur für den Fall, dass Malcolm es sich vielleicht doch noch einmal anders überlegen würde.

Verbannung, das bedeutete, das Land, in dem er aufgewachsen war, das seine Heimat war und für das er in unzähligen Schlachten gekämpft hatte, verlassen zu müssen. Und das galt auch für Rossalyn, wenn sie auch auf verschiedenen Seiten gestanden hatten. Aber so sehr ihn diese Aussicht auch schmerzte, bei Rossalyn sein zu können, ihr gemeinsames Kind zusammen aufwachsen zu sehen und Aidan der Vater sein zu können, den er sich so sehr wünschte, das wog diesen Verlust mehr als nur ein wenig auf.

„Ach, ich vergaß: Es ist ja alles schon vorbereitet für die Hochzeit von Lady Rossalyn und Duff McCallum. Nun, McCallum ist verhindert. Er wird sich in nächster Zeit für sein Verhalten vor dem Kronrat rechtfertigen müssen. Aber es wäre doch schade, wenn all die Vorbereitungen vergeblich gewesen wären?" Malcolm rief die beiden noch einmal zurück.

„Wie wäre es, wollt Ihr nicht einspringen, O'Shannaig?"

Rossalyn glaubte, sich verhört zu haben. Auch Colin brauchte einen kurzen Augenblick, dann nickte er

Malcolm zu und sank, durch die schmerzende Rippe weniger elegant als es ihm vorgeschwebt hatte, vor Rossalyn auf ein Knie.

„Du bist die tapferste, mutigste und schönste Frau, der ich je begegnet bin. Wenn du glaubst, dass du mit mir auch woanders als in Schottland leben könntest, dann frage ich dich: Willst du meine Frau werden, *Phiseag*?"

Rossalyn lachte, weinte, schluchzte und küsste Colin, alles gleichzeitig.

„Weißt du, was die alte Beithid mir einmal gesagt hat?" Als Colin den Kopf schüttelte, nahm Rossalyn seine Hände in ihre.

„Es gibt nur einen Ort, wo man zuhause sein kann, Nighean. Im Herzen eines anderen Menschen. Keine Burg, kein Dorf, kein Land kann dir Zuflucht sein, wenn dein Herz einsam ist. Du bist mein Zuhause, Colin, ganz egal, wohin es uns verschlägt."

„Ich denke, das ist ein Ja, O'Shannaig!"

Zufrieden nickte Malcolm seiner Königin zu.

Epilog

„Ma, werden wir auch die Königin sehen, wenn wir in Perth sind?" Die siebenjährige Gara rutschte unruhig vor ihrem Vater im Sattel hin und her.

„Aye, mein Schatz, wir werden sie und König Malcolm ganz bestimmt treffen. Sie haben uns eingeladen dabei zu sein, wenn dein Bruder bei Hofe in den königlichen Dienst aufgenommen wird." Rossalyn schaute zu Aidan hinüber. Mit seinen dreizehn Jahren sah er bereits sehr erwachsen aus. Ernst und stolz saß er auf dem prächtigen Pferd, das Colin ihm geschenkt hatte, als sie den Ruf an den schottischen Königshof erhalten hatten. Rossalyn und Colin waren nach ihrer Hochzeit zunächst nach England gegangen, aber die Zeiten für Schotten in diesem Land waren hart und so hatten sie sich entschieden, auf dem Kontinent ihr Glück zu versuchen. Frankreich war seit jeher ein enger Verbündeter Schottlands und Colin hatte schon bald nach ihrer Ankunft eine Stellung bei Hofe gefunden. Rossalyn betrachtete ihren Gemahl und war sehr stolz. Colin hatte als einfacher Soldat angefangen. Sehr schnell hatte man allerdings erkannt, dass seine

Ausbildung und seine Übersicht im Kampf ihn zu Höherem befähigten. Nachdem er den Hauptmann der königlichen Wache in einem Übungskampf besiegt hatte, war man auf ihn aufmerksam geworden. Schnell hatte er den Sprung in die königliche Garde geschafft und sich selbst bis zum Hauptmann hochgearbeitet. Aber auch wenn er Bauer oder einfacher Stallbursche geworden wäre: Sie liebte diesen Mann, der ein hingebungsvoller Vater und ein liebender Gemahl war, und doch Schotte durch und durch geblieben war. Und so hatten sie sich mit Aidan, der siebenjährigen Gara und dem fünfjährigen Angus aufgemacht, ihre alte Heimat zu besuchen. Colin hatte noch immer Sehnsucht nach diesem wilden, rauen Land, wenn er es auch nicht gerne zugab. Er hegte die stille Hoffnung, dass Malcolm es ihnen nach so langer Zeit endlich wieder erlauben würde, hier zu bleiben.

„Werde ich auch einen der Prinzen kennenlernen?" Gara träumte seit langem davon, dass sie eines Tages einen Prinzen heiraten und dann später Königin werden würde.

Colin küsste seine Tochter auf den Scheitel. „Du wirst die Königin, den König und vielleicht auch die Prinzen kennenlernen." Er sah Rossalyn an. „Deine Mutter hat der Königin oft geschrieben, sie ist nämlich eine kluge Frau und kann schreiben!" Er zwinkerte seiner Gemahlin zu. „Sie hat versucht, es mir beizubringen, aber ich bin einfach zu dumm."

„Ich will das auch nicht lernen.", krähte der fünfjährige Angus. „Wenn ich groß bin, dann werde ich auch ein Ritter. Da muss man das nicht können. Nur reiten und mit dem Schwert kämpfen." Stolz sah er seinen Vater an. „Und reiten kann ich schon." Dann wandte er sich an seinen Bruder: „Hast du gar keine Angst vor dem König, Aidan?"

„Nein, kleiner Bruder, der König ist ein gerechter Mann. Er ist...", Aidan sah seine Mutter, dann Colin an, „.. ein Freund von unseren Eltern."

Eine Weile ritten sie durch die blühende Heidelandschaft, die jetzt, im Herbst besonders prächtig anzusehen war. Rossalyn und Colin ritten in stillem Einvernehmen nebeneinander her. Sie blendeten das Gezanke ihrer beiden jüngeren Kinder aus und genossen es, durch ihre Heimat zu reiten, zu sehen, zu riechen und die schottische Sonne zu spüren, die sich ausnahmsweise zeigte.

„Colin, ich möchte Maels Grab besuchen."

„Ich weiß, *Phiseag*, ich habe es dir versprochen. Wir werden dorthin reiten, sobald wir es einrichten können."

„Meinst du, er hat seinen Frieden gefunden dort im Kloster?"

„Nachdem Malcolm auch ihn begnadigt hatte, hat er ihn doch darum gebeten, ins Kloster eintreten zu dürfen. Ich bin sicher, er hat sich das gut überlegt. Ich glaube wirklich, er hat vieles bereut."

„Ich habe mir nie vorstellen können, dass Mael... also er war nie besonders fromm. Um ehrlich zu sein, war er... er hing noch dem alten Glauben unserer Vorfahren an. Die Pikten...."

„...hatten ihre eigenen Götter, ich weiß. Aber die Zeiten ändern sich. Margareta hat viele Klöster gegründet. Der römisch-katholische Glauben hat den des Heiligen Columban verdrängt. Und Mael...", Colin nahm Rossalyns Hand und drückte sie, „... Mael war zuletzt anders. Ich hatte das Gefühl, er hat wirklich bereut, was er dir angetan hat. Du hast mir erzählt, dass die Königin ihn oft im Kloster besucht hat."

„Ja, wahrscheinlich hast du recht. Ich hoffe, er hat nun den Frieden gefunden, den er sich gewünscht hat."
Nach einer Weile sagte Colin: „Und ich möchte Ferghus wiedersehen. Wenn er nicht gewesen wäre..."
„Ja, wir können ihm gar nicht genug danken! Die Königin hat mir berichtet, dass er inzwischen ebenfalls verheiratet ist und auch Kinder hat. Zwillinge, wenn ich mich richtig erinnere."
Eine Weile genossen sie nur die Landschaft und den Wind, der aufkam und so typisch für ihre Heimat war. Dann schaute Rossalyn zu Gara und Angus hin, die gerade darum stritten, ob der schottische Himmel blauer war als der französische.

„Kinder, bitte, kein Himmel kann so blau sein wie der Schottische! Nirgendwo riecht es besser, nirgendwo sind die Monroes höher, die Glens lieblicher als in..."
„Schottland!", vollendete Colin ihren Satz.
„Meinst du, wir können hier bleiben?" Sehnsucht klang in Rossalyns Stimme. Sie erwartete wieder ein Kind, hatte es Colin aber noch nicht gesagt. Sie hoffte, dass dieses das erste von Colins Kindern sein würde, das auf schottischem Boden das Licht der Welt erblickte. Und sie hätte nichts dagegen, wenn dem noch weitere folgen würden.
„Weißt du noch, was du damals gesagt hast, als Malcolm uns verbannt hat?" Liebevoll sah Colin sie an.
„„*Es gibt nur einen Ort, wo man zuhause sein kann, Nighean. Im Herzen eines anderen Menschen. Keine Burg, kein Dorf, kein Land kann dir Zuflucht sein, wenn dein Herz einsam ist.*", zitierte er. Dann beugte er sich zu ihr hinüber und flüsterte ihr ins Ohr.
„Dem stimme ich zu, *Phiseag*. Damals wie heute, *mo cridhe*. Ich habe Schottland immer geliebt, liebe es heute vielleicht noch mehr als vorher. Aber am meisten liebe ich dich. Und daher ist mein Zuhause da, wo du bist."

Liebe Leserin, lieber Leser!

Nach „Das verbotene Begehren des Highlanders" ist dies nun mein zweiter Roman, der in Schottland spielt. Bei meinen Recherchen zur Geschichte des Landes und auf der Suche nach einem historischen Umfeld, in das ich die Geschichte einpassen konnte, stieß ich auf Lulach, wohl einen der am wenigsten bekannten schottischen Könige. Das bietet einem Autoren viel dichterische Freiheit, denn man hat wenig geschichtliche Vorgaben, an die man sich zu halten hat. Andererseits möchte ich aber den Protagonisten auch nicht zu nahe treten, wenn ich ihnen Charaktereigenschaften unterstelle, die sie vielleicht gar nicht gehabt haben!
Alles, was ich zu den geschichtlichen Hintergründen geschrieben habe, ist jedoch historisch belegt. Lulach hatte wirklich zwei Kinder, Maelsnectan und eine Tochter, deren Name manchmal mit Tùl oder Olith von Moray angegeben wird. Ich habe sie Rossalyn genannt. Über sie ist nichts weiter bekannt, als dass sie um 1058 geboren und etwa 1097 in Fife, Schottland gestorben ist. Sie soll vier Kinder gehabt haben.
Über ihren Bruder ist ebenfalls nicht viel bekannt. Unterschiedliche Quellen berichten, dass er noch einige Zeit nach dem Tod seines Vaters gegen Malcolm

gekämpft hat. Andere Quellen dagegen behaupten, er sei sofort in ein Kloster eingetreten. Sicher ist nur, dass er 1085 tatsächlich in einem Kloster verstorben ist.

Der Kampf um den schottischen Thron hat dagegen so stattgefunden, wie ich ihn beschrieben habe. Kein König in dieser Zeit hat seinen Thron als alter Mann aufgegeben. Alle wurden ermordet oder in einer Schlacht getötet. Auch Malcolm III starb am 13. November 1093 zusammen mit seinem Sohn Edward in einer Schlacht bei Alnwick durch die Hand eines Verwandten.

Seine zweite Frau Margareta soll vor Kummer kurz nach Erhalt der Todesnachricht, ebenfalls verstorben sein.

1251 wurde sie von Papst Innozenz IV heilig gesprochen. Sie war und ist bis heute die einzige Heilige aus einer schottischen Königsfamilie. Belegt ist auch, dass sie tatsächlich einen mäßigenden Einfluss auf ihren aufbrausenden Gemahl gehabt hat, was mich zu dem Ende des Buches inspiriert hat. Mir hat es gefallen, dieser Heiligen noch eine weitere gute Tat anzudichten! Nun hoffe ich, dass Sie beim Lesen genauso viel Vergnügen hatten, wie ich beim Schreiben.

Ich bin gespannt, in welche Zeit mich mein nächster Roman führt, aber ganz sicher wird das Land wieder Schottland sein!